新潮文庫

孤剣 用心棒日月抄

藤沢周平著

目次

剣鬼……七
恫し文……八一
誘拐……一四三
凶盗……一八九
奇妙な罠……二三九
凩の用心棒……二九二
債鬼……三三九
春のわかれ……三九六

解説　向井敏

孤剣

用心棒日月抄

剣《けん》鬼《き》

一

間宮中老が指定した料理屋は、笄《こうがい》町のはずれ、五間川が大きく東に蛇行《だこう》する岸べにあった。店名を記した行燈《あんどん》が出ている門から玄関までは敷石の道で、石はまだ打水に濡《ぬ》れていた。

中に入って間宮の名を言うと、中年の女中が先に立って、又八郎を奥に案内した。離れのひと部屋で間宮が待っていた。

「やあ、青江。来たか」

間宮は顔をあげてそう言うと、そばで酒の酌をしていた若い女に、この男と話があるから、しばらく遠慮しろと言った。

女は、この店の酌取り女中らしかったが、間宮にそう言われると、にっこり又八郎に笑いかけて部屋を出て行った。女の立居に、こういうことに馴《な》れている感じがあった。間宮は時どきこの部屋を密談に使うらしい。

——しかし、何の密談だ？

青江又八郎は、間宮の家の者から使いを受けたときの疑問を、改めて思い出した。

「まあ、一杯やれ」

間宮は又八郎に盃《さかずき》をさし、自分でついでくれた。中老の酌で飲むなどということは、めったにあるものではない。又八郎は恐縮して、盃を飲み干した。

すると、それを待っていたように、間宮は太い吐息を洩《も》らして言った。

「厄介なことが起きた」

又八郎は、無言で中老の顔を見た。中老は顔色が悪く、わずかに憔悴《しょうすい》しているように見えた。

「お家の大事だ、青江」

またか、と又八郎はうんざりした。こういう、上司の言葉に対して不遜《ふそん》とも言える感想が浮かんで来たのには、理由がある。

ほぼ二年前、馬廻り組高百石の青江又八郎は、城中で、偶然に藩主毒殺の陰謀を耳にしたことから、その陰謀に加担していた許婚《いいなずけ》の父親を斬《き》り、脱藩して江戸にのがれた。

毒をすすめて藩主壱岐守《いきのかみ》を謀殺したのは、当時執政の中心にいた家老の大富丹後で、大富は政敵の間宮に陰謀を嗅《か》ぎつけられ、いまからほぼひと月前に処断されている。

だがその二年の間、又八郎は馴れない江戸であちこちと用心棒に雇われて糊口《ここう》をしのぎ、一方では大富家老がさしむけて来る刺客の鋭鋒《えいほう》をかわしながら、辛苦の暮らしを送っている。

間宮派が、大富家老派を圧倒して、藩政の主導権をにぎったために、呼びもどされて旧禄《きゅうろく》に復帰し、大富家老の断罪にもひと役買ったが、事はやっと落ちついたばかりだった。許婚の由亀《ゆき》にも再会し、いまは一緒に住んでいるが、まだ祝言《しゅうげん》も挙げていない。

間宮中老に、またぞろお家の大事などと言われても、つい、そのことがそれがしにどうかかわりあいがありますか、という気分になる。大富家老の一件にしても、好んでこちらから首を突っこんだわけではない。災いはむこうから降りかかって来たのである。

それにもうひとつ。又八郎は浪人暮らしの辛苦の間に、いささか人間の表裏を見て来た。お家の大事のひと言で、顔色をかえて乗り出すほど、もはやウブではない。

又八郎は、むしろ冷ややかな眼で、間宮を見返した。間宮は、又八郎のそういう表情には気づかないらしく、思い屈した顔つきで盃を干し、飲《や》りながら聞けと言った。

膳《ぜん》は、又八郎の分も出ている。

「大富の家の処分一切が、一昨日終ったことは知っているな？」

「は。うかがいました」

子息の内膳は切腹、女子の親族預け、家屋敷の没収処分も決まり、家宰の三枝《さえぐさ》藤兵衛は、領外に追放された。

「大富の断罪から、家の処分まで二十日ほどかかっておるが、それにはわけがあった」

「…………」

「藩では捜し物をしておったのだ」

大富を上意討ちにかけたあと、藩ではとりあえず大富の家に閉門処分をくだし、人をやってひそかに家の中を捜索させた。捜し物は、大富の企てに加わった一味の連判状、大富が江戸屋敷にいる一味の者とかわした手紙類、それに大富がつけていたという日記などだった。

連判状、日記、手紙は、いずれも大富の家族や家士、また一味に加担したとわかっている藩士を審問した結果、大富の身辺にあったことがはっきりしていた。

そして大富は、城中で行なわれた査問に対しては、申し開きの自信を持っていたらしく、城中で断罪を受けた当日まで、それらの品を処分した形跡がないことも確かめられていた。大富は、その品々を焼きもしなかったし、地に埋めたわけでもなかった。大富の家の者がすべて、そう言い、そのことは、屋敷うちの一木一草の陰まで捜索した藩の探索方の手でも確かめられたのである。

にもかかわらず、大富の家からは、日記や連判状はおろか、江戸から来たはずの手紙一通すら見つからなかったのである。大富が断罪を受けた前後に、家老と接触した者はいなかった。一味と目されている連中は、戦々兢々《せんせんきようきよう》として、遠くから成行きを見守っているばかりで、その屋敷に近づいた者はない。そのことも探索方の手で確かめられた。

その書類はどこへ消えたのか。不可解だった。

「その行方《ゆくえ》が、今朝判明した」

「今朝……」

「そうだ。今朝だ」

今朝早く、城下町南はずれの舟曳《ふなひき》村から城下に入ろうとした一人の百姓が、禰宜《ねぎ》町の入口で、男の死体が路上に転っているのを見つけたのである。

死体は武士ではなく、旅支度の町人だったが、手に脇差《わきざし》を握っており、身体《からだ》には手ごわくたたかったらしい傷あとを残していた。

「何者ですか、その男は？」

又八郎は、はじめて興味をそそられたように、中老の顔を見つめた。

「それが、その男、どうも公儀隠密《おんみつ》の疑いが出て来た」

「隠密？　で、斬った相手は？」

「大富静馬という男をおぼえておるか」

大富静馬は、帰国する又八郎を江戸から跟《つ》けてきて、途中で斬り合い、城下でも刀をあわせた男だった。東軍流の非凡な遣い手であるその男は、大富家老の縁者である。

「はあ。しかし、あの男はご家老が上意討ちに遭われたあと、江戸に戻ったのではございませんか」

「わしもそう思っておった。いや、その男のことはとんと忘れておったのだ」

「斬ったのは、静馬だというお見込みでございますか？」

「見込みではなく、その男と判明した。そう届け出た者がおる」

「…………」

「届け出たのは、死んだ大富の妾《めかけ》じゃ。静馬は今朝まで、禰宜町にあるその妾の家にひそんでいたが、今朝未明に城下を発《た》ったと申す。そして家を出た直後に、二人の男に襲われて斬り合ったのを、送って出た妾が見ておる」

「二人ですか?」

「二人じゃ。一人は道に転っていた死人じゃが、その死人も、もう一人の男も、間もなく身分が知れた」

「公儀隠密と?」

「いや、いや。そうではない」

百姓の届けは、すぐに町奉行所にとどいて、奉行所の手の者が駆けつけ、身元を改めたが、旅支度をしているにもかかわらず、男は関所手形を持っていなかったので、調べは手間どると思われた。

そうしているうちに、五ツ(午前八時)ごろになって、おさとという名の、大富の妾から、未明の斬り合いについて、町役人の方に届けが出たのである。

おさとは、突然に眼の前で斬り合いがはじまり、一人が倒れるのをみて家に逃げ帰ったが、そのまま黙っているのも恐ろしく、五ツ過ぎになってようやく届け出る気になったのであった。

おさとは町役人につきそわれて奉行所に出頭し、問われるままに、静馬をかくまい夜も無理強いされた形で一緒に寝もしたが、静馬には一片の親しみも持てず、非常に気味悪かったと申し立てた。

静馬に斬りかかった二人については何も知らず、ただ、二人は静馬が家を出て、町はずれにかかるのを待ち伏せていたようにみえた、と言った。

藩では、ただちに四辺の関所に人を走らせた。その結果、丁度おさとが町役人に届け出た時刻に、大富静馬が、鶴舞の関所を東に越えたことが確かめられた。

鶴舞の関所に行った役人は、静馬と前後して関所を通り、領外に出て行った数名の男たちの、名前と人相を聞き取って戻った。藩では、その中に、静馬と斬り合ったもう一人の男が含まれていないかと疑ったのである。むろん斬られて死んだ男が、旅支度をしていたからである。

その氏名の引きあわせは迅速に行なわれたが、意外に早く、昼ごろには収穫があがった。

小海屋という油問屋で、昨夜から奉公人二人が姿を消していて、奉行所の役人が引きあわせに行った伊三郎という男が、その一人だった。だが小海屋では、伊三郎を旅に出したおぼえはないと、怪訝《けげん》な顔をした。

主人の佐兵衛は、なかば引き立てられるようにして奉行所に出頭した。そこで、今朝の死人が、姿が見えなかったもう一人の奉公人、兼蔵という男だと認めたが、佐兵衛は、二人が何のために、店にことわりもなしに旅に出ようとしたのかわからないと言った。

伊三郎の関所手形に判をついたことは、強く否定した。そして佐兵衛のその言葉は、同じ手形に名を連ねている町役人の方を確かめた結果、嘘《うそ》ではないと信じられた。

伊三郎は、巧みに偽造した手形を持って、出国したとしか考えられなかった。おそらく兼蔵も、同じ偽《にせ》の手形を持っていたはずだが、それは伊三郎が持ち去ったものと推測された。それで伊三郎は、関所を越えるまでの時間を稼《かせ》いだと思われた。

小海屋は、江戸に本店があった。江戸の小海屋は富商で、古くから藩江戸屋敷に出入りし、藩に金を用立てたり、折を見て献金したりして藩とは深いつながりがあった。城下に支店を構えたのも、油屋の商売よりは、むしろそういう、藩との金のつながりからだと言われた。支店が出来てからは、支店の主人佐兵衛が直接城内に出入りしている。佐兵衛はもともと領内の人間で、長く江戸の本店に勤め、支店が出来たとき、生国にもどって支店の采配《さいはい》をまかされたのである。

伊三郎は五年前、兼蔵は一年半ほど前に、本店から回されて来た人間だった。土地にもすぐに馴染《なじ》み、二人とも、若いが実直な働き者だったと佐兵衛は言い、それ以上のことは知らなかった。

「その二人が、公儀隠密かも知れないと申されるのは、偽の手形を所持していたからでござろうか」

「いや、もう少しそれらしい証拠がある」

と間宮は言った。

「大富の妾だが、奉行所では、調べが済むとその女子《おなご》を大目付の方に回した。わしが指図したのだ。というのは、例の捜し物で、一度は禰宜町のその家も大目付の手の者が洗っておる。だが、何も見つからなかった」

「………」

「しかし、つい昨日まで、静馬がそこにひそんでいたとなると、見過しには出来ん。お妾から、かの男のことをくわしく聞けと指示した。その結果、静馬が昨夜遅く、丁寧に油紙の荷を作ったことがわかった。荷の中味は、帳面二冊、沢山の手紙、ほかに巻物一巻だ。静馬は今朝、その荷とお妾につくらせた握り飯を振り分け荷にして、家を出たそうだ」

「………」

「つまり静馬は、われわれが必死に捜していたものを持って、いま江戸にむかっておると推定される。伊三郎と兼蔵、わしに言わせれば正体不明の男どもだが、この二人が公儀さしまわしの者でないかと疑うわけもそこにある。大富の日記、連判状、江戸屋敷大富派からの書簡。ことごとく外に洩れてはならん品物だが、かの男たちはそれを狙《ねら》って静馬を襲った」

「…………」

「不審なことはその前にあった。大目付の手の者が、大富の屋敷を捜索したとき、岩瀬という、これは捜し物の名人だが、この老人が、何者か先に捜した形跡がある、と大目付に申し立てたらしい」

間宮は太い吐息を洩らし、手酌で酒をあおった。

「静馬が、どういうつもりでその品を持ち去ったかは不明だが、大富の宗家が廃家になるのを見とどけて去ったからには、当然藩に含むところがあろう。藩から金をゆすり取ろうと考えたか、それとも一件書類を公儀に投げ出して、大富一族と抱きあわせで藩をつぶすつもりか。いずれにしろ危険な人物が危険な品を持ち去ったことに間違いはない」

「…………」

「しかも静馬のうしろには、公儀隠密がぴったりと貼《は》りついていると見なければならん。もし彼らの手に品物が渡り、先の殿毒殺という、忌《い》むべき秘事の証拠を公儀に握られるようなことがあれば、この藩は、まず助からんぞ、青江」

又八郎にも、ふだん颯爽《さっそう》としている間宮が、人が変ったように陰鬱《いんうつ》な表情でいる理由が、ようやく読めて来た。

二

まさにお家の大事が起きたのだ。しかも今度の場合は、単純な藩内の勢力争いということではなく、公儀が一枚嚙《か》んでいるところに、無気味な感じがあった。遠くから、この北国の小藩を凝視している、ひややかな視線がある。又八郎は顔色をひきしめて中老を見た。

「いまひとつ、厄介な問題がある」

間宮は、いつもとは違う光の鈍い眼で、又八郎を見返しながらつづけた。

「わしはまず大富の処分が先だと思い、それから手をつけた。そして大富に加担した者の処分はゆるゆるやるつもりだった。つまり、先の殿毒殺にかかわる藩内の掃除は半分しか済んでおらん」

「その執行が、連判状を持ち去られたために、一頓挫《とんざ》を来たした。誰と誰が、大富の与党だと、大よその見当はついておるが、証拠がなくては処分はむつかしかろう。そして事実、連判状の中には、大富しか知らぬ者が名をつらねていた様子でもある」

青江、もそっと前に来いと中老は言った。又八郎は、膳《ぜん》をかたわらに押しやって、前にすすんだ。

「わしが、残った者の処分を急がんのには、わけがある。そなた、赤谷さまの日ごろの噂《うわさ》は聞いておったかの?」

「……………」

赤谷さまと敬称されるのは、城下の南西、赤谷村に隠棲《いんせい》している、寿庵保方《じゆあんやすかた》という人物である。前藩主壱岐守《いきのかみ》の異母兄で、壱岐守が藩主の座につくと、赤谷村に宏壮《こうそう》な屋敷をもらって、さっさと隠退した。

だが、この藩主の異母兄は、世を捨てたふうを装《よそお》いながら、事実は無類の政治好きで、事あるごとに背後から藩政を動かし、ひさしく藩政の黒幕と呼ばれて来たのである。壱岐守より二つ年上の、いまは五十三歳。丈高く、人を射る眼を持つその人物は、まだ壮健なはずだった。

城中で、二、三度眼にしたことがある、その人物の風貌《ふうぼう》を思い出しながら、又八郎も小声で言った。

「藩政の黒幕という噂でございますか?」

「そうだ、それがわかっておればよい」

間宮は、ようやくふだんの間宮にかえったように、鋭く又八郎を見た。

「その赤谷さまが、だ。連判状の筆頭に名を記していた疑いがある」

「なんと!」

又八郎が眼を瞠《みは》ると、中老は黙ってうなずいた。

「大富の与党は、われらが連判状を捜しあぐねている様子にもう気づいておる。それが江戸に持ち去られたとわかり、彼らのうしろに寿庵どのが控えているとなれば、いずれ巻き返しは必至だ」

「………」

「わしはべつに、それを恐れてはおらん。策はある。しかしまたも藩内二分して争うとなると、これは公儀の思うツボじゃ。すでに公儀に眼をつけられておる。今度はただでは済むまい」

中老は、これで長い話は一段落したという身ぶりで、盃《さかずき》に酒を満たした。だが飲もうとはせず、しばらく沈黙したが、やがて又八郎を見て言った。

「情勢は相わかったな」

「は。大よそのところ」

「この危難を乗り切るためには、大富静馬を捜しあてて、かの男が持ち去ったものを取りもどすしかない。それも公儀の手がとどく前に、それをやらねばならん。むつかしい仕事だ」

「討手を遣わされてはいかがですか。静馬は尋常の遣い手ではございませんが、人を選んで数名もさしむければ、仕とめることが出来ましょう」

「それは出来ん」

と中老は言った。

「そう派手にやっては、事情はすぐに大富の与党に洩《も》れよう。処分を待って恟々《きょうきょう》としている連中は、それで一度に息を吹き返すこと必定《ひつじょう》だ。彼らに知れてはならんのだ」

「…………」

「今夜、そなたを呼んだわけは、要するにそういうことでな。大富静馬を捜し出して、かの男が持ち去ったものをひそかに取り返して来る者は、青江、見わたしたところそなたしかおらん」

「それは困ります」

又八郎はとっさに言った。冗談ではない。帰国してまだ三月も経《た》っておらぬ。それに静馬は剣鬼といっていい男だ。めったなことで顔を合わせたくはない。

「何が困る」

「それがしは、ようやく帰国したばかり。ほかに人もおりましょう」

「誰がおる？」

「牧与之助、筒井杏平《きようへい》。彼らの剣は、よく静馬の剣に拮抗《きつこう》しますぞ」

「牧は病弱じゃ。長途の旅に耐えられん。筒井は大富の与党と噂があるのを知らんのか」

中老は、意外に頼りになる味方に恵まれていない様子だった。又八郎は、年老いた祖母、ようやく明るさを取りもどした由亀《ゆき》の顔を、あわただしく脳裏に手さぐりした。またしても、期日をさだめぬ旅に出るなどと言ったら、女たちが何と言うだろう。

「しかし……」

「何がしかし、だ。高百石の家が居心地よくて、離れがたい様子だが、そんなものは、わしが沈み、大富の与党がふたたび藩政を握りでもすれば、たちまちお取り潰《つぶ》しになるぞ」

中老はいまはなりふり構わずに恫喝《どうかつ》していた。要するに又八郎に静馬を追わせる腹はじめから決まっていて、いままでの話は、そのためにひととおりの事情を説明したということらしかった。又八郎は言葉を失った。

「やむを得ませぬ」

しばらく沈黙したあとで、又八郎は言った。だが、丸まる間宮中老の言葉に従ったわけではなく、引きうける前に確かめなければならぬことがあると思っていた。

もと用心棒の感覚が動いたようでもあった。中老の話を聞いたかぎりでは、この危険な仕事の雇主が誰なのか、そのあたりのことが必ずしも明確ではない。いくらお家の大事と言われても、中老個人のお使いということでは困るのだ。

「やむを得ませぬが、念のためにおうかがいつかまつります。これは藩命でござりますか」

「むろん、藩命だ」

間宮はそう言ったが、又八郎がまだ顔をみているのに気づくと、つけ加えた。

「いま、この藩を動かしているのは、わしと野島と山崎の三人だ。そなたを江戸につかわすことは、この三名で決めたことだ」

野島忠兵衛は今度筆頭にのぼった家老で、山崎嘉門は組頭だった。

「ことは秘密を要するゆえ、殿には申しあげておらぬが、藩命と考えてよい」

「そのことを、山崎さまに確かめてもよろしゅうございますか」

「用心深いな」

中老は苦笑したが、機嫌が悪い顔ではなかった。又八郎が行く気になったのをみて、ほっとした素ぶりが見えた。

「それは、そなたの勝手じゃ」

「いまひとつ。身分はこのままでござりましょうな」

「それだ」

中老は顔色を改めた。

「われらとそなたのつながりは、極力秘匿《ひとく》せねばならん。それで、そなたはもう一度脱藩する形で国を出る」

「脱藩？」

又八郎は険しい顔になった。

「そのようなこしらえごとをしては、かえって彼らに疑われますぞ」

「疑われてもよい。いずれ彼らは大富静馬の一件に気づくだろうが、疑うだけなら、彼らは何も出来ん。われらとしては、どのような名目であれ、そなたを江戸にやることを公《おおや》けにしたくないのだ」

そうすると、藩命とはいえ、藩から一切切り離された立場で働くことになる。ということは、もしや江戸で斃《たお》れても、藩は知らぬ振りをするということなのだ。又八郎は、引きうけたことを後悔した。

「家に残る者は、いかが相なりましょうや？」

「そのことは心配いらん。扶持《ふち》をつづけるわけにはいかんが、女子二人喰《く》うほどの金は、手を回してとどけよう」

「それがしの暮らしの金は？」

「そのぐらいは自分で才覚しろ。一年禄を離れても、べつに窶《やつ》れもせずにもどって来たではないか」

中老は無慈悲なことを言った。だが又八郎の憤然とした顔色を見て、少しなだめる口調になった。

「いや、当座の金は持たせる。と申しても、藩も豊かでない。多くはやれんぞ」

路銀に毛が生えた程度のものをくれるつもりだな、と又八郎は推察した。

「なお緊急の場合は、江戸屋敷に駆けこめ。江戸家老の田代は大富派の領袖《りようしゆう》で、江戸屋敷は大富の与党の巣のようなものゆえ、近づかぬにこしたことはないが、小姓頭の長瀬、御納戸《おなんど》の土屋など、十人ほどはこちらの味方じゃ」

「………」

「長瀬には、静馬が江戸にむかったこと、ならびにそなたが後を追うことを知らせた手紙を持たせ、すでに飛脚を走らせた。何かのときは便宜をはかってくれよう」

又八郎は言葉もなく中老の顔を見つめた。引きうけるも引きうけないもない。一切の準備は済んで、あとは又八郎を藩の外にほうり出すばかりにしてから呼んだのだ。

――はて、女子たちにどう言って聞かせよう。

飲み直すつもりらしい中老を置いて料理屋を出、夜道を五十騎町の家にむかいながら、又八郎は浮かない顔になった。

祖母は、どこが悪いということもなく身体が弱って、このごろ時どき寝こんだりしている。やはり又八郎が留守にした間の、心労がこたえたとしか思われなかった。

由亀は、いまはすっかり青江家の人間になりきって、こまごまと祖母と又八郎の世話をやきながら、時おりしあわせを嚙みしめているような顔をする。また江戸へ、それも尋常でない使命を帯びて旅立つと知ったら、どう思うだろうか。

家へもどると、祖母はもう寝て、由亀一人が又八郎を待っていた。

着換えを手伝おうとする由亀に、又八郎は料理屋でくれたみやげを渡し、着換えはあとでいいから坐《すわ》れと言った。

「ばばさまは早く寝たか」

「はい」

「今日は、ぐあいは?」

「機嫌よくおやすみになりました」

「そうか」

又八郎は、しばらく沈黙してから言った。

「また、江戸へ行かねばならん」

「………」

由亀は、さっと顔色を曇らせたようだったが、無言で又八郎を見つめた。

「間宮さまのご命令だが、表むきはふたたび脱藩する形になる。むろん、わしがそう申したなどと、ほかに洩らしてはならんぞ」

「はい」

「ここの暮らしの手当ては、間宮さまの方からとどけてくれるゆえ、心配はない。くわしいことはそなたにも言えぬが、例の騒ぎの後始末が仕事じゃ」

「いつお発ちになりますか」

「明後日の夜明け。忍んで城下を出る」

「江戸のご滞在は、いかほどになりますか」

「ざっと一年かの」

間宮は、半年でケリをつけろと言ったが、大富静馬の所在もつかんでいないのだ。早くて一年という感触があった。

由亀が小さな声で言った。

「危ないお仕事でございますか」

「多少はそういうこともあろうが、案じるにはおよばん」

由亀はうつむいた。又八郎の使命が尋常なものでないことを悟った様子だったが、顔をあげたときには微笑していた。

「お後のことはご心配なく、行っておいでなされませ」

「うむ、頼んだぞ」

「ひとつだけ、お願いがございます」

と由亀が言った。微笑が消えて、思いつめたような顔になっていた。

「言ってみよ。何かの？」

「お発ちになる前に、祝言《しゅうげん》を挙げて頂きとうございます。形だけのものでも」

由亀は頬を染めた。だが羞《は》じらいながらも、懸命な口調でつづけた。

「あなたさまも、その方が安心してお出になれるのではありませんか」

又八郎の妻として、後を守ると言っているのだった。可憐《かれん》なことを言うものだ、と思いながら、又八郎は一方で、帰って三月《みつき》にもなるのに、まだ祝言の段取りもつけていなかっただらしなさを責められた気もした。由亀は、口にこそ出さね、その日を待ち望んでいたのだろう。

「よかろう」

又八郎は、由亀の手を取って言った。

「明日、隣の杉村どのに頼んで、盃事《さかずきごと》を行うことにしよう」

三

三月十五日に、青江又八郎は江戸に着いた。脱《ぬ》け出して来た国元の山々には、まだ厚く雪が残っていたのに、江戸は春酣《たけなわ》だった。大川橋の橋袂《はしたもと》にさしかかったときには、花見帰りらしい、赤い顔をした商家の旦那《だんな》ふうの一団に出会った。何人かは折り取った桜の枝をかざしていた。

こんな騒々しい町だったかと、又八郎はわずか三月離れていただけなのに、驚く思いだった。午後の日が照らす町に、犬が吠《ほ》え、子供たちが走り回り、威勢のいいかけ声を残して駕籠《かご》が走り、材木を積んだ車の音がひびく。人びとは何かにせかれているように、わき目もふらず行き交《か》っている。

だが歩いているうちに、又八郎はだんだんにそういう物音になじんで行く自分を感じていた。この町に住んだ感覚はすぐにもどって来るようだった。

又八郎は、千住《せんじゅ》街道をまっすぐ鳥越《とりごえ》までいそぎ、大家の六兵衛に会った。六兵衛は、寿松院裏の裏店《うらだな》が一軒空いていて、すぐに入れると言った。

行ってみると、そこはおさきという夜鷹《よたか》が住んでいた家だった。又八郎がいた家には、左官の手間取り夫婦が住んでいた。

「おや、旦那。お帰りなさいまし」

と裏店の連中は言った。そして夜になると、まかしょの源七、日雇いの徳蔵、大工の朝太などが、どう工面したものか酒を持って乗りこんで来た。

そして女房たちは、勝手に台所に入りこんで、酒の肴《さかな》を作って出し、ちょっとした酒盛りになった。どうして帰って来たと面倒なことを聞く者もなく、徳蔵などは、なにしろ無事にもどれてめでてえや、などと又八郎が長旅に出て帰ったようなことを言う始末だった。

酒に弱い朝太が酔いつぶれたのを、男たちがかついで帰り、あとを女房たちが片づけて去ったあと、又八郎はようやく一人になった。日のあるうちはあんなにあたたかかったが、夜が更《ふ》けるといくぶん冷えて来たようだった。

又八郎は長火鉢に寄って、残っている火を掻《か》き集めた。そして、その長火鉢が、おさきが住んでいたころ使っていたものと、同じものなのに気づいた。

おさきは、吉良《きら》方の浪人に近づいたために殺された非運な夜鷹だった。商売の上でちょっと声をかけただけ、ほんのすれ違ったほどの接触が、おさきの命取りになった。その浪人は、後日又八郎が捜し出し、大川のそばの青物河岸《がし》で斬《き》り倒している。

おさきの後には職人の若夫婦が入ったのだが、大家の六兵衛は、この長火鉢を売り払ったりせずにそのまま使わせていたらしい。

又八郎は、しばらくぼんやりとおさきの思い出にふけったが、考えは間もなく、明日からの困難な仕事に移った。

――江戸屋敷のあたりから、手をつけるしかないだろう。

大富静馬を捜すといっても、間宮中老は、静馬が何で喰っている人間かはむろん、どこに住んでいるかも知らなかったのである。江戸に住んでいるだろうというのも、見当だけの話だった。かりに江戸にいるとしても、この人混《ひとご》みの中から、大富静馬という浪人者を捜し出すのは簡単なことではない。

だが、間宮から命令をうけたとき、又八郎は、手がかりがまったくないわけでもないと思ったのである。

ひとつは、静馬は必ず藩江戸屋敷に接触があるはずだという点だった。曾部《そべ》孫太夫をのぞけば、又八郎を襲った大富の刺客は、すべて一面識もない人間だった。にもかかわらず迷う様子もなく又八郎に近づいて来たのは、江戸屋敷の大富派の者の手引きがあって、はじめて出来たことなのだ。

静馬にしても例外であるはずはない。千住の茶屋ではじめて接触したとき、又八郎は相手が何者か、見当もつかなかったのだが、静馬ははじめから又八郎を知っていたのである。江戸屋敷の者の手引きで、舟に乗るときにでもそれとなく又八郎を見ているか、でなければ又八郎の風貌《ふうぼう》、体格を十分に聞き知っていたかである。江戸屋敷にいる土屋清之進に会えば、何かつかめるかも知れない、と又八郎は考えたのであった。

いまひとつは、江戸の東軍流の道場をあたってみることだった。静馬が修業した道場がわかれば、そこで消息が聞けるかも知れないし、ひょっとしたら、静馬がいまもそこにつながりを残していることが考えられる。

いまも又八郎は、この二つの手がかりを心の中でくらべてみたが、やはり江戸屋敷を探る方が、静馬に近づく道は近いという気がした。静馬は東軍流を修業したあと、その剣を磨くために、諸国放浪の旅に出ている。道場とのつながりは薄くなっているかも知れなかった。

又八郎は戸締りをたしかめ、徳蔵に借りた夜具をのべると、行燈《あんどん》の灯を消して横になった。

酒がすっかりさめて、横になったが眠りはすぐにはやって来なかった。ぼんやり闇《やみ》に眼を見ひらいていると、別れて来た由亀《ゆき》のことが、静かに脳裏を占めて来た。

隣家の杉村作内は御旗組に勤める老人である。仲人役《なこうどやく》を頼むと、最初は怪訝《けげん》な顔をし、若い者の軽がるしさをたしなめるようなことも言ったが、最後に承知すると、今度はひどくいそいそと老妻を連れて青江家に現われ、高砂《たかさご》やをうなった。老人の謡《うたい》は絶品で、若夫婦と祖母、仲人しかいない祝言《しゅうげん》にはもったいないようなものだった。

老人は、又八郎が脱藩したと聞いて仰天もしたろうが、さてこそあわてたわけだと納得もしたはずだった。

その夜又八郎は、はじめて由亀とひとつ部屋に寝た。抱かれたあと、由亀は又八郎の胸の中で、しばらくひっそりと歔《すすりな》いたが、未明に又八郎を見送ったときには、物腰はどこか自信に溢《あふ》れ、一夜にしてまぎれもない妻の顔をしていたのである。

ふりむいた未明の道に、ぼんやりと白かった由亀の顔を思い出したとき、眠りが来た。

四

又八郎は少し離れた小さな寺の門内から、藩江戸屋敷の門を見ていた。そこは源介《げんすけ》町から佐久間《さくま》小路に抜ける道で、かなりの人通りがある。笠をかぶって門内に立っている又八郎も、さほど目立たないはずだった。

さしあたり、まず土屋にでも会って、と思って来たが、門が見えるところまで来たとき、又八郎の胸にある慎重な気持が生まれた。中味はともあれ、名目から言えばおれは脱藩者だと思ったのである。しかも名目だけのものと考えていいかどうか、微妙なところがあった。

又八郎の脱藩が名目だと知っているのは、わずかに数人。家老の野島忠兵衛と中老の間宮、組頭の山崎のほかには、眼の前の屋敷にいる小姓頭の長瀬権六、妻の由亀《ゆき》ぐらいのものである。

そのほかの人間にとっては、又八郎はただの脱藩者にすぎないのだ。そのうえ間宮は、そういう又八郎の立場に、いざという場合の責任を負いかねるといった口ぶりで、江戸屋敷には、なるべく近づかない方がいいと、無責任な注意をあたえただけである。

又八郎の脱藩が、江戸屋敷に知らされているかどうかはわからなかったが、いずれにせよ、そこは大手を振って入れる場所ではない。江戸屋敷は、旧大富派がまだ鬱然《うつぜん》と勢力を張っている場所でもあるのだ。

――土屋が顔を出さんかな。

時どき屋敷の門を出入りする人間を見張りながら、又八郎はあてもなくそう思っていた。だが、腹はもう決まっている。あせることはない。今日会えなければ、明日また来てみよう。

そう思っているとき、門から一人の女が出て来た。屋敷の女中、それも奥勤めではなく、台所や掃除をやる下働きと見える身なりの女だった。ほっそりとした身体《からだ》と、むだな肉のない、ややきつい感じがする横顔が眼についた。

「お?」

又八郎は思わず寺の門から道に出て、笠《かさ》をあげて女のうしろ姿を見送った。間違いない、去年帰国する途中に、奥羽路《おうう じ》佐久山《さくやま》宿の北で襲ってきた女刺客だ。

そう思ったとき、あたかも又八郎の視線を感じとったように、女が足をとめてうしろを振りむいた。道には数人の人が歩いていたが、女の眼は、迷いもせずに、ぴったりと又八郎を把《とら》えたようだった。

又八郎が思案する間もなく、女は足早にもどって来て、前に立った。

「あの節は」

と女は言った。そう言ったとき、女の顔は一瞬朱に染まったが、すぐに青白い顔色にもどった。

「お手当てのおかげで、命を拾いました」

「それは重畳《ちようじよう》」

いくぶんうろたえながら、又八郎は言った。女はすさまじい短刀術の手練者《てだれもの》で又八郎を窮地に追いこんだほどだったが、その死闘の間に、女は自分から転んで深く腿《もも》を傷つけてしまった。

又八郎は、女を背負ってその先にある八木沢村まで運び、一軒の百姓家にかつぎこんだ。先をいそいでいたので、治療代をそえて医者を呼んでくれるよう頼んだだけで、百姓家を後にしたが、手当てが間にあって、女は無事江戸にもどったらしい。

だが、その女とこういう形で再会するとは、思いもしなかったことである。しかも女は江戸屋敷に勤める人間であるらしい。かつて死闘の剣をかわした相手と、おだやかな春の日射《ひざ》しの下で向き合っているのは異様な感じがしたが、又八郎のとまどいの中には、相手に対する警戒が含まれている。

この女が、大富派の人間であることは、はっきりしているのだ。そう思ったとき、女が無表情のまま、淡々と言った。

「いつかはお目にかかって、あのときのお礼をと思っておりました」

「お礼などは、無用のこと」

又八郎はそう言ったが、ふとある考えが胸にうかんだ。

「佐知どのと申されたか」

「はい」

「少々ひまはござらんか。お手前に、頼みがある」

そう言ったのは賭《か》けだった。佐知がこばめばそれっきりの話だった。だが佐知は黙ってうなずいた。

「どこへ参られるおつもりだったかな」

「表の町まで」

「では、そちらに行くか」

又八郎は先に立って歩き出した。佐知という女は、しばらく又八郎のうしろ姿を見送るふうだったが、やがて十分に距離をおいてから、ついて来た。

通りの中ほどに草餅《くさもち》を喰わせる店があった。又八郎はそこに入って、餅とお茶を頼んだ。

「そなたが、死んだ大富家老派で動いていることは承知しておる。それを承知で、頼みたいことがあるのだ」

「はい」

「大富静馬という男を知っておるかの？」

「…………」

佐知はわずかに眉《まゆ》をひそめた。知っているふうではなかった。その顔をみて又八郎は、静馬が倒れた佐知をみて、その女は知らないと言ったことを思い出した。

「ふむ。知らなければそれでもよい」

又八郎は、静馬の風貌《ふうぼう》、容姿をくわしく話した。ほかによけいなことはつけ加えなかった。

「その男は、江戸にもどって来たはずだが、どこに住まいしているかわからん。ただ江戸屋敷とつながりがあることは確かじゃ。江戸家老の田代どのは、江戸の大富派を束ねている方と聞くから、いずれは田代どのに接触して来るかと考えられる」

「……………」

「屋敷の出入りに心を配って、もし静馬らしい男が現われたら、その住まいをつきとめて頂けまいか。いや、後をつけてくれと頼んでおるわけではない。その男は東軍流の名手で、後をつけたりするには、きわめて危険な男だ」

「……………」

「ただ、その男が江戸屋敷に現われたら、周囲の者に、それとなくその男のことを聞きただしてもらえば、それでよい。大富派の中には、あるいは静馬が住む処《ところ》を知っている者がおるかも知れんでの」

「……………」

「大富派の者が、同じ派の与内《くみうち》のものを探るようで気色悪いとなれば、それまでじゃ。あきらめる。ただ、わしがその男に用があるのは、大富派だ、間宮派だと申す藩内の対立からではなく、放置しておけば藩の命運にかかわる事情が生じての。ぜひともその男に会わねばならんのだ」

又八郎は言葉を切って、佐知という女を見つめた。佐知も黙ったまま又八郎を見つめ返した。佐知は二十をひとつふたつ出ているだろう。そういう年輩の落ちついて動じない物腰を身につけている。

やがて、口を開くと、佐知はきっぱりと言った。

「ご安心なされませ。かならず突きとめてさしあげます」

「承知してくれるか。これはありがたい」

又八郎は思わずはずんだ声を出したが、念を押した。

「しかしわしの手助けをして、そなたの立場がなくなるようでは困るぞ。そなたはさきほど、あのことで礼を言いたかったなどと申したが、その礼は聞いた。わしの頼みだからと申して無理することはならん」

「どうぞ、お気遣いなく」

と佐知は言って、つつましくお茶を飲んだ。

「わたくしも、どの派で働いているという、縛られた暮らしは致しておりませんから」

「しかし、大富派の命令で動いたであろう」

又八郎は、那須《なす》の枯野で襲って来た、佐知のはげしい気迫と剣技を思い出していた。

だが、佐知はゆっくりと首を振った。

「青江さまは、嗅足組《かぎあしぐみ》のことをご存じでいらっしゃいますか」

「知っておる」

嗅足の者は、深夜の城下を、足音もなく姿も見せず歩き回り、時には家中の家屋敷の奥深くまで入りこんで、藩士の非違《ひい》を探るといわれる陰の組だった。

誰がその組に属し、誰がその組を動かしているかは一切知られていない。

「ご他言は無用に願いまする。わたくしの父が、その組の頭でございます」

「ほう」

又八郎はしげしげと佐知を見た。時として、存在するかどうかさえ、半信半疑に思われたりする闇《やみ》の組織の一部分が、眼の前に露出していた。

もっとも、これだけのことを聞いて、佐知の素姓から、その頭領という人物を突きとめようと考えたりするのは無駄だろう。佐知の表向きの素姓は、幾重ものからくりで彩《いろど》られているはずだった。

それでも、好奇心を押さえきれずに、又八郎は聞いた。

「その頭領とは、どなたかと聞いても言えぬだろうな」

「はい。それは申しあげられませぬ」

佐知はにこりともせずそう言った。

「ただ、そのようなわけで、わたくしは大富派と申される方がたのご命令で働いたことはございません。わたくしが、青江さまのお命を狙《ねら》いましたのは……」

と言って、佐知はまたほんのわずか頰を染めた。表情はどこか苦しげでもあった。佐知はその襲撃のとき、重傷を負って倒れ、傷を手当てする又八郎に秘所を視《み》られている。表情の固い美貌《びぼう》と、落ちついた物腰を持つ佐知が、その時のことに話がおよぶときだけ、内側から射す羞恥心《しゅうちしん》に照らされて、不本意に女らしい表情になるというふうだった。

「そのときも、父の命令で致しました。そのころ嗅足組は、亡《な》くなられた大富さまのお指図をうけておりましたので、父から命令が来ました。江戸屋敷の方は、どなたも、わたくしが青江さまを追って旅に出たことを知りません」

「………」

「ましていまは、お指図をなさる方が変りました。大富派と組のつながりは、ご家老が亡くなられた時に絶えました」

「組の頭領に指図できる人物というのは、いまは間宮さまかの」

佐知は首を振った。

「違いますが、それがどなたかは、申されません」

又八郎は、不可解なものを眺めるように、眼の前の佐知を見つめた。

五

佐知と別れると、又八郎は芝口橋の方に引き返し、神田橋本町の口入れ屋、相模屋《さがみや》吉蔵の店を目ざした。

間宮中老にもらった金はまだ残っていて、米や味噌《みそ》を買いいれて減りはしたものの、明日から喰うに困るというわけではない。また、運よく佐知という女にめぐり合って、いざという場合は土屋清之進なり、小姓頭の長瀬権六なりに連絡出来る手づるも摑《つか》んだ。

だが、それはあくまで非常の場合で、しじゅう江戸屋敷に出入りして、彼らから金を引き出すというわけにいかないことは、屋敷の門前まで行って、よく腑《ふ》に落ちたことである。不本意なことだが、又八郎の立場は日陰者だった。表に顔を出しては、使命は遂げがたい。

とすれば、業腹《ごうはら》だが間宮の言うとおり、暮らしの金ぐらいは自分で稼《かせ》ぎ出すしかないのだ。一応は相模屋に改めて刺《し》を通じ、あまり身体にきつくない用心棒の職でもあれば、取っておいてもらうしかなかろう、と又八郎は思っていた。

佐知と別れるころ、すでに傾いていた日は、橋本町まで来たときは西空に沈んで、町は風邪をひいたように色青ざめていた。歩き馴《な》れた町だった。相模屋に近づくにつれて、又八郎の身体の中に、窮迫して仕事をもとめたころの、用心棒の感触が目覚めてくるようだった。

戸の中から、吉蔵の声が洩《も》れてくる。誰かを叱《しか》りつけているような、ただならない声に聞こえた。

戸を開けると、薄暗い家の中に、人が二人いた。畳の上、小机のむこうに目鼻もわからず坐《すわ》っている黒い影は、いうまでもなく主人の吉蔵だが、その前にもう一人上がり框《がまち》に腰かけている人物がいる。

薄暗くて、風体《ふうてい》もさだかでないが、横に刀をおいているので武士とわかった。

「どなたさまで?」

と吉蔵は言ったが、すぐに又八郎と認めたらしく、この男らしくもない狂喜した声をあげた。

「お待ちしておりました、青江さま」

吉蔵は、昨日別れた人間に言うようなことを言った。

「まずおかけください。ただいま灯を入れまする」

吉蔵は畳に蹴《け》つまずきながら、行燈《あんどん》を運び、おいねや、お茶を持っておいで、とあわただしく奥にむかって叫んだ。思いがけない歓迎ぶりに、又八郎は悪い気はしない。灯が入って明るくなった上がり框に、ゆったりと腰をおろした。そして改めて、横にいる人物に目礼した。

又八郎に目礼を返した人物は、小柄でそら豆のように細長い顔をした武士だった。年輩は四十近いだろう。袴《はかま》をつけているが、その袴もよれよれで、暮らしに疲れた浪人者という感じが歴然と出ている。

余分なほどに長い顎《あご》の横に、小豆《あずき》大のほくろがあって、そのほくろに、よけいなことに真黒な毛が二、三本はえ、男の風貌《ふうぼう》をいっそう貧相にみせている。吉蔵に叱られていたのはこの男かと、又八郎は改めてその武士を見直した。

すると男は間が悪そうな顔になって、立ち上がった。

「そのような次第でな、ご主人。悪《あ》しからず。またよい仕事があったら、とっておいてくだされ」

男は刀を腰に帯びると、ぴょこんと頭をさげた。吉蔵が、またなにか荒い言葉を吐くかと思ったら、意外にあっさりと言った。

「わかりました、米坂《よねさか》さま。さきほどはあたしも、つい細谷さまのお身の上を案じたもので、言い過ぎました。懲《こ》りずに、またおいでなさいまし」

米坂という武士は、もう一度又八郎に目礼すると、戸を開いて外に出て行った。そのわずかな動作に、ふと又八郎の眼をみはらせたものがあったが、又八郎は吉蔵には黙った。吉蔵の言葉の中に、気にかかるせりふがあった。

又八郎は、男を見送った眼を吉蔵にもどした。

「細谷がどうかしたか、相模屋」

「それでございます、青江さま」

吉蔵は手を揉《も》み、娘が運んで来たお茶をすすめた。

「ほんとにいいときにおいでなさいました。いつ、こちらに？」

「昨日もどったばかりじゃ」

「これはもう、細谷さまが、お呼びしたようなものでございますな」

吉蔵は、また気になることを言った。細谷源太夫は、去年までよく組んで仕事をした用心棒である。

「細谷の身の上に、変ったことでも起きたのか」

「はい。あの方はいま、さる旗本屋敷の奥に、監禁されておいでです」

又八郎は、声もなく吉蔵を見まもった。吉蔵や細谷は、相変らず金のために、危ない橋を渡っているようだった。

四ツ谷《よや》御門外の濠端《ほりばた》に、村瀬という五百石の旗本がいる。その村瀬の子息で三五郎という八歳になる子が、学問所の帰りに何者かにさらわれそうになった。それで細谷が、子供の警護を引きうけたのである。

数日は何のこともなかったが、三五郎が母親と一緒に寺参りに行った、その寺の中で、三五郎の姿が掻き消すように見えなくなったのである。むろんその日も、細谷は警護の役についていたので、狂奔して寺の中を捜し回ったが、手がかりひとつ摑めなかった。

村瀬は、家臣を使って八方心当たりを捜させる一方、三五郎が見つかるまで、一歩も外に出ることならんと、細谷を一室に監禁してしまったのである。

村瀬は激怒していた。吉蔵を呼びつけて、以後出入りを禁じると申し渡したうえ、細谷を外に出したかったら、心利《き》いた者を差しむけてよこして、子供を捜させろ、ただし手当てはなしだと言った。

「あたしもお奉行所の筋に、二、三知りあいがいないわけじゃありません。でも、町方のお役人を、お旗本の屋敷に入れるわけには参りませんからな。それで、さっき来た米坂さまに、手当てはあたしが自腹を切って、何とかする、行ってくれろとお願いしたわけでございますよ」

「それで、どうしたの？」

「捜し物は不得手だと申されます。それにご新造《しんぞ》さまが、長患《ながわずら》いで臥《ふせ》っておいでなものですから、無理な仕事はしたくない。案じるに、行けば昼夜をわかたずこき使われるであろう。夜も家にもどれぬでは、家内に薬を飲ませる者がおらぬと、こうでした。なに、働いても手間はいくらにもならぬという腹でございますよ」

吉蔵は、米坂の悪口を言った。

「それに、村瀬の殿さまがお怒りになって、細谷さまを閉じこめてしまいなすったので、ご自分もそんな羽目になりはしないかと、こわがっておいでのようですな。もともと臆病《おくびょう》な方のようですな」

「しかし、さっきの男は、剣術は出来るぞ」

又八郎は、さっき見た米坂の、腰の据わりがいい足運びを思い出しながら、言った。

「へえ？　青江さまが見てもさように見えますか」

吉蔵は首をひねった。

「じつは細谷さまもそうおっしゃいますもので、青江さまがお国に帰られてからあと、二度ほどお二人で組んだ仕事をやって頂きました」

「新顔かの？」

「さようでございます。青江さまがお帰りになって間もなくでございますから、まだ三月《みつき》ほどのものでしょうか。しかしいずれにしろ、今度のことでは米坂さまを見そこないました」

吉蔵は言って、手を揉んだ。

「いかがでございますか、青江さま。来る早々、それにろくな手間も出ません仕事でございますが……」

「わかった。細谷を助けに行けというわけだろう」

監禁されているというのは、どういうことだろうと、又八郎は思った。暗い部屋に、のっそりとうずくまっている、細谷の巨軀《きよく》が見えて来た。飯はちゃんと喰わせてもらっているのか、子供ばかり多い家の方はどうなっているのか。

いずれにしろ、行ってみるしかあるまいと、又八郎は思った。ふと吉蔵をみると、握りこぶしを膝《ひざ》に置き、丸い眼をいっぱいに見ひらいて、返事やいかにとこちらを窺《うかが》っている。この男が、こんなせっぱつまった顔をみせることも珍しいことだった。

「場所を教えてくれ。これからすぐに行ってみる」

と又八郎は言った。

六

村瀬主計《かずえ》は、鋭い眼と赤ら顔で固肥《かたぶと》りの体軀《たいく》を持つ、四十近い人物だった。なるほどこの人物が激怒したら、吉蔵がふるえ上がるのも無理ないと思わせるような、短気そうな感じがある。

いままで捜して、何か手がかりがあったかと聞くと、村瀬はぶっきらぼうに言った。

「何もない。捜すべきところは、全部捜した」

「そもそもは、学問所の帰りに、うろんな人物が現われたということでござったが、何かお心あたりは？」

「心あたりなどあれば、あの役立たずの用心棒など雇うか。こちらで始末をつけておる」

「はあ」

「大きななりをしおって」

村瀬はそこにいない細谷を罵《のの》しった。

「さぞ安心出来ようと思ってまかせたのが、とんだ買いかぶりじゃ。大飯をくらって、飯を運ぶ女中にじゃれかかったりして、肝心の時にこの始末じゃ」

「………」

「相模屋《さがみや》の話では、その方、細谷の知人だそうじゃが、しっかり捜せ。三五郎が見つからん限りは、あの男放すことならんぞ」

「………」

「そなたの手間は出せん。それは相模屋に聞いておろうな。うむ、飯は出してやる」

「それがしの手間は、結構でござる。しかし……」

又八郎は顔をあげて、正面から村瀬を見た。

「当屋敷に留めおかれるかぎり、細谷の手間は頂かねばなりますまい。そこはご承知でござりましょうな」

「あのグズに手間だと?」

村瀬は顔をゆがめた。

「と一んでもない。一文も払わぬ」

「一文も?」

「そうだ。ビタ一文払わぬ」

村瀬は腕を組んで身体をゆすった。さっきから聞いていると、村瀬には勘定高いところがあるようだった。五百石の旗本に似げなく、手間と飯にこだわる。

「あのひげ男は、請負った役目を果せなんだ。手間などは払えん」

「それならば、早速に解雇すべきでござろう」

又八郎は反発した。

「手間を払わず、暇も出さずに、大の男を屋敷に監禁しておくなどということは、表《おもて》沙汰《ざた》になれば当屋敷のお為《ため》になりますまい」

「その方、わしを脅《おど》す気かの」

「とんでももございません。ただ世間の見る眼というものを申しあげただけでござる」

「わしは、腹を立てておる」

「ごもっともでございますが、お腹立ちの方角が違いましょう。細谷のことを、グズの、役立たずのと申されましたが、それはお眼がね違い。細谷はあれで、けっこう心利《き》いた用心棒でございます。その眼をかすめて、ご子息を拐《かどわか》した相手はなかなかに奸《かん》策《さく》に長《た》けた人物と思わねばなりません」

「………」

「これには必ず、裏があります。ただ漫然と捜し回っても、ご子息は見つかりませんぞ」

村瀬の顔に動揺があらわれ、やがて表情は不安で白くなった。

「見つからんでは済まぬぞ。何か策はないか」

「それについては、なお後でご相談申しあげますが、何はともあれ、細谷の身を解き放つことでござる。この際は何も言わず、用心棒として捜索の人数に加え、払うものはお支払いなさるのが上策でござりましょう。なおそれがし、無給で結構と申しあげましたが、首尾よくご子息を捜しあてたあかつきに、ご祝儀《しゆうぎ》を下さるなどは遠慮いたしませんぞ。ただ働きというのは、とかく精の出ないものですからな」

「…………」

「金を惜しんでは、お子は出て参りませんぞ」

考えこんでいる村瀬に、又八郎はとどめを刺すように言い、では細谷に会わせて頂きましょうか、と催促した。

細谷は、母屋《おもや》から離れた、別棟の三畳に閉じこめられていた。所在なげに寝ころんでいたが、又八郎を見て、起き上がり小法師《こぼし》のように勢いよく起き上がったのは、よほど驚いたらしかった。

「おい、どうした、どうした？」

「どうしたとは、こっちが言いたいせりふだ」

案内して来た家士が去ると、又八郎はどっかりとあぐらをかいた。部屋は、ふだんは使っていない場所らしく、かすかに黴《かび》の匂《にお》いがただよっている。

「ひどい部屋だな」

又八郎は顔をしかめた。その顔に、細谷はまだ怪訝《けげん》そうな眼をみはっている。

「どうしてここがわかった？　いつ、江戸へ来たのだ」

「昨日着いたばかりよ。事情があって、また浪人暮らしに逆もどりだ。貴公のことは、相模屋に聞いてな、助《すけ》っ人《と》に来た」

「済まん」

細谷は大きな身体をちぢめた。細谷の顔にゆっくり喜色がうかび、やがてこらえきれないにたにた笑いになった。

「こいつは助かった。いや、どうなることかと思っていたところだ」

「しかし監禁されているといっても……」

又八郎はあたりを見回した。

「べつに監視の者もおらんようではないか。なぜ逃げん？」

「いや、ちゃんと見張りがおる。佐久間《さくま》という年寄だが、これが、わしがはばかりに立ったりすると、どっからか出て来てわしを睨《にら》む」

細谷は真顔で言った。

「それにしても、大の男が意気地のない話ではないか」

「なに、わしにしても、そりゃ刀に物言わせて出て行こうとすれば、わけないとは思うさ。だが今度のことでは、わしは雇主の信頼を裏切った。しばらくは謹慎してしかるべきだという気持もあっての。それに……」

細谷は、急に髭《ひげ》づらに似つかわしくない、気弱な表情を見せた。

「無理に出て行けば、これまでの手当てがフイになる。こうしておとなしくしている間に子供が見つかれば、先方も多少の手当ては考えてくれるかも知れぬという勘定もある」

村瀬主計は、この役目をしくじった用心棒に、ビタ一文払う気はないのだ。そう明言した。そこに考えおよばないところに、細谷の人のよさが現われていた。

用心棒の仕事をしていると、時に裏の裏をかくような駆け引きが要求されることがあるが、細谷の仕事ぶりを思い返してみると、どちらかといえば、そういう才覚には乏しかったと思われてくる。どちらかといえば、馬力で押すのが、細谷源太夫のやり方である。

だから、いまのような苦境にはまると、網にかかった猪《いのしし》のように、方角を見失ってのたうちまわる恰好《かっこう》になる。この小才の利かない正直さが、細谷のいいところだと思い、一方でそういう細谷の鈍さに腹も立てながら、又八郎は言った。

「よし、それはそれでわかった。では早速、子供がいなくなったときの事情を聞こう」

七

一行院という寺は、八軒町の先、俗に千日谷《せんにちだに》と呼ばれる窪地《くぼち》にある。

翌朝、又八郎は濠端《ほりばた》の村瀬家から、細谷を連れ出すと、その寺にむかった。細谷に腹を立てていた村瀬も、それよりは息子を捜す方が先だと納得したらしく、細谷を屋敷から出したのである。

境内のあちこちに桜や桃の花が咲き、姿は見えないがしきりに鶯《うぐいす》がさえずっている。木の芽が吹く深い木立に、静かな朝の日がさし、市中から来ると、広い寺域は別天地のようだった。旗本の村瀬から来たというと、二人はすぐに庫裡《くり》の奥の部屋に招き入れられた。

住職は、六十前後の痩《や》せた品のいい人物だったが、二人に会うと、すぐに言った。

「お子は見つかりましたかの？」

「それが、まだでござる」

それについて、三五郎の姿が見えなくなったときの事情を、いま少しうかがいたくて来た、と又八郎は言った。

「村瀬さまの奥さまは、信心の厚い方でございましてな。月に二度は、当寺にお参りに見えられます」

三五郎の下に、二つ違いの女児があったが、その子が二歳のときに夭死《ようし》していた。村瀬の妻弥津の寺参りが頻繁《ひんぱん》になったのはそれからだった。弥津は女中を連れて来ることもあり、三五郎と二人で来ることもあった。来ると住職にねんごろに経をあげてもらう。

その日も、供養《くよう》が済んで弥津はひと間で茶のもてなしをうけた。申《さる》ノ上刻（午後四時）ごろである。そのときまで、三五郎は神妙に母親のそばに坐っていたのだが、住職と母親の長話に倦《あ》きたらしく、本堂へ参りますと言って部屋を出て行った。

本堂の隅に、地獄極楽の世界を描いた屏風《びょうぶ》があって、三五郎はその絵がめずらしいらしく、来るたびに丹念に眺める。そのときも、極彩色で描かれたその屏風を見に行くのだと思われた。弥津が、外に出てはいけませせぬ、じきに帰りますからと声をかけたのを、住職はおぼえている。

弥津が茶のもてなしをうけたのは、四半刻《しはんとき》(三十分)ばかりのことで、三五郎が一人で本堂にいたのは、ほんのわずかな間のことである。

だが、弥津が帰るために立ち上がり、住職の言いつけで、寺の者が本堂に三五郎を呼びに行って間もなく、異変が起きたことがわかった。本堂のどこにも、三五郎の姿が見えなかったのである。

「このお方にもお知らせして……」

住職は細谷をおぼえていて、そう言った。細谷は最初から、警護は母子の往復の間のものだと考えていた。それで供養の間は庫裡の台所にいて、お茶をもらってくつろいでいたのである。

「くまなく捜しました」

と住職は言った。本堂から、裏の位牌堂《いはいどう》、庫裡の中、しまいには外に走り出て、三五郎の名を呼びながら境内の隅ずみまで捜し回ったが、搔《か》き消えたように、子供の姿は失《う》せていた。

「そのころ、ほかにお参りに来ておられた方はござらなんだかの?」

と又八郎は聞いた。

「いや、時刻が時刻ゆえ、村瀬さまのほかには、お参りの方は残っておられませんでした。ただ……」

「…………」

「その日の午過《ひる》ぎから、本堂わきのひと部屋で、運座の例会がございました」

「運座？　人数は何人ほど？」

「六人でございます。いつもは拙僧も一座して、七人になる集まりですが、その日は拙僧が欠けて六人でございました」

「いつもはと申されると、その運座の方々は、たびたびお集まりになる？」

「大方は月に一度でございますな」

「すると、前にも村瀬さまのお参りと重なった日がござりましたかな？」

「それはそういう日もありましたでしょう」

「御坊」

又八郎はやわらかく言った。

「まことに恐れいるが、その運座に加わる方々のご身分、お名前などを、一筆したためては頂けますまいか」

「それはお書きしてさしあげてもよろしゅうございますが……」

住職の顔に、はっきりと不快ないろが動いたようだった。

「青江さまと申されましたか。当日お集まりの方は、いずれも拙僧とは俳諧《はいかい》の上でひさしく親しくしている方ばかり。素姓怪しい人間は含まれておりません。お調べの役には立つまいと思いますぞ」

「青江」

それまで黙っていた細谷が、横から口をはさんだ。

「じつはあの日にだ。お寺に失礼とは思ったが、緊急の場合ゆえ、運座の座敷にも邪魔して、方々にお会いしている。おたずねしたが、三五郎さまを見かけた方はおられなかったのだ」

「そうか」

と言ったが、又八郎は住職に向き直ると、丁寧な口調でつづけた。

「ほんの念のためでござる。おさしつかえなければ、その日の名簿をくだされ」

住職に連衆《れんじゅ》の名前、身分、住居を書いてもらったものをもらうと、又八郎は、それでは失礼して、お寺の内外を見せて頂いて帰る、と言った。

立ちがけに、又八郎は、ふと思いついたように言った。

「ここの境内は、正面のご門のほかに、外に出入り出来る口がございますかな?」

「裏口があります。しかしそこはひさしく使っておらず、寺の者も出入りしておりません」

又八郎と細谷は、礼を言って住職の部屋を出た。ざっと本堂の中を見てから、二人は庫裡を通って外に出た。

うららかな日射《ひざ》しが、本堂前から寺門までつづく玉砂利の道に落ちていた。二人はその道を横切り、本堂の横手に回ると、位牌堂の裏に出た。

裏は、松をまじえた小楢《こなら》、えごの木などの雑木林になっていた。雑木の枝は、間もなく芽ぶくばかりに白い柔毛《にこげ》が光り、落葉がきれいに掃かれた地面には草が萌《も》え出ている。その林の中にも日が射しこみ、小鳥が啼《な》き、歩いて行く間に、小鳥の羽ばたきが耳を搏《う》った。

明るい光の下に、一条の小道が横たわっていた。小道は雑木林の中をわずかに迂回《うかい》して、塀の方にむかっている。その道に入ったころから、又八郎は時どきしゃがみこんで、地面を見た。

「何を見ておる？」

細谷が言ったが、又八郎は首を振っただけだった。が、しばらく行って、またしゃがみこむと、細谷に言った。

「見ろ」

「足跡か？」

細谷も腰をかがめて地面を見つめた。そこは少し地面がくぼんでいて、水がたまっていて干《ひ》あがったという感じの場所だった。かなり深い足跡が残っていた。

「大人の足跡だ」

細谷は興味もなさそうに言った。又八郎は、なおしばらくその足跡を眺めてから立ち上がった。

「履物は何だと思う？」

「雪駄《せった》かの？」

細谷は首をひねって言った。二人はまた歩き出した。はっきりした足跡はそこだけで、やがて道が尽きるところに黒板塀が見えて来た。そこが裏口だった。塀と同じ色に塗った、頑丈な潜《くぐ》り戸があり、太い閂《かんぬき》が、内側からがっしりと潜り戸を押さえている。

「おい」

又八郎は、細谷の腕をつかんで、閂を指さした。

「新しい」

「ふうむ」

細谷はうなって、又八郎が指さした場所を、顔を近づけてのぞきこんだ。閂の棒は、三カ所にある四角い鉄枠《てつわく》で、しっかりと戸を締めつけている。その棒の、鉄枠に近い場所に、こすれた赤錆《あかさび》のあとがあった。

「ふむ、棒を動かしておる」

「住職はああ言ったが、誰かがここを出入りしたのだ。それも最近だ。さて、塀のそとはどうなっているかな?」

又八郎は閂の棒を動かした。閂は頑丈だったが、細谷が手を貸すと、やがてかすかな軋《きし》り声をあげて鉄枠からはずれた。

二人は潜り戸から、半身を乗り出して外を見た。そこは寺の塀と武家屋敷の裏塀にはさまれた細い路地だった。人影はなく、そこにもさんさんと春の日が降りそそいでいるだけだった。

「ここに駕籠《かご》でも持って来ておけば、日暮れなら、子供一人運び出すのはわけないな」

「駕籠屋を頼んでか。大胆な男だな」

「いや、一人の仕事じゃない。相棒がいる。駕籠屋を連れてきたのは相棒の方だ。そしてもう一人は、子供を手渡すと、また内側から門をおろし、そ知らぬふりで寺にもどっておる」

「…………」

「さっきの足跡のところで、帰りの足跡に気づいたか?」

「いや、それは見えんかったぞ」

「いや、あったのだが、うっかりすると見のがすほど浅かったのだ。来るときには、子供を抱くか背負うかしていたのと、気持がせいたために思わず深く踏みこんだが、帰りは用心して足跡にも気を配ったという形だ」

「こいつは、青江」

細谷はつくづくと眺めるというふうに、又八郎を見ながら言った。

「貴様が来てくれて、わしは助かったらしいな。わしひとりでは、そんなことまで気づくわけがない」

「捜し物は、これからだぞ」

又八郎は、懐《ふところ》からさっき住職に書いてもらった紙切れを出してひろげた。

「まず、この連中がどういう人物か、手わけして調べてみよう。村瀬に怨《うら》みを持っている者はいないか。近ごろ金に詰っている者はいないか、といったたぐいの事だな、住職がくれた名簿には、二人の武家、商人三人、僧侶《そうりょ》一人の名が記されていた。

「この中に怪しい者がいなければ、あとは寺の者のしわざということになる」

調べるのは」

八

「こちらさまのお家、もしくは奥様が人に怨《うら》まれているということはありませんか」

「いいえ」

村瀬の妻女弥津は、ゆっくり首を振った。

「そのような心当りはありませぬ」

「それでは、近ごろ思わぬ方に文《ふみ》を頂いたというようなことは？」

同じことを村瀬主計《かずえ》にも聞いたのだが、又八郎はそのときははっきり、脅しの手紙は参っておりませんかと聞いたのだ。村瀬は何も来ていないと言った。

今度はその質問を微妙に変えたのだが、又八郎の脳裏にある二人の人物のうちのどちらかが、かりに弥津にひそかに手紙を届けたりする場合、それはむき出しの脅迫文ではないかも知れないという気持が働いたからであった。

たとえばそれは、三五郎のことでいい知らせがある、ついてはどこかでひそかにお会いしたい。そういうものであるかも知れなかった。

そう思わせるのは、はじめて会った弥津の美貌《びぼう》だった。事件のために顔色はすぐれなかったが、亡《な》くした子供を含めて三児の母親という落ちつきと、二十八という年がもたらす、盛りを過ぎようとする女の色香、そういうものが、しっとりと美しい人妻の魅力を、弥津に賦与《ふよ》していた。

又八郎の質問に、弥津はまぶしそうな視線を返したが、静かに首を振った。

「いいえ」

「失礼つかまつりました」

と又八郎は言った。

「しかし怨みを抱くにしろ、金が目あてにしろ、そろそろ何か申してくるはずでござる。ことにお文のたぐいに十分気を遣われ、変ったことがあればお知らせ願いたい」

弥津の顔色が、幾分曇ったようだった。だが、思い直したように、十分気をつけましょうと言った。

部屋にもどると、細谷が首を長くして待っていた。二人はいまは八畳のいい部屋に移されて、そこで寝起きしている。

「どうだった？」

「殿さまの方には、手紙は来ておらん。これははっきりしているが、奥方の方はどうかな」

「何か、それらしい気配があるのか？」

「いや、何とも言えん。何気ない形の手紙がとどいていて、奥方がそれを脅迫と受けとっていない場合もある」

「ふむ、むつかしいことを言う」

「なに、むつかしいことはないさ。殿さまの方は見張る必要はまったくないが、奥方の方は見張っている方がいいということだ」

又八郎と細谷は、一行院の運座仲間を洗っているうちに、村瀬家の内情を知っているうえに、ひょっとすると悪事を考えつかぬでもない、という男二人を突きとめていた。

一人は加賀屋新兵衛という呉服商である。加賀屋は、商いに躓《つまず》きを出し、莫大《ばくだい》な借金を背負って破産寸前にいた。とても悠長に俳諧《はいかい》を楽しんでいられるような人物ではない。加賀屋は三年前まで村瀬家に出入りしていた。

もう一人は本所《ほんじょ》に住む深沢清次郎という御家人《ごけにん》で、家が村瀬の妻女弥津の実家の隣だった。村瀬家とのつながりといえばそれだけだが、深沢は年は三十で妻子がありながら、悪所通いがはげしく、金につまっている様子だった。これまた、一行院の住職が言うような、風流の徒ではない。深沢は一行院の中で、弥津と顔をあわせていることも考えられた。

又八郎は、この二人に眼をつけたものの、その先の調べはすすまなかった。事件が起きたときの状況を考えると、加賀屋と深沢が組んだということはまずあり得ない。二人そろって中座すれば必ず目立つ。外にもう一人、相棒がいるのだということまではわかっているが、その相棒の手がかりは、これまでのところ皆無だった。

「やはり手紙だ」

と又八郎は自分に確かめるようにもう一度言った。村瀬家にまったくかかわりのない人さらいが、あの日一行院に忍びこんだ、ということでないかぎり、いずれその拐《かどわか》しは、村瀬家に何か便りしてくるはずだった。

――その便りは、すでにとどいていることも十分考えられる。

又八郎は、手紙が来ていないかと聞いたとき、弥津がまぶしそうな眼をしたことを思い出し、明日からは、弥津から眼を放すまいと思った。

だが、翌日も村瀬家にそれらしい手紙がとどいた形跡はなく、弥津がどこかに出かける気配もなかった。次の日も同じことだった。その夜二人は、村瀬主計にこってりと油をしぼられた。部屋にもどると、細谷は殺気立って、これから出かけて、あの二人をしめ上げてやる、とわめいたが、又八郎は抑えた。そんなことをすれば、まず三五郎の命はない。

ただしそれは、三五郎がまだ生きていればの話だった。黒い翼のようなものが、すっぽりと村瀬家を覆《おお》いかくしてしまったように、家の中は陰気だった。奉公人たちは、廊下を歩くにも足音を立てずに歩いた。

そしてその翌日、日暮れになって、弥津が駕籠《かご》を呼んだ。一人で、本所の実家に行ってくると言っているらしかった。

駕籠が村瀬家の門を離れて、一町ほど行ったとき、又八郎と細谷は門を滑り出た。後をつけている間に日が沈み、あたりが薄暗くなると、二人は大ぴらに駕籠のうしろまで近づいて歩いた。

駕籠が両国広小路についたときは、日はとっぷりと暮れて、夜になった。両国橋の手前で、弥津は駕籠を捨てた。頭巾《ずきん》で顔を隠していた。

柳橋を渡ったところに、水月という料理茶屋がある。又八郎と細谷は、弥津がその茶屋に入るところを見とどけ、弥津を案内した女中がもどって来たのを見てから、玄関に入った。

女中に金をやって、隣の部屋に入りこんだのは、又八郎の才覚だった。その金も才覚も持たない細谷は眼をまるくした。だが又八郎は、注文を聞きに来た女中には、待ちあわせる人間がいるので、そのひとが来てから注文すると言って追い返した。細谷は多少あてがはずれたかも知れないが、酒を飲む場合ではなかった。隣の部屋から、弥津の声と、深沢清次郎の声が聞こえていた。

だが、そうして二人が襖《ふすま》ぎわで息を殺していたのは、そう長いことではなかった。低い話し声がつづいたあとで、弥津の声が、押し殺した鋭い声音《こわね》に変った。

「深沢さま。やっぱりあなたさまだったのですか。なんという人でなしの所業……」

「…………」

「おことわりいたします。よくもまあ、そのように大胆な、愚かしいことを思いつかれますなあ」

「…………」

「よろしゅうございます。これから立ちもどって、わが家《いえ》の主《あるじ》によく申しつたえます。それまでは、動かずにここにおいでなされませ」

「これよ、弥津どの」

凄味《すごみ》をおびた男の声が言った。

「そういきり立つものではない。あたら女子《おなご》の可愛《かわい》さが、それでは台無しになる。ま、一杯どうじゃな」

部屋がみしっと鳴ったほど、はげしい物音が立ち、そのなかに器物の割れる音がひびいた。細谷が立ち上がろうとしたのを、又八郎はとめた。

息をはずませた弥津の声が聞こえた。

「女子とみて侮《あなど》ると、許しませんぞ」

「ふん、蛸《たこ》どのに操立《みさおだ》てか。ごりっぱだ」

蛸というのは、赤ら顔の主計のことらしかった。男の声は村瀬主計をなめ切っている。襖を開ける音がした。その音を、粘りつくような男の声が追いかけた。

「おい、子供の命はどうなろうとかまわんというのだな？　そう受取っていいか？」

一瞬弥津が足を竦《すく》ませた気配がしたが、襖はいさぎよく閉められた。しのびやかな足音が、廊下を遠ざかって行った。

隣の部屋は、しばらくひっそりとしていた。そして不意に低い奇妙な声が洩《も》れてきた。泣いているのかと思うような声で、又八郎と細谷は顔を見合わせたが、やがてその声がはっきりすると、残された男が笑っているのだとわかった。男は一人で笑っていた。

男が女中を呼んで勘定を済ませ、部屋を出て行く気配を確かめると、又八郎と細谷もすばやく部屋を出た。玄関のところで、さっき注文を聞きに来た女中に見つかった。女中は不審そうな顔で二人に寄って来たが、細谷がとぼけた顔で、「あー、また出直して来る」と言うと、ぽかんとした表情で二人を見送った。

五、六間先に、深沢清次郎の黒い影が動いている。爪《つめ》のような月が投げかける微《かす》かな光だったが、地上に月明りが落ちていて、深沢の姿を見失うことはなかった。

深沢は家がある本所とは逆に、夜の町を西に歩いていた。千住《せんじゅ》街道を横切り、その先の茅町《かやちょう》に入って行った。そのあたりは街道ぞいには町屋がととのったものの、裏にまわるとまだ草ぼうぼうの空地が散在している。

そこまで来ると、月の光はいくらかはっきりして、去年の枯れた芒《すすき》がそのまま立っている空地と、その空地をへだてたところにある、広大な武家屋敷を浮かび上がらせている。深沢は町の裏通りを、迷う様子もなくいそぎ、やがて町はずれに近い一軒の家に入った。粗末なしもた屋だった。

又八郎と細谷は、軒下に貼《は》りついて、中の様子を窺《うかが》った。深沢のほかに、もう一人の男の声がした。その男も武家だった。

「一文にもならずか」

と相手が言っている。

「うむ」

「女は、ものにしたか？」

深沢は無言で、相手の男がケ、ケと下卑《げび》た笑い声を立てた。

「だから色欲はやめろと申したのだ」

「………」

「村瀬に、改めて掛け合うしかあるまい」

「いや、そいつはまずい。正体がバレてしまってからではまずい」

「貴様はバカだ」

相手は深沢を罵《ののし》った。

「どう結末をつけるつもりだ」

「子供は始末する」

「バカな。そんなことをしてみろ。腹切りものだぞ」

「いや、その方が安心だ。おれたちは子供に顔を見られているからな」

「女に知られているではないか」

「証拠にはならん。子供がいなくなったと聞いて、ゆする気になったと言おう」

「達者な悪知恵だ。それでどうして金にならんのかな」

「子供は眠っているか」

「うむ」

「どれどれ」

深沢が立ち上がる気配がした。又八郎は細谷に眼くばせすると、一気に戸を開けて中に走りこんだ。又八郎は小刀を抜いていた。

刀をつかみ上げた二人に、又八郎は遠慮のない峰打ちを喰わせた。正確に手首を打った。手首をかかえて一人はうずくまり、深沢は部屋の隅に倒れこんで、うめき声をあげた。骨が折れたかも知れなかった。のっぺりした二枚目づらが、みるかげもなく歪《ゆが》んでいる。

その間に奥の部屋に駆け込んだ細谷が、暗い部屋の中から大きな声で言った。

「いたぞ。無事じゃった」

五日、家を留守にしたが、その留守に佐知が来た様子はなかった。徳蔵の女房に確かめたが、誰も来なかったと言った。だが、又八郎は焦《あせ》らなかった。

絶対の信をおける人間は少ないと又八郎は思っている。ほんのひとつかみほどの信用出来る人間をのぞけば、世の中は信用出来かねる人間で満ち満ちている。相模屋《さがみや》吉蔵などは、いつもその境い目にいるし、間宮中老は、高百石の旧禄《きゆうろく》にもどしてくれたころは信用出来る人間に思えたが、いまは不信のどん底にいる。

だが間違いなく信用出来る人間もいる。佐知という女は信用していいのだ、と又八郎は思っていた。焦らずに待てばいい。幸いに国元から持って来た金が、まだ残っていたし、村瀬主計《かずえ》は吝《しわ》い口ぶりにも似ず、二人に働きに見合うだけの手間をきちんと支払った。当分は、喰う方の心配はなかった。

佐知が裏店《うらだな》をたずねて来たのは、それから三日後の未《ひつじ》ノ下刻（午後三時）を半ばすぎたころだった。

「見つかりました」

佐知はこの前会ったときと同じように、感情の動きが表に出ない顔のまま言った。

「これからお出かけになりますか」

「おお」

又八郎は、総身の肌がざわめくような感覚に襲われながら言った。大富静馬は、これまで剣を合せた相手の中で、いちばんの強敵だった男だ。

「すぐ行く」

「場所が少し遠《とお》ございます」

と佐知が言った。

佐知が案内して行ったのは、上野のはるか西北の場所。御成道《おなりみち》から左にそれて、駒込《こまごめ》七軒町にむかう道の途中だった。雑木林があり、畑地があった。そしてあちこちに百姓家が点在している。

日が暮れて、黄金色にかがやく西空を背景に、百姓家を囲む木立が黒く浮き上がっていた。佐知は畑中の細い道を歩いている。疲れたいろは少しも見えず、軽い足どりだった。

「この家です」

佐知は生垣《いけがき》に囲まれた、一軒の百姓家の前で立ちどまった。垣の内に薄ぐらい光が這《は》う広い庭がひろがり、そのむこうに、まだ灯をともしていない暗い大きな家が見えた。庭も建物も、人の気配はなく、ひっそりしている。

「静馬が、この中にいるのだな」

又八郎は、佐知にささやいた。

「はい」

「よし」

又八郎は、刀の鯉口《こいぐち》を切り、柄頭《つかがしら》を押しあげて、静かに庭の中に歩み入った。うしろで佐知が、わたくしはここでお待ちします、とささやいたのが聞こえた。

その剣気が、どちらからやって来たのかはわからなかった。庭の途中で又八郎は、はっと足をとめた。そのとき、背後から佐知の絶叫が聞こえた。

「青江さま、左、ひだり!」

左に向き直ったのと、殺到して来た黒い影を迎え撃ったのは、ほとんど同時だった。猫のようにしなやかな跳躍を見せて、黒い影がとびのいた。そして殺気は背後からもやって来た。

——罠《わな》か?

又八郎は瞬間そう思いながら、反転して背後の敵に向かうと、白刃をはね返していた。佐知の罠に嵌《は》められた。だが眼の隅に、最初又八郎を襲って来た敵に、庭に走りこんできた佐知が、短剣をふるって斬りかかるのが見えた。罠と思ったのは、又八郎の誤解のようだった。

無言の死闘がつづいた。敵は二人だけだったが、驚くべき軽い身のこなしと、粘っこい剣技を持っていた。敵は又八郎の剣先をかわすと、軽がると高い石の上に跳び上がり、そこからたちまち空を駆けながら、すさまじい一撃をふりおろして来る。

だが又八郎は落ちついて敵を追いつめて行った。大人の身が隠れるほどの、太い欅《けやき》の樹《き》がある。敵は追われてその樹を背に負った。黒覆面、忍び装束《しょうぞく》で身を包んだ、異様な敵だった。覆面の中から、射るような眼を、又八郎にそそいで来る。

又八郎は、左右に逃げようとする敵の動きを牽制《けんせい》した。だが、敵は追いつめられたと見せて不意にするりと幹のうしろにのがれた。その姿に一撃を送った又八郎は、反転すると同時に、ほとんど相手を見ないで、次の一撃をふりおろした。

軽捷《けいしょう》にすぎる動きが、敵の命取りになった。幹を回って背後を襲った敵は、又八郎の一撃に左肩を深く斬り下げられ、弾《はじ》かれたようにとびすさったが、そこで倒れた。

又八郎は佐知の方を見た。佐知は見事な手練で、つづけざまに敵の剣をはねかえし、ちょうど駆けよった又八郎の眼の前で、敵の胴を抱きこむように飛びこむと、深く胸を刺して仕とめた。佐知の手からこぼれ落ちるように、刺された敵がずるずると地面に崩れ落ちた。

はげしく息をはずませている佐知の肩を叩《たた》いて、又八郎はここにいろ、と言った。そして開いている戸口から、足音をしのばせて家の中に入った。

人の気配はなく、かわりに闇の中に血の匂いがした。又八郎は白刃を構えたまま、茶の間まで上がり、しばらく闇《やみ》に佇立《ちょりつ》したあと、行燈《あんどん》を目にして膝《ひざ》まずくと灯を入れた。

茶の間と隣の部屋の間の襖が倒れ、茶の間にひとつ、隣の部屋に二つ、黒ずくめの衣装に身を包んだ死体が転っていた。

又八郎は行燈を片手に、家の中を静かに歩き回った。奥の部屋に万年床が敷いてあった。手を入れて見たが冷たかった。押し入れ、棚、長押《なげし》裏とくまなく捜したが、何もなかった。台所に行くと、釜《かま》の底に喰い残しの飯があった。それだけで、静馬の姿はどこにも見えなかった。

茶の間にもどろうとしたとき、しきいぎわに一通の手紙が落ちていた。又八郎は、茶の間に入って行燈を置くと、そばに坐《すわ》ってその手紙を調べた。江戸屋敷の北川甚左衛門という男から、死んだ大富家老に宛《あ》てた手紙だった。静馬のたったひとつの遺留品だった。

「逃げたのですか」

佐知の声がした。佐知はゆっくり茶の間に上がってくると、又八郎のそばに坐った。

「そうらしい」

「この人たちは？」

「公儀隠密《おんみつ》だと思う」

二人は顔を見あわせた。静馬を襲った公儀隠密は、その剣の前に倒れ、その残りか、あるいは後詰《ごづめ》の者が静馬を待ち伏せていて、二人と斬りあうことになったようだった。

無表情な佐知の顔に、めずらしくある感情の動きがあらわれていた。好むと好まざるとにかかわらず、藩の大事に足を踏みこんでしまったことを悟った表情だった。

恫《おど》し文《ぶみ》

一

「大富静馬の消息が、このところぷっつりと途だえました」

と佐知が言った。青江又八郎は、腕組みして佐知を見ている。

「でも、あまりお気遣いなさいますな。ご家老とのつながりを切ったはずはございませんから、いずれ向うから姿を現わすと存じますゆえ」

「さようか」

「おそらく静馬は、公儀隠密《おんみつ》を避けて、どこぞに身をひそめているものと思われます。ということは、青江さまが前にお洩《も》らしになられたようなご心配は、まずないということでございましょうから、しばらくはこのまま、私におまかせくださいませ」

佐知は淡々と言った。

国元で、家老大富丹後の断罪に立ち合った一族の大富静馬は、大富の死後、藩主謀殺の陰謀にかかわりあった一味の連判状、書簡、大富の日記などを、家老屋敷から持ち出している。そのために大富派の粛清を手がけていた間宮中老は、一味の処分を中断され、また領内に潜入していた公儀隠密とみられる男が、静馬を追って領外に出たことを知って恐慌《きょうこう》を来たしていた。

藩の秘事を記した書類を握った静馬が、公儀隠密のひそかな追跡を受けていること自体が恐慌の種だったが、間宮は静馬の意図を忖度《そんたく》しかね、あるいは静馬が、一件書類を公儀に投げ出して、藩に復讐《ふくしゅう》するつもりかも知れないと疑ってもいた。

佐知が心配はあるまいと言ったのは、そのことだった。佐知が言うとおりかも知れなかった。静馬は国元をのがれ出る時に一人、江戸に来てからも潜伏先の駒込《こまごめ》の百姓家で三人、公儀隠密と思われる男たちを斬《き》っている。公儀に一件をとどけ出るつもりなら、それは無用の殺戮《さつりく》ということになる。

「申されるとおりじゃな」

と又八郎は言った。

「静馬の意図はべつにあるようだ。はて、奴《やつ》は何をたくらんでおるのかな」

間宮は藩から金をゆすり取るつもりか、などと言ったが、その考えは甘いようだった。連判状の筆頭に名を連ねていた疑いがある、寿庵保方《じゅあんやすかた》という人物が、まだ無傷でいることが、無気味に胸を圧して来る。

大富派はまだ死に絶えたわけではなかった。ある意味では、静馬は大富派の潰滅《かいめつ》を救い、新しい火種を持ったまま、江戸をうろつき回っていることになる。静馬が、江戸家老の田代とのつながりを切ったはずはないという佐知の見方も、また正しいようだった。

「江戸屋敷に姿を現わせば、考えていることもおいおい明らかになりましょう」

佐知は自信ありげに言うと、つつましく茶を一服した。嗅足《かぎあし》と呼ばれる陰の組の頭領を父に持つ佐知は、江戸屋敷の中に、彼女の耳目の役目をする者を何人か配ってある。そういう落ちつきが、佐知の顔にあらわれていた。

「よしなに頼む」

又八郎は頭をさげた。又八郎は、江戸屋敷の方を佐知に頼む一方で、自分は江戸にある東軍流の道場をたずね歩いていた。

大富静馬が、江戸で東軍流を修業したことは確かめられている。その道場を突きとめれば、そこから静馬の消息を聞けるかも知れないと思っていたが、これまでのところは何の収穫もなかった。

だが佐知は、江戸に来た静馬が、ひそかに江戸屋敷に連絡して来た糸をたぐって、一度は駒込にある静馬の潜伏先を突きとめている。佐知の網にかかる方が早いかも知れない、という気がした。

又八郎が頭をさげると、佐知はうろたえたように首を振った。

「お気づかいくださいますな。私にはなんでもないことでございます」

「しかし厄介をかける」

「いえ、藩のおためですから」

佐知は声を落とした。

「それに、そのようなことで、少しでも青江さまのお役に立てましたら、うれしゅうございます」

佐知は、いつもの表情の少ない顔でそう言っていたが、声には真情がこもっていた。孤立無援と思って来た江戸だが、頼りになる人間がいた、という気がした。

又八郎は、思わず手をのばした。すると、心が通じたように、佐知も手をのばして、軽く又八郎の手を握った。だが、それは一瞬のことだった。二人は驚いたように、お互いの手をひいた。

餅《もち》菓子屋を出ると、雨がやんでいた。西空がうっすらと明るくなっている。

「明日は、晴れそうじゃな」

店先で待っていた佐知にそう言ったが、又八郎はふと思いついて聞いた。

「御納戸《おなんど》の土屋に一度会いたいのだが、そのうち工面してもらえるか」

「土屋清之進さまですか」

「さよう。そなたには申しておらなんだが、あれは国元で友だちづきあいをした男だ」

「土屋さまは、いまはおられませぬ」

「おらん？」

又八郎は眼をみはった。

「どういうことかの？」

「国元に帰りました。たしか青江さまと入れ違いに帰国されたと思います」

「ふむ」

又八郎は脳裏に浮かんで来たものを、じっと見つめた。土屋の顔ではなく、懐《ふところ》におさまっている金入れだった。二人分の餅菓子と茶代を払って、金入れは指でつまめるほどに軽い。土屋に一度会わねば、と思ったのはそのためだが、あてがひとつはずれたようだった。

「それではひとつ、頼まれてくれぬか」

「はい」

「御小姓頭の長瀬どのに、わしがそう申したといって頂けば……」

「ま」

佐知は又八郎の言葉をさえぎった。

「長瀬さまも帰国なさいました」

「いつ？」

「半月ほど前でございますよ」

又八郎は言うべき言葉を失った。怪訝《けげん》そうな顔をしている佐知と別れて芝口の方に歩きながら、又八郎は腹の中で間宮中老を罵《ののし》った。

暮らしの金に詰まって止《や》むを得ぬ場合は、江戸屋敷に駆けこめと言って、間宮は小姓頭と土屋の名前を挙げたのである。ことわりもなしに二人を帰国させるのは、屋根に上げて梯子《はしご》をはずすようなものでないかと思ったのであった。

だが憤慨がおさまると、懐のあたりがにわかにうそ寒くなった気がした。憤慨しても腹の足しになるわけではない。早速に金の工面にかからねばならないということだった。

――吉蔵の店に行くしかない。

急に切実にそう思った。江戸にもどってから、一度は吉蔵から仕事をもらっているが、仕事の中味は、窮地に陥っていた用心棒仲間、細谷源太夫を救い出すといったようなものだった。

形は浪人だが、高百石の身分はいつでも取りもどせるものだし、家に残る祖母と由《ゆ》亀《き》には、隠し扶持《ぶち》があたえられている。そういう安心が心の底にあり、暮らしの金が減っても、いざとなれば長瀬権六か土屋に会えば、何とかしてもらえると思っていた。

そういうもろもろの安心感が一度に覆《くつがえ》ったようだった。同時に、間宮中老にうまく嵌《は》められた自分の姿が見えて来た。たしかに高百石、馬廻り組勤めの身分は保証されているが、それは大富静馬と決着をつけて戻らないかぎり、手もとにはもどって来ない。そういう仕かけに嵌まったようだった。

つまりは巧妙におあずけを喰ったことになる、と又八郎は思った。おあずけを解いてもらうためには、静馬探しに全力を傾けるしかない。

又八郎は低く唸《うな》った。そして一たん日本橋を渡りかけた足を返して東の方にむかった。口入れ屋の吉蔵に行く前に、深川の八名川《やながわ》町にある東軍流の道場に寄って行く気になっていた。

そこは二日前に一度訪れた場所だが、道場主が留守で要領を得なかったところである。寄って確かめてみようと思った。

二

道場は休みだった。訪《おとな》いを入れると、台所働きとみえる老婆《ろうば》が出て来て、今日は休みだと言った。仕方なく又八郎は道場を出た。振りむいてみると、あまりはやっていそうもない、陰気で小さな道場だった。しかし門にかかげた東軍流指南の看板の文字が眼に吸いついて来る。

――日を改めて来てみよう。

どこに大富静馬を知っている人間がいるか、わからないことだと又八郎は思った。二度も会えないということになって、かえって道場主の顔を見たくなったようだった。

町に霧が出ていた。朝から降っていた雨が上がったあと、急にあたたかくなって、日が傾くころから霧が出はじめたようだった。霧はことに六間堀の上に、濃く青くわだかまっていて、河岸《かし》を歩いている人が黒い影のように見えた。

六間堀が二股《ふたまた》に分れるあたりまで来たとき、又八郎は河岸に立っている人間に突きあたりそうになって、あわてて横に跳んだ。

「これは、失礼」

声をかけたが、相手はじろりと又八郎を振りむいただけだった。又八郎より若い、二十三、四とみえる痩《や》せぎすの男だった。なりは町人ふうだったが、又八郎を振りむいた眼はただの町人のものではなかった。鋭い一瞥《いちべつ》で、又八郎を吟味したように見えた。男はすぐに顔をそむけた。

――今日はツイておらんようだ。

舌打ちする気持で、又八郎は男のうしろを通りすぎた。

源介町の餅《もち》菓子屋で、感激して佐知と手をとりあったところまでは上々だったのだ。だがその直後から、急にツキが落ちたという気がした。

長瀬権六、土屋清之進という大事の兵粮方《ひょうろうかた》が帰国したとわかって、浮世の風がぞっと身にしみるのを感じたかと思うと、遠まわりして訪ねて来た道場は休みだった。そうかと思うと、こんな濃い霧の中に、のっと立っている人間がいて、こちらが挨拶《あいさつ》しても答えるどころかにらみつけて来る。

――しかしあの男、何を眺めておったのだ？

少し行ってから気になって振りむくと、もう男の姿は河岸から消えていた。男が眺めていた対岸のあたりに眼をやったが、そこはおぼろな町並みがつづいているだけで、とくに眼にとまるようなものもなかった。

神田橋本町の吉蔵の家についたときは、日はあらまし暮れて、そこにも立ちこめている乳のような霧が、わずかに追って来る宵闇《よいやみ》に抗《あらが》っていた。店には灯がともっていて、細谷源太夫の高い笑い声が路上までひびいてくるのは、だいぶうまい仕事にありついたということらしかった。

又八郎が戸を開けると、上機嫌の細谷の顔が迎えた。

「やあやあ、どうした？　出戻り浪人」

細谷は陽気に声をかけて来た。又八郎が江戸にもどって来たとき、細谷は子供の護衛をしくじって、村瀬という旗本の屋敷に軟禁され、すっかりしょげ返っていたのだが、いまはそのときの面影はない。頰から顎《あご》を埋めるひげは艶《つや》を帯び、顔は栄養が行きとどいて、てらてら光っている。

「浮かない顔だな、どうかしたか」

「なに、金が心細くなると、貴公のように笑ってはおられんということさ」

又八郎はどかりと腰をおろした。長い道を歩いて来て疲れていた。

「相模屋《さがみや》、何か仕事が来ておらんかの」

「お仕事は、いつだって用意してございますよ、青江さま」

と吉蔵は言ったが、上機嫌の細谷にくらべて、何となく浮かない顔をしている。もっとも相模屋吉蔵の浮かない顔は地である。この男が嬉《うれ》しそうに笑っているなどということは想像も出来ない。

　それでも又八郎は、細谷が上機嫌に過ぎ、吉蔵が陰気に過ぎるのが気になって聞いた。

「何かあったのか」

「青江さま、ま、お聞きくださいまし」

　吉蔵は細谷にじろりと流し目をくれて、急に膝《ひざ》をのり出した。すると細谷がさっと立ち上がって手を振った。

　細谷はテレたような笑いを、吉蔵と又八郎に等分にむけながら言った。

「ま、いいではないか。むこうは二人、こちらは八人だ。喰う口が違う。なに、黙っておればわからんことだ、な?」

　細谷は刀をつかみ上げて腰に差すと、また会おうと又八郎に言い残して、あわただしく出て行った。

「ご自分でも気がさすとみえて、いまの帰りようをごらんになりましたか」

　と吉蔵が言った。

っていた。

「何のことか、さっぱりわからんぞ」

と又八郎が言うと、吉蔵はうしろを向いて、おいねや、青江さまにお茶をさし上げろと声を張りあげた。細谷に不満があって、話を聞いてもらおうといった顔つきになっていた。

吉蔵は、細谷と米坂《よねさか》八内に仕事を頼まれていた。それで二日前に深川のある商家から、用心棒二人をという注文が来たとき、これで細谷と米坂の斡旋先《あっせんさき》が出来たとほっとした。手間は飯をくわせて三日で一分。この種の仕事にしては安いが、しかし長くつづきそうな話だったから不満は言えなかろう。そう思って吉蔵は、二人をその商家にむけるつもりでいた。

それが今朝になって新しい話が入って来て、吉蔵の気が変った。その新しい話は、吉蔵が出入りしているさる旗本の用人《ようにん》からもらった私的な注文で、まず手間がよかった。用人は二日で一分出すと言った。

仕事は、上方から来た用人の親戚《しんせき》の娘が、江戸見物をする間、そばにつき添ってあちこち案内してくれればいいというものだった。女中が一人ついて来ているが、女二人では心もとない。その上その娘の家が、少しは名も知れている裕福な商家なので、万一のことがあっても困る、と用人は言った。むろん昼の間だけの案内で、用心棒とも言えないほどのやさしい仕事だった。娘のお供の期間は、およそ十日である。

吉蔵は、この話を米坂八内に回そうと思った。深川の商家の方は、ほかにも仕事はないかとのぞきに来る浪人者がいるし、そのうちの誰かを細谷と組ませればいい。

「依怙《えこ》ひいきするわけではございませんが、米坂さまは、ご新造《しんぞ》さまが長患《ながわずら》いをなさっておいでです」

と吉蔵は言った。

「看病をなさりながらのお仕事でございましてな。出来れば夜はご新造さまのおそばにいてやりたい、そう思っていなさる。そういうひけ目がございますから、ここに仕事を頼みにいらっしゃっても、どことなく遠慮がちになさいます。あたくしが、楽なお仕事を米坂さまに回してさし上げようとした気持は、青江さまもおわかりでございましょ？」

「それはわかる」

又八郎は苦笑した。そこまでの吉蔵の話と、細谷のさっきのそぶりで、事の成行きのあらましは見当がついていた。

「そこに細谷がやって来て、強引に横からさらって行ったというわけらしいな」

「さようでございます。細谷さまも乱暴ではございませんか」

吉蔵は憤慨したように口をとがらせた。そういう表情をすると、吉蔵の顔は一そう狸《たぬき》に似てくる。

「その話は俺がもらった、とこうですからな。あのひととは長いつき合いで、日ごろ決して悪いようにはしていないつもりですが、あたしが、それは困りますと言ってもお取り上げにならない。呆《あき》れたものです」

「人間ががさつに出来ておるからの」

「なにせ、つい今朝来た話を、あのひとにしゃべってしまったのが間違いでした」

吉蔵は、せっかくの心づもりを邪魔されて機嫌がよくなかった。

その気持はよくわかった。吉蔵は、店の客にわりに気を配るところがある。時にはとんでもない危ない仕事をそっと押しつけて来たりして、油断ならない親爺《おやじ》だが、概して言えば、客を大事にしていると言っていいだろう。

米坂八内に対する気配りにも、吉蔵の通り一ぺんの周旋屋でない気持が出ていた。又八郎は聞いて気持がよかったが、だからと言って、吉蔵と口を合わせて、細谷を悪《あ》しざまに言う気にもなれなかった。

本人の分をふくめて、細谷は八つの口を養わなければならない。品よく世を渡ってもいられない細谷の心境もわかるのである。つまりは人の仕事をかすめ取ってでも、細谷は家に喰い物を運ばなければならないのだ。

　それに、吉蔵の話を聞きながら、又八郎は少し気になることがあった。細谷は骨惜しみをしていると感じたのである。前なら、女の江戸見物の案内と聞いて乗り出した細谷を、好色と結びつけてからかいの種にしたかも知れない。

　だが今度は、不思議にそういう感じが匂《にお》って来なかった。むしろあてもない用心棒稼業《かぎよう》に、いささかくたびれが来た細谷の気持が見えるようだった。その気持を、細谷は例の高笑いでごまかして去ったという気もする。

「ま、そう怒っても仕方あるまい」

　又八郎は吉蔵をなだめた。

「その深川の話は、わしがもらおう。米坂というご仁と組むのははじめてだが、親爺の話で事情はよくわかった。悪いようにはせぬゆえ、わしにまかせろ」

三

「何ということもないように見えるがな」

　六間堀の河岸《かし》をぶらつきながら、又八郎は越前屋《えちぜんや》を振りむいて、並んで歩いている米坂《よねさか》八内にそう言った。

呉服物を商う越前屋は、そう大きくはないがはやっている店だった。米坂と二人で雇われて来てから五日経《た》っていた。主人の藤兵衛の話によると、越前屋は盗賊に狙《ねら》われているのである。そういう投げ文があったと、短いが凄《すご》い脅し文句を記した紙きれも見せられたが、客が出入りする昼の間はむろん、夜もいたって平穏だった。又八郎と米坂は、いささか手もち無沙汰《ぶさた》な日を送っていた。

むろん何ごともないに越したことはない。何ごとも起こらず、しかも用心棒を二人雇うほどの不安だけはあるという状態は、考えようによっては、これほど好都合なことはないわけだが、ただ喰って寝て、手間だけもらっているというのは、落ちつかない気持のものだった。

二人のそういう様子に気づいたらしく、藤兵衛が、まさか昼日中に泥棒もやって来ますまい。昼の間はご散歩なり、そのあたりでお買物なり、ご自由にと言った。それで外に出て来たのである。

季節は梅雨に入っているはずだが、空梅雨《からつゆ》というのか雨が少なかった。午後の日が白く河岸を照らしていて、五日ぶりに外に出た又八郎は気分が晴ればれとした。

「貴公はどう思われるな？」

又八郎は、小柄で細長い顔をした米坂をふりむいた。米坂は何か考えごとをしていたらしく、又八郎に問いかけられると、驚いたように顔を上げた。

「いや、泥棒というのが、果して来るのかどうかと言うことじゃが……」

「はて」

米坂は、大きなほくろのある長い顎《あご》を指でつまんだ。そこで考えこんで何か意見を言うのかと又八郎は待ったが、それっきりだった。

二人で藤兵衛に会い、投げ文だという紙きれの文字を、米坂も見ているはずだが、何とも頼りない相棒ぶりだった。米坂は無口な男で、又八郎とひとつ部屋にいても、ほとんど物をしゃべらない。大ていは背をまるめ、ほくろに生えている黒い毛をつまみながら、家から持参した書物を読んでいる。書物の中味は、宋詩だと聞いている。

米坂は朝早く来て、夜は戌《いぬ》ノ中刻（午後九時）が過ぎると家に帰る。女房が寝たきりで、飯の支度も出来ないと聞いて、又八郎は藤兵衛と打ち合わせてそうはからったのだが、そのことを本人がどれほど有難がっているかもはっきりしなかった。

だが米坂八内の姿を見ていると、思わずそういうかばい方をせずにいられないようなところがある。細長い顔は艶《つや》を失い、肩は痩《や》せ尖《とが》っているし、袴《はかま》をつけているのはいいが、その袴は折目も分明でなく、垢《あか》で光っている。四十にはなるまいと思われるのに、鬢《びん》のあたりの毛は、はや抜け上がっていた。

米坂八内は、尾羽打ちからした貧乏浪人を絵にしたら、かくもあろうかと思うような貧相な姿かたちをしている。口入れの吉蔵が同情するのももっともだと思われた。

しかし、だからと言って、用心棒がこう無気力でも困るではないか、と又八郎には眉《まゆ》をひそめる気持もあった。

「あの投げ文だが……」

と又八郎は、それでも黙っているよりはいいと思って話しかけた。

「よく考えてみると、おかしなところもある。そうは思われぬか」

「と、申されると?」

「泥棒がだ。この家に入りますぞ、とわざわざ投げ文をいれるかの。大方の泥棒は、黙って忍びこむものだろう」

「ごもっとも」

「腑《ふ》に落ちんなあ。あの店ははやっておるようだから、誰かのやっかみ半分のいたずらとは考えられんかの」

「しかし、越前屋は、おびえておりますぞ」

と米坂が言った。

又八郎は、口をつぐんで米坂を見た。小声だが、米坂の言葉には確信がこもっているように聞こえたのである。

——確かに、その通りだ。

と、又八郎は思った。

米坂と二人で越前屋に来た日、又八郎は越前屋の主人藤兵衛に会って、相手がひどく憔悴《しょうすい》しているのに驚いたことを思い出していた。

「お待ちしておりました。いや、ほんとにこれでほっといたしました。お二人さまのことは、相模屋《さがみや》さんから、よくうかがっております。よろしくお願いしますよ」

越前屋藤兵衛の異様なほどの喜びようは、その前に何日か、夜も眠れない不安の日を過したことを告白しているように見えたのである。

——この男。

と又八郎は米坂のことを思った。ものもしゃべらず、何を考えているかわからないような人物だが、見るべきものは見ているのかも知れない。

だがそう思って改めて眺めてみても、米坂の印象はべつに変らなかった。貧相で覇《は》気《き》にとぼしい顔には、いまも病気の女房の心配でもしているような、浮かない表情があるだけだった。ずばり核心を突いていると思われた言葉も、なんとなくいまの仕事から離れたくない気持が、言葉になって出たというふうでもある。

又八郎は堀割に眼を転じた。その視野を、一度見たことがあるものが横切ったという気がした。又八郎はあわてて眼を向う河岸にもどした。

そこに一人の男が立っていた。顔はよく見えないが、若い男で町人ふうの身なりをしているのはわかった。男は又八郎と眼が合ったと思われたとき、顔をそむけて歩き出した。

――あの男だ。

数日前、対岸の八名川町にある東軍流の道場をたずねた帰り、霧の中で身体《からだ》がぶつかりそうになった男だ。

又八郎はいそぎ足に橋にむかった。あの日は、霧の中で男が何を眺めているのかわからなかったが、いまのそぶりで、若い男が見ていたのは、越前屋の店先ではなかったかと思いあたったのである。今日も男は向う岸から越前屋を眺めていたのかも知れなかった。そして多分、そこから出て来た又八郎と米坂に気づいて、様子を窺《うかが》っていたのだ。顔をそむけて急に歩き出したそぶりから匂って来たのは、そうしたものだった。

又八郎は数間手前まで来ると橋まで走った。だが、半ばまで橋を渡ったところで立ちどまった。男の姿は見えなくなっていた。

「何か、ござったか」

追いかけて橋を渡って来た米坂が、訝《いぶか》しげに聞いた。

「あのあたりに……」

又八郎は、男が立っていたあたりを指さした。

「不審な男を見かけた。越前屋を見張っていたらしい」

「ほう」

「じつは、前にも一度、いまの男を見かけている」

又八郎は、数日前のことをくわしく話した。米坂はうなずきながら鼻をすすった。

「貴公の申されるとおりだな。どうやら越前屋には、おびえるだけのわけがあるらしい」

「………」

「一度主人を問いつめてみる必要がありますな」

と又八郎は言った。

四

清助が、うまく用事をつくってくれたので、およねは店を出られた。しかしむろん清助と一緒だなどと、店の者にさとられてはならない。

おかみと古参女中のおかねに挨拶《あいさつ》して、越前屋《えちぜんや》の裏口から外に出ると、およねはひとりでに弾《はず》む足どりを押さえるのに苦労した。大いそぎで河岸《かし》の道に出て、北に回って森下町の先にある弥勒寺《みろくじ》橋まで来ると、そこに手代の清助が待っていた。

そこまで来ると、道は人で混雑しているので、清助と並んで歩いても人に見咎《みとが》められる心配はほとんどない。橋を渡りながら、およねは大胆に清助に身を寄せて行った。清助が人眼をはばかって身を避けたのが物足りなかった。

弥勒寺の脇《わき》の道は、向い側が武家屋敷の長い塀《へい》で、暗くなるとこわいところだが、いまは昼を過ぎたばかりで、かなりの人通りがあった。

それでもおよねは、並んで歩いていると清助に身体をぶっつけずにいられない。軽く腕に身体をぶつけてからささやいた。

「よかった。うまく出られて」

「うん」

清助はうなずいただけだった。眉《まゆ》をしかめ、少し不機嫌な顔をして歩いている。だが、男がそういう顔をしているとき、何を考えているかおよねにはわかっている。きっとあのことを考えているのだ。そう思うと、およねは身体がカッと火照《ほて》って、またさりげなく身体をぶっつけずにいられない。

「よせよ」

清助が低い声でたしなめた。

「どうして？」

清助は長身で、きりっとしまったいい顔をしている。どこに出しても恥ずかしくない人間だとおよねは思うのだ。その男と一緒に歩いているところを、みんなに見てもらいたい気持が、およねの心の中に動く。二人がただの仲でないところまで見てもらえれば申し分ない、と思う。

「今日は番頭さんが外に出ているんだ」

「あら」

およねは、浮き浮きしていた気分に、いきなり冷たい水を浴びたような気がした。

番頭の六蔵は、奉公人のしつけにきびしい老人である。一緒に歩いているところを見られたりしたら、今日のうちに店から暇を出されるかも知れなかった。およねはやっとあたりを警戒する眼になって、清助から少し身体を離した。

林町の角まで来ると、清助は立ちどまって、ちょっと寄って行こうかとささやいた。そのひと言で、番頭の六蔵の顔は頭から消えたが、およねはちょっと考えこんだ。清助に教えられたあのことには、心も身体も宙に浮くような喜びがあるのだが、それと一緒に、得体の知れない不安がつきまとって来るのはなぜだろう。およねは、清助に誘われるたびに、一度はその不安の前に立ちどまらないわけにいかない。

男の気持が変るのをおそれながらも、およねは言わずにいられなかった。

「でも、そんなひまあるかしら」

「大丈夫さ、夕方までにもどればいいんだから。それに、今日は聞いてもらいたいことがある」

と清助は言った。何の話か、とはおよねは思わなかった。本所の小旗本の家に、反物をとどけなければならないが、清助が話があるというなら、それを聞いてからにしなくちゃと思った。話を聞くためには、いつものところに行くしかない。およねはそう思いながら、肩をすくめて松井町の通りを歩き、男のうしろにつづいて人気のない路地に曲った。

一刻《いっとき》（二時間）後、およねは路地の奥にある小料理屋の二階で、男とひとつ布団《ふとん》の中にいた。およねは仰むけに横たわったまま、ときどき流し目で横にいる男を見た。清助は幾分険しい横顔を見せて、腹ばったまま煙草《たばこ》を吸っている。

何を考えているんだろ、と思った。身体の中に、さっき終った血のざわめきが気だるく残っている。少しずつそれが遠ざかって行くところだった。そのかわりのように、男に抱かれたあとでいつもやって来る、得体の知れない不安が、心を染めて来るのを感じる。その不安は、男がむっとおし黙って煙草をふかしているせいでもあるようだった。

「ねえ」

およねは男の方に身体をむけた。その拍子に、手がまだ裸のままでいる男の身体に触れて、およねは少し赤くなった。

「ねえ、何考えてんの？」

「ああ」

清助はやっと振りむくと、指先でおよねの頰をつついた。その眼がやさしいのを見て、およねの不安は幾分なだめられる。

「何か考えていたんでしょう？　こわい眼をして」

男が何を考えているかを知るのはこわい気がするのだが、およねはなぜか聞きただ
さずにはいられないのだ。
「考えごと？」
清助は、またおよねの頰をつついて微笑した。
「金儲《かねもう》けのことさ。お前と所帯を持つためには、ひとつかみ金をつかまねえことに
ゃ」
「話って、そのことだったの？」
およねは赤くなって、男のむき出しの腕に指をからめた。みるみる不安が薄れて行
くのを感じる。
「そうだよ。こういう仲になったからには、きちんと所帯を持たなくちゃ。ずるずる
べったりじゃいけないよ」
「ほんとにそうね」
およねは、うれしいとつぶやいて、男の腕をつかんでいる指に力を入れた。
「でも、お金のことならあまり無理しないでね。あたしも幾らかためてるし、まだ一、
二年は辛抱出来るもの」
「お前の金なんか、あてにはしていないよ」

清助は笑った。

「金が手に入るあてはあるのさ。もう種は仕込んである」

「種だって？」

「うむ」

清助は、腕をつかんでいるおよねの指をはずすと、その腕でおよねの肩を抱いて顔を近づけた。眼がまだ笑っていた。

「その金をあたしはお店から頂くつもりさ」

「え？」

「旦那《だんな》の弱味を見つけたんだ。その弱みにひっかけて、うまくお金を頂くやり方を見つけたんだが、それには少しお前にも手伝ってもらわないとね」

「お店から泥棒するの？」

およねは、突然に清助の言っていることがわかって、身体がふるえ出すのを感じた。思わず高い声を出した。

「あたしはいやだよ、そんなこわいこと」

「しッ」

と言って、清助は階下の物音に耳を澄ます顔になった。階下には、この家のおかみだという女が一人いるだけだった。背が高く、青白い顔をした女で、清助とは顔なじみらしかったが、何度か顔を合わせているのに、およねはその女になじめなかった。ひややかな眼で眺められると、いつも身体がすくみ、清助の背に隠れるようにして二階に上がってしまうのだ。およねも息をつめた。

「こわがることはないんだよ」

清助は眼をおよねにもどした。

「旦那はいま誰かに脅されていてね。そいつがいつお店にやって来るかと、びくびくしているところさ」

五

清助が、一人の男にまるで後から追い立てられるようにして、弥勒寺《みろくじ》の境内に入って行く主人を見かけたのは、半月ほど前のことである。その男は弥勒寺橋の橋ぎわにいて、二ツ目の方から来た藤兵衛をみると、そばに寄って行ったのだった。偶然に道で見かけたというのではなく、藤兵衛を待ち伏せしていたように見えた。

清助は、二人の後をつけて境内に入った。男の人相がよくなかった。着ているものから言えば商人といった身なりの男だったが、険しく荒《すさ》んだ顔は、商人のものではなかった。年輩は藤兵衛と似ているだろう。だが藤兵衛の頭がまだ黒々としているのに、その男の髪は真白で、漁師のように日焼けしていた。

清助が二人を追って境内に入ったのは、むろん二人の様子から、ただ事ではない空気を察したからである。いざとなれば、主人の危難を救いにとび出すつもりになっていた。

日暮れどきで、境内は薄暗くなっていた。清助が見ていると、その男は藤兵衛を丈高い椿《つばき》の陰に誘いこんだ。人眼を用心しているのがわかった。

清助は足音をしのばせて、椿の近くまで寄ると、そこにうずくまって、二人の声に耳を澄ませた。二人の姿は見えなかったが、男の声がはっきり聞こえた。低い声だが、男の声はよくひびいて凄味《すごみ》があった。

「おめえにまた会うのに、ずいぶん手間どったぜ。変りはねえか」

と男は言っていた。

「おれも庄左も、もう戻っては来ねえと思ったらしいな。庄左は島でくたばったから、おめえの見込みもまんざらはずれたわけじゃねえが、おれはこうしてもどって来た」

「…………」

「呉服の越前屋《えちぜんや》かね。ケッ、笑わせるぜ」

男は低く笑った。藤兵衛の声は聞こえなかったが、清助は手に汗をにぎった。思いがけない主人の秘密を耳にしたようだった。

「仁義というものがある。そいつをワヤにしたおめえだ。覚悟は出来ているだろうな」

「金か、やぞう」

やっと藤兵衛の声が聞こえた。男はやぞうという名前らしかった。藤兵衛の声は少しふるえているようだったが、まだ落ちついていた。

「金ならやるぞ。いくら欲しいか言え」

「金だと？　やい！」

男の声が無気味に沈んだ。声だけを聞いているので、清助にはかえって男の声音がまがまがしいまでに変ったのがよくわかった。藤兵衛が相手にしている男は、本人が思っているよりもっと凶悪な人間だという気がした。

「庄左とおれがつかまって、おめえが逃げられたのは運だ。二人ともそのことを怨《うら》んだことはねえ。お奉行所ではずいぶんと責められたが、おめえのことはおくびにも出さなかった。これァ仁義だ。あたりめえのことだぜ」

「……」

「おめえも、あの金には手をつけちゃいけなかったのだぜ、藤吉」

と男が言った。

「掘り出すときは三人一緒という約束だ。その約束をおめえは破った。それも五年、六年たって、おれらが島からもどる気色《けしき》もねえと、見きわめた上でのことなら、可愛《かわい》げもあら。そうじゃなかったな。おめえはおれらの船が島に着くか着かねえかというころに、もうその金を掘り出しやがった」

「……」

「おれが、残ったおめえに見張りもつけねえで島へ行く甘ちゃんだと思ったか、おい。あっさり仲間を裏切ったところは、おめえもなかなかの悪党だな。越前屋の旦那《だんな》よ」

「わかった。もう言うな」

と藤兵衛が言った。打ちのめされたような声になっている。

「どうすればいい。言ってくれ。越前屋の財産を半分くれというなら、おめえにやるぞ」

「まだあんなことを言ってやがる」

暗くなった境内の隅に、男の嘲笑《あざわら》うような声がひびいた。みじんのあたたかみもない声だった。

「金でけりがつくわけじゃあるめえ。おめえも悪党なら、そのぐれえのことは覚悟してたはずだぜ。そうだな、おれが欲しいものを言おうか」

「…………」

「まずおめえの命だ。いまじゃねえ、あとでもらいに行く。それと越前屋の有り金だ。女房、子供はいるか。いたら残らず命を頂く」

「待ってくれ」

「悪あがきするなよ。奉行所にとどけて出たりすりゃ、今度はおめえが島送りだ。わかったな。じゃ、いずれ改めて邪魔するぜ」

「…………」

「おめえはもう終りだ、藤吉」

「やめろ、おい」

清助がひそんでいる場所から、二間とはなれていないところを、男の黒い影が横切って行った。つづいて藤兵衛が椿の木陰から出て来て、よろめくような足どりで門の方に歩いて行った。その姿が門を出るのを見とどけてから清助は立ち上がったが、そのときになって全身に汗をかいているのに気づいた。

「そう言うわけさ」

話し終ると、清助はおよねの襟《えり》をくつろげて、胸に手をさし入れて来た。およねは茫然《ぼうぜん》としながら、男の手が乳房をさぐるのにまかせていた。

清助が含み笑いをした。

「世間ていうやつは面白いな。ひと皮めくると下に何があるか、わかりゃしない。旦那がそんなひとだなんて、驚いたかね」

「あたしには信じられないよ」

「この眼で見て、耳で聞いたことだよ。間違いがあるものかね」

「こわい」

およねは胸の上で動いている、清助の手を握った。

「その何とかいう男、やっぱりお店に来るのかしら」

「やぞうか」

清助は手の動きをとめた。

「あれだけの脅し文句をならべた男だもの、必ず来るさ。そんなことになったら、何が起きるかわかりゃしない。あんなお店に、長居は無用さ」

清助は門前仲町の岡場所に言いかわした女がいた。その女に入れ揚げて、店の金を二十両近くも使いこんでいる。使いこんだのは節季払いの勘定の金だから、盆になればば悪事はばれる。

思い悩んでいた矢先に、主人の藤兵衛の秘密を嗅《か》ぎつけたのは、まだ悪運が尽きていない証拠のように思えた。清助はほっそりして指先に溶けるような皮膚を持つ、仲町の娼婦《しょうふ》を頭に思い描きながら、またおよねの身体の上の手を動かした。

「金を頂くたって、あたしがやったとバレるようなことはしない。あの男の名前で、ちょいとした脅しの手紙を店に落として置いたから、百両、二百両の金が消えても、旦那はあの男の仕業としか思わないよ」

「悪いひとね。どうしてそんな悪いことが考えられるの？」

およねは、やや乱れた声で言った。こわい話を聞いて、一度冷えた身体に、男の手の動きが新しい火をつけようとしていた。

「ところが、旦那はあの手紙を見て、いよいよやぞうが来ると思ったんだろうな。変な浪人を二人雇っちまった。これが邪魔なんだよ。お前に手伝ってもらいたいというのは、そういうことさ」

「何をすればいいの」

「それはそのときになって教える。じゃ、手伝ってくれるね」

「ええ」

およねは、眼をつぶり、歯を喰いしばって洩《も》れ出る声を抑えた。このひとと一緒なら、地獄に落ちても仕方ない、とちらと思った。

六

番頭の六蔵が、わざわざ二人がいる部屋まで来て、青江さまにご婦人の客がお見えでございます、と告げた。

店に出てみると佐知が立っていた。

「ちょっと、そこまで出ようか」

草履《ぞうり》をつっかけながら又八郎は言った。少しうろたえていた。万一の用心に、徳蔵の女房にここにいると言い置いてはあったが、佐知と顔をあわせると、何となくしがない暮らしの舞台裏をのぞかれたような、間の悪い気持になった。

佐知も、店先を離れながら、怪訝《けげん》そうに越前屋《えちぜんや》と記した看板のあたりを振り返った。

「あのお店で、何をしておいでです？」

河岸《かし》まで出ると、佐知が好奇心を押さえかねたというふうに、そっと聞いた。日暮れ近い河岸の道には人が混雑していて、並んで歩いて行く二人に、格別眼をとめる者もいなかった。

「何と申せばいいか」

又八郎は指で顎《あご》を掻《か》いた。

「つまりは用心棒じゃな」

「用心棒とおっしゃいますと？」

「泊りこみであの店を警固して、あとで手当てをもらう。そういう仕事じゃな。三食つきで、晩酌にと一本つけてくれることもあるゆえ、そう悪い仕事ではない」

「…………」

「そうそ。近くに湯屋があってな。昼はわりあいひまゆえ湯にも入れる」

「あの、青江さまは……」

佐知はちらと又八郎を見た。

「国元のご身分は、たしか百石取りの馬廻り組と存じておりましたが」

「それがさ」

又八郎はまた顎を掻いた。

「国元の事情というものが、まだはっきりせぬところがあってな。間宮どのは、それがしを江戸に派遣したとは知られたくないらしい。それで一応は脱藩、浪人して江戸にいるという形になっておる」

「それは、形だけのことでございましょ？」

「そのはずだが、事実藩からは何の仕送りも受けておらん」

「お家の方も？」

「いや、そちらは喰えるだけのものは渡すという約束じゃが、それもどうなっておるものか、ここにおってはさっぱりわからんな」

言いながら、又八郎は間宮中老に対する憤懣《ふんまん》がこみあげて来るのを感じた。大富静馬の意外な行動で、中老が藩内の大富派を一掃するどころか、むしろ苦境に立っている事情はわかるが、それにしてももう少しやりようがありそうなものではないか、という気がする。

「それはお家のためとはいえ、ごくろうなことでございます」

佐知もどうやら事情をのみこんだようだった。気の毒そうな顔をした。

「なに、この仕事は手馴《てな》れておる。国に帰る前も、これで喰っておった。ハ、ハ」

又八郎はうつろに笑った。

「これも大富が見つかるまでの辛抱じゃ」

「おたずねしましたのは、そのことでございます」

　と佐知が言った。又八郎は足をとめた。

「見つかったか」

「明晩、江戸家老の田代さまと大富静馬が、築地《つきじ》のさる場所で会います」

　佐知は、二人が会うという築地の料理屋の場所をくわしく言った。

「どうなさいますか。青江さまがおいでになりますか。それともこちらのお仕事がございましてご都合が悪ければ、私の方で手配いたしますが。大富の居場所をつきとめることは出来ると存じます」

「いや、わしが参ろう」

　戌《いぬ》ノ刻過ぎには、米坂《よねさか》八内を家に帰さなければならないが、それまでに戻れるかも知れないし、遅れても一刻《いっとき》、まさかその間に泥棒が踏みこんで来ることもあるまい、と又八郎は思った。

「かたじけない。造作をかけた」

「私はいかがいたしましょうか」

　と佐知が言った。

「お役に立つようでございましたら、私も参ります」

「いや、お気持だけで十分」

と又八郎は言った。佐知はいつもの淡々とした口調で言っているが、好意は十分に感じ取れた。

又八郎は佐知を見た。暮れかけている光の中にいるせいか、佐知は大胆に又八郎を見つめ返していた。その眼に、又八郎は疑いなく自分を気遣ってくれているいろを読んだように思った。うろたえ気味に言った。

「大富をつかまえるのは、それがしの役目。場所を突きとめて頂いた上に、手を煩《わずら》わしては申しわけござらん」

「さようでございますか」

佐知は強いてとは言わなかった。お気をつけなさいませ、と言うとあっさり背をむけた。人ごみの中に消える佐知を見送ってから、又八郎は店の方にゆっくり足を運んだ。

――明日は、勝負をつけるぞ。

と思った。このごろ外に出たときの癖で、堀の向う岸に眼をやったが、いつかの男の姿は見えなかった。

次の日の夜、又八郎は佐知に教えられた料理屋がある路地にひそんで、田代と大富静馬が出て来るのを待った。

大富の姿は見かけなかったが、駕籠《かご》で来た田代がその家の門をくぐるのは確かめている。田代を顔だけは見知っていた。そのまま、一刻経《た》っても出て来ないのは、中で大富と会っているということだろう。大富静馬は先に来て、田代を待っていたのだと思われた。佐知が江戸屋敷に張りめぐらしている網は、よほど精緻《せいち》なもののようだった。

そこは汐留橋《しおどめ》からさほど遠くない町だった。田代が入った料理屋の懸け行燈《あんどん》が、わずかにあたりを照らしているだけで、路地は暗くひっそりしている。時おり路地に入って来る者も、大方は料理屋に入る客で、又八郎がいる奥まで来る人間はいない。

中にいる二人は、何を話しているのか、とふと思った。何の話にしろ、その中で大富静馬が持ち出して来た例の書類が話題になっているのは間違いなかった。話して、静馬がその書類を田代に渡したりすることはないだろうか。

あり得ないことではないが、それはいますぐということではなかろうという気がした。大富静馬は、藩を離れた人間である。そして大富家老が断罪されたことで、一族は絶えたという事情がある。

そういう立場の男が、江戸の大富派を牛耳《ぎゅうじ》る人間だという理由だけで、江戸家老の田代に持ち出して来た書類を、すべてゆだねるということは考えられなかった。大富派の復活ということは、静馬にとってそれほど意味があることではあるまい。そうだとすれば、静馬はその書類を放さずに持っていて、自分にとってもっとも利をもたらすと判断したときに、書類を出して来るはずだ。

それがどういうときかはわからないが、そう考えると、大富静馬がやったことの重要さは、やはりずしりと胸にこたえて来るようだった。又八郎個人の憤懣は別にして、間宮中老の憂慮は、やはり正しいと思わざるを得ない。

――のがしてはならない相手だ。

又八郎が、改めて気持をひきしめたとき、さっき出て行った料理屋の使用人と思われる男が駕籠を呼んで来た。又八郎はもたれていた塀から背を離した。

そのとき足もとに黒い小犬が寄って来た。又八郎はぞっとした。ここで吼《ほ》えかかられたら、あとはどうあれ、刺し殺さねばなるまいと腹を決めたが、犬は又八郎の足もとを嗅《か》いだだけで、とことこと明るい料理屋の門前の方に行った。

そして、ちょうどそのとき外に出て来た、二人の人間の足もとにじゃれかかった。二人は田代と大富静馬だった。二人を見送って、料理屋の者も外に出て来たのが見えた。

田代は見送りの者に、鷹揚《おうよう》な物腰で何か言いかけて渋い笑い声を立てた。そして足もとにまつわりついている小犬にも、よしよしと言いながら駕籠の中に身体《からだ》を入れた。

田代の乗った駕籠が表に出て行くのを見送ってから、静馬も歩き出した。料理屋の見送りが一斉に頭をさげたが、静馬は振りむきもしなかった。黒い小犬がそのうしろについて行った。路地の出口で、静馬も犬も濃い闇《やみ》に包まれたと思ったとき、犬がぎゃんと鳴いた。そして丸くなって表通りに飛び出して行った。静馬がひと蹴《け》りくれた様子だった。

かなりの距離を置いて、又八郎は後をつけて行った。後をつけて、居所を確かめるのが先だと思っていた。静馬の姿は河岸に出て、北にむかっている。灯のいろも見えず、月もない夜だったが、闇に馴れた眼は、星明りの下を懐手《ふところで》で歩いて行く静馬の姿をとらえていた。又八郎は足音をしのばせて町を歩いた。

静馬とは違う黒い影に気づいたのは、静馬を追って町の北はずれに近い場所まで来たときだった。その黒い人影は、又八郎と静馬の間にはさまって、町家の軒を伝い歩くように動いていた。人影は不意に二つになり、三つになった。彼らがどこから出て来たのかはわからなかった。

又八郎はうしろを振りむいた。すると二、三間うしろを歩いていた黒い人影が、吸いこまれるように町家の横に隠れたのが見えた。眼の間違いかと思うほどの一瞬の動きだったが、又八郎は爪先《つまさき》まで黒の装束に包んだ者の姿をはっきりと見た。

──公儀隠密《おんみつ》！

駒込《こまごめ》七軒町の手前にある百姓家で出会った、剽悍《ひょうかん》な敵のことが胸をかすめた。とっさに又八郎は前に走った。

「つけられておるぞ、大富静馬」

又八郎が呼びかけると、静馬は振りむいてすばやく刀を抜いた。その前に殺到した二つの黒い影と、もつれるように交錯したと思うと、黒い人影がひとつ、よろめいて堀に落ちた。鈍い水の音がした。

その先は見とどけるゆとりがなかった。又八郎も黒装束の男たちに襲われていた。男たちは夜目も白昼と同じように利くかと思われるほど、俊敏に動いた。正面から斬《き》りこんで来た剣を受けとめ、はね返したと思うと、すぐに横にいる敵が襲って来た。受けるのに精いっぱいだった。

斬り立てられた風を装《よそお》いながら、又八郎はじりじりと大富静馬の方に近づいた。ここは静馬を逃がさなければならないと思っていた。静馬が持っている書類に狙《ねら》いをつけているはずの公儀隠密が、この場で静馬の命を奪うとは思われなかったが、傷ついて敵の手に落ちたりすれば、事は面倒になる。お手あげだという気がした。数間まで近づいたとき、静馬が刀を引いて橋の方に走ったのが見えた。すぐに黒衣の男たちが追って行ったが、京橋まで走れば、そのあたりには、まだ人通りがあるかも知れなかった。

そう思いながら、又八郎は猛然と反撃に転じた。又八郎を囲んだ敵ははじめ五人いたが、その中から静馬を追って行った者がいて、いまは三人に減っていた。又八郎の攻勢に、ひるんだようにいっせいに後にさがった。

その隙《すき》に又八郎は、静馬が逃げた方角とは逆の方に走った。霊岸島《れいがんじま》に渡る新高橋《しんたかばし》のあたりまで、追って来る足音が聞こえたが、又八郎が橋を渡り切ると、あきらめたらしく追手の気配は消えた。

疲れ切って、又八郎は六間堀端の越前屋《えちぜんや》にもどった。ほとほとと潜り戸《くぐりど》を叩《たた》いた。米坂はもう家に帰ったはずだが、そのときは戸締りを厳重にして、又八郎の帰るのを待つことに打合わせてあった。中には誰かが起きているはずである。

だが、戸を叩いても返事がなかった。試みに潜り戸を押してみると、戸はわけもなく開いた。不意に、又八郎は総身が冷えるのを感じた。しばらく口を開いた店の中の闇を睨《にら》んだ。だが、眼が馴れると、その闇のどこからか灯のいろが射《さ》しているのが見えて来た。

又八郎はそっと戸の内側にすべりこんだ。そしてうしろ手に戸をしめて土間に立つと、全身を耳にした。だが盗賊が来た様子も、またいま現に屋内に盗賊がいる気配もなかった。店の横手から、ぼんやりと流れて来る灯のいろは穏やかで、留守の間に何事かあったとは思えなかった。

錠をおろして又八郎は店に上がると、灯が洩《も》れている方に行った。そこは袋になっている廊下で、廊下の両側に部屋がひとつずつある。片側が女中部屋で、向いの部屋は納戸《なんど》になっていた。納戸には店の荷を入れてあるのだが、荷は廊下まではみ出して、突きあたりの壁には行李《こうり》に荒縄をかけたままの荷が山積みになっていた。灯は女中部屋から洩れていた。女中部屋は台所のそばにもあるが、そちらは年増《としま》の子連れ女中が使っていて、こちらの部屋にはおよねという女中が寝起きしているはずだった。

又八郎は障子を開いた。すると床をのべた横でおよねが坐《すわ》ったまま居眠りしている姿が眼に入った。およねは年は十七だというが、小肥《こぶと》りで年よりもっと子供っぽく見える女である。縫物をしていたらしかった。およねは手に布と針をしっかり握りしめたまま、舟をこいでいた。

――この様子では、何事もなかったらしい。

又八郎はほっとしておよねの肩をゆすった。するとおよねはぴくりと身体をふるわせて眼ざめ、ぼんやりと又八郎を見たが、急にあわてたように居住まいを直して、おかえりなさいましと言った。

「わしを待っていろと言いつけられたか」

「はい」

「遅くなって済まなんだな。すぐ寝てくれ」

又八郎は言って、部屋を出しなに入口でもう一度振りむいた。

「潜り戸の戸じまりがしてなかったぞ」

「あ」

およねは又八郎の顔を見上げて口をあけたが、みるみる真赤になった。色白でかわいい顔だちなのにおよねは軽い眇《すがめ》だった。そのためか、いくらか魯鈍《ろどん》そうにも見える女である。

「さっき、掛け忘れたのでしょうか」

「誰か、わしの前に外から帰って来た者がいるのか」

「はい、清助さんと鉄ちゃんと」

およねはいそいで立ったが、又八郎は、戸じまりはしたと言った。およねはそれでも立って来て、何度も頭をさげて詫《わ》びた。又八郎は自分の部屋に帰り、疲れていたのでぐっすり眠った。盗賊のことは心配しなかった。

ところが、翌朝早く藤兵衛が又八郎の部屋に来ると、顔をこわばらせて言った。

「まんまとやられました。店の金が百両消えております」

七

「どうも腑《ふ》に落ちぬところがありますな」

又八郎は、改めてもう一度見せてもらった脅しの投げ文を、米坂《よねさか》に回しながら、藤兵衛に言った。

越前屋《えちぜんや》の茶の間で、泥棒さわぎがあってから三日経《た》っていた。三人のほかに藤兵衛の女房がいた。女房はふっくらと肥えた口数の少ない女で、さっきから小まめにお茶を換えたりして世話を焼きながら、三人の話に耳を傾けていた。

「腑に落ちないというと、どういうところですかな」

と藤兵衛が言った。藤兵衛はどことなく憔悴《しょうすい》しているように見えた。又八郎と米坂がこの家に来たころよりも、頬の肉が落ち、眼に時どきいら立たしげな光が走るようだった。昼の間も、何気なく店のあたりを通りすぎると、奉公人に小言を言っている藤兵衛の声がして、その声がとげとげしく聞こえた。

又八郎は、雇われる前の藤兵衛を知らないが、藤兵衛が今度の泥棒さわぎでかなり気持をいら立てていることは間違いないようだった。

「うまくいき過ぎてはおらんかと言うことです」

と又八郎は言った。

「米坂が、店の回りも全部見回って帰ったのが、いつもよりは遅い亥《い》の上刻（午後十時）ごろ。それがしが戻ったのは下刻ごろと思われるが、表の潜《くぐ》り戸が開いたままだったというのは、その間に清助と鉄次がもどったあとの、ほんの四半刻《しはんとき》（三十分）ほどのことだ」

「………」

「その間に忍びこんで、手順よく金のあり場所を探しあてて金を盗《と》って行くというのは、少々おかしくはないか。それともその泥棒は、よほど入念に店の出入りを窺《うかが》っていたとでもいうわけかの」

「たった四半刻ですか」

藤兵衛はつぶやいたが、表情は何かべつのことに心を奪われているようでもあった。

「しかし、げんに百両の金が消えております」

「そのとおりだが……」

又八郎は言いにくそうに声を落とした。

「泥棒は外から来たとばかり考えずに、家の中の者も疑ってみるべきではないかというのが、それがしとこれなる米坂との一致した意見だが、いかがでござろう」

「中の者?」

「何か心あたりはござらんか」

百両の金の盗難は、明らかに用心棒の失態だった。米坂はいつもそうしているからと家にもどり、又八郎はよんどころない事情でひまをもらって外に出たが、どちらも私の用事である。用心棒の責めを果したとは言えない。

だが今度の仕事には、はじめから奇妙なところがあったと又八郎は思っていた。安手間で長い間用心棒を勤めるということは、細谷源太夫が深川の色町で無頼漢ふせぎに雇われたときのように、ないことではない。

しかし来るか来ないかわからない盗賊にそなえて、ずるずると店の用心棒を請負うというのは、考えてみれば奇妙な話だったのだ。みようによっては、誰かのいたずらとも思われる投げ文を見て用心棒を雇うというのは、主人の藤兵衛に、何か心あたりがあるのかも知れなかった。それは堀の向う河岸から越前屋を窺っていた妙な男とも結びつく。

だが、それなら藤兵衛はどうして奉行所にとどけて出ないのか。そこも奇妙だと言えば言えた。

「腑に落ちぬといえば、この投げ文も妙でござるな」

又八郎は、手をのばして米坂から紙切れを受け取ると、もう一度墨文字の上に眼を落とした。ちかいうちに金をいただきにいくが、さわぐんじゃねえよ　やぞう。わざとのように拙《つたな》い文字でそう書いてあった。

「この前も聞いたことだが、ご主人。このやぞうという名前に心あたりはござらんのか」

「心あたりなどとはとんでもない」

と藤兵衛は、はげしく首を振った。

「まったく知らない男です。知らないから気味が悪いのですよ、青江さま。誰かが、この越前屋をねらっているのは、確かなことでございます」

「さようか」

又八郎は米坂と眼を見合わせた。二人とも藤兵衛のその言葉を信じていなかった。

だが藤兵衛は雇主である。知らないというものを、それ以上聞きただすことは出来ない。あたえられた条件の中で最善をつくすのも、用心棒のたしなみのひとつなのだ。

「ところで、話は変るが」

と又八郎は言った。

「この投げ文だが、中味を見たのはご主人とご新造《しんぞ》、それに番頭の六蔵どの、この三人だけと言われましたな」

「そのとおりです」

「ほかに見た者はござらんかな。むろん、この店の者という意味だが……」

「さて」

藤兵衛は首をひねった。すると無口な女房が、横からお前さんと言った。

「その紙切れが落ちていたと言って持って来たのは清助だけど、あの子は見てやしないだろうね」

「清助がかい」

藤兵衛はぼんやりと女房の顔を見返したが、急にはっとしたように、又八郎と米坂に顔をもどした。

「女房が申したとおりで、清助は店の土間に投げ文が落ちているのを見たと言って持って来ましたが、ひょっとすると拾ったときに中を開けて見たかも知れません」

「なるほど。それは考えられますな」

又八郎は折りたたんだ投げ文を、藤兵衛に返しながら言った。

「一度、その手代さんに話を聞いてみたいものですな。いま店にいますか」

「今日はあいにくと、朝から外を回っております。夕方にはもどって参りますから、そのときにはお知らせしましょう」

と、藤兵衛は言った。

だが清助はその日、夜になっても店にもどって来なかった。そしてその清助のことで、越前屋に大さわぎが起きたのは、翌日のことである。

ひと晩店をあけ、朝になってももどらない手代を、越前屋の者は心配したが、その中で割合い落ちついたものの見方をしていたのは、番頭の六蔵だった。六蔵は、清助の女遊びがはげしいのに気づいていたのである。

六蔵は外に家を持っていて越前屋には通い勤めをしているのだが、店に出て来て話を聞くと、すぐに主人の藤兵衛と相談して、清助が受け持って回り歩いているとくい先に、人を走らせた。結果は昼前にはわかった。清助はとくい先に顔を利《き》かせて、節季払いの約束の勘定を、二十両近くも前受けしていたのである。

つづいて、藤兵衛と番頭に呼ばれて、清助の尻《しり》についてよく飲み歩いていた鉄次が、清助に昵懇《じっこん》の女がいることを白状した。越前屋では、すぐに仲町にある女の店に人を走らせたが、ひと足遅れた。使いの者は、昨夜女のところにあらわれた清助が、五十何両という女の借金を無造作に払って、手を取って女と一緒に姿を消したという話を聞いて来ただけだった。

「あとは、お奉行所にとどけ出るしかございませんな」

その日の夕方、又八郎と米坂を入れて、主人夫婦と番頭が集まった茶の間で、六蔵がそう言った。

「見張りが不行きとどきで、申しわけないことです。しかしこうなっては致しかたありません。二十両もの使いこみを出した上に、店の金を百両も盗んだとあっては、そのままにはしておけません」

「そうですな」

と藤兵衛は言った。だが意気込んでいる番頭に言葉をあわせたというふうで、藤兵衛の口ぶりには、どこか煮え切らない感じがあった。

「どういたしましょう。あたくしが届けましょうか。森下町に、顔だけは知っている岡っ引がいますから、そちらに届け出たら、案外うまく清助の行方を探してくれるかも知れません」

「番頭さん」

藤兵衛が重苦しい声で言った。

「そのとどけですが、もう少し待って頂きましょうか」

「え？　どうしてです？」

と六蔵は言った。六蔵だけでなく、女房も又八郎たちもいっせいに藤兵衛の顔を見た。

「つかまえても、金はもどって来ないでしょう」

「それはそうですが、店の者にしめしというものがございますよ」

番頭の六蔵は、少し険しい顔でそう言ったが、藤兵衛は答えなかった。黙って額の汗をぬぐった。

「これで、一件落着というところかの」

その夜、食事が終ってしばらくごろごろしたあと、又八郎は茶器を引き寄せながら言った。

「そのようでござるな」

米坂も書物を伏せて、茶をいれはじめた又八郎に寄って来るとそう言った。米坂にも自分の都合で留守にした間の出来事を、気にしていた様子がみえた。二人はぬるいお茶を飲んだ。

「しかし大胆なことを考えたものだの」

と又八郎は呟《つぶや》いた。清助という手代は、投げ文を盗み見て、とっさに主家の金を奪う気になったらしい。そのつもりで様子を見ていたときに、たまたま用心棒二人が店を留守にしたのは、清助にとってはこの上ない好機だったわけである。その機会をつかんだために、店の金を盗んでも、すぐに家の中の者が調べられるような危ないことも起こらず、ゆっくりと後始末をして、女と一緒に姿を消すことが出来たのだ。

――好機か。

又八郎は、ぼんやりとあの晩のことを思い出した。すると、不意にある情景が浮かんで来た。押すと、音もなく開いた潜り戸。その中に立ちこめていた家の中の闇《やみ》。

清助が疑われなかったのは、外から泥棒が入ったとみてもおかしくなかった、その場の様子からだったが、なぜ戸が開いていたのだろう。それは女中のおよねが錠をおろすのを忘れたからだ。だがおよねはなぜ、忘れたのだろう。

錠がおりていたら、やはりあの晩の盗みは、まず家の中の者が疑われたに違いない。およねがそれを忘れなかったら、清助の盗みは起きなかったのではないか。

「ちょっと行って来る」

又八郎は茶碗《ちゃわん》を置いて立ち上がった。

「どちらへ？」

「女中に会って来る」

妙な顔をしている米坂にかまわずに、又八郎は部屋を出た。そしてはじめに子持ち女中のおかねの部屋でしばらく話しこんだあと、およねの部屋に入った。およねは針箱を出して縫物をしていた。

「縫物が好きとみえるな」

又八郎はあぐらをかきながらそう言った。およねは軽い斜視の眼を又八郎にむけ、はずかしそうに首をすくめたが、縫物の手を休めなかった。

又八郎が、なんで部屋をたずねて来たのかはかりかねて、とまどっているというふうに見えた。ふっくらと太い指を、およねはすばやく動かしていた。

「この間の夜のことだが……」

と又八郎は言った。

「わしの言うことが間違っていたら、かんべんしてもらいたいが、あの晩あんたは戸をしめ忘れたのではなくて、わざと開けておいたのではないかね」

およねの肩がぴくりとふるえたようだった。だがおよねは手を休めず、うつむいて縫物をつづけていた。

「開けておいたのは、むろんわしのためではない。清助がそうしろと言ったんじゃないのか。おかねさんに聞いた話だが、あんたは清助と仲がよかったそうだな」

およねの縫物の手がとまった。およねは深くうなだれていた。

「越前屋には何も言わぬから、正直に話してくれんかな。あんたが、どこまでくわしく知っておったかは知らないが、清助が悪いことを考えておったのは知っていたのじゃないかな。それでもあんたは頼みを聞いてやった」

およねが静かに顔をあげて又八郎を見た。およねの眼には涙がいっぱいに溢《あふ》れていた。その眼をみて、又八郎はあらましの事情がのみこめた。

「ふむ。一人でやってはすぐにバレるから、あんたを抱きこんだのだ。それなのに、清助はあんたにことわりなしに姿を消したというわけだな」

およねがまたうなだれた。男に捨てられたあわれな女に見えた。

「もうひとつ聞くが、あの投げ文は、ひょっとしたら清助が書いたものじゃないのかね。そこは聞いとらんか」

「そう言ってました」

およねが小さい声で言った。

「すると、やぞうというのは何だ。それも清助がこしらえた人間かの?」

「違います」

およねは顔をあげると、強い口調で言った。

「そういうひとがいるんです。旦那《だんな》を脅しているこわいひとだと、清助さんが言ってました」

めずらしく米坂《よねさか》八内が一緒に泊った。家内の病気が、このところいくらか具合がよろしいので、と米坂は言ったが、用心棒勤めもあと三日と、藤兵衛と話が決まったので、もらう手間賃の手前、最後のところを用心棒らしく勤め上げたいという気持もあるようだった。

越前屋《えちぜんや》に来てからひと月あまり経《た》っていた。その間清助のああいう事件にあったもののの、あとは何事もなく日が過ぎた。やぞうという男は現われず、はじめのころ又八郎が気にした河岸《かし》の若い男も、姿を現わさなかった。

やぞうというのは、やはり清助のつくり話だったのでないかと、このごろ又八郎は思うようになっていた。日ましに明るくなる越前屋の主人の顔を見ているせいかも知れなかった。

越前屋藤兵衛は、又八郎が雇われて来たころとは別人のように快活に客の相手をしている。あの投げ文から、何か心配ごとを引き出されたのだが、何事もない日がつづくうちに、その心配ごともなんなく消えたというふうに見えた。

二日前に、藤兵衛は二人をねぎらって酒を出し、あと五日もお願いしましょうかと言った。すっかり自信を取りもどした、という顔つきだった。そのとき藤兵衛は、手間賃のほかに多少の礼金をつけるようなことをほのめかしたから、米坂が泊る気になったのは、その礼金に対する義理もあるかも知れなかった。実際用心棒としては楽な仕事だったのである。

——しかし、こういびきの大きい男とは思わなんだ。

又八郎は眠れずに、また寝返りを打ちながらそう思った。そら豆のような細長い顔のどこからこんな高いびきが出て来るかと思うほど、米坂のいびきはすさまじい。又八郎は、これまでのひとり寝の幸運を思わずにはいられなかった。

耳ざわりな音を聞いたのは、亥《い》ノ刻も過ぎようとするころだったろう。又八郎は手をのばして米坂の肩をゆすった。ぴたりといびきがやんだ瞬間に、今度ははっきりと戸がきしむような物音がひびいた。誰かが戸をこじ開けようとしている。物音は店の方だった。

又八郎は無言で起き上がると、身支度して腰に刀を帯びた。米坂も起き上がった。

二人が店に出るのと、頬かむりの男たちが七、八人、潜《くぐ》り戸をこわして侵入して来たのとほとんど同時だった。店にどこからか灯のいろが洩《も》れていて、男たちの風体も、手にしている匕首《あいくち》も残らず見えた。

無言のまま、男たちは店に走り上がってきた。剽悍《ひょうかん》な身ごなしの男たちだった。いきなり斬《き》り合いになった。又八郎は正面から突きかかって来た男をかわしながら、ちらと米坂の方を見た。

腰を沈めて米坂が一人を斬ったところだった。ほればれとするような太刀遣《たちづか》いだった。又八郎は横から突いて来た匕首をはね上げ、抱きつくように突っこんで来る敵を、足を上げて蹴《け》ると踏みこんで斬った。だがその瞬間に下から潜りぬけるように襲って来た敵に、腕をかすられた。粘っこく、ひるむことを知らない敵だった。又八郎は斬り合いの中で、これが越前屋の恐れていたやぞうだ、とちらと思った。

「逃げた奴《やつ》はおるか」

半刻《はんとき》ほどの死闘のあとで、又八郎は米坂に声をかけた。米坂の落ちついた声が、いや、いまいと答えた。はじめ見えていた灯のいろは、およねの部屋のものだったのか。

いまはその灯も消えて、闇の中に血の匂《にお》いだけがした。

越前屋の者は、残らず眼ざめているはずだったが、家の中はいつまでもひっそりしていた。

三日後の朝、又八郎と米坂は越前屋を出た。店をやめるというおよねも一緒だった。三人は六間堀にかかる橋を渡ったが、およねはそこで別れると言った。

「また、どこかに奉公するのか」

又八郎が聞くと、およねはええと言った。

「神田の橋本町に、相模《さがみ》屋という口入れがある。仕事がないときは、そこに来るといい」

およねは、ありがとうございますと言った。見送っていると、およねはしばらく行ったところで、向う岸に見える越前屋を振りむいた。そして今度は足ばやに遠ざかり、その姿は河岸の人通りに紛れた。

誘《ゆう》拐《かい》

一

青江又八郎は、妻の由亀《ゆき》から来た手紙を読み終ると、丁寧に巻きもどし、茶簞笥《ちゃだんす》のひきだしの中にしまった。しまい終ると、もとの場所にもどって、つくねんと膝《ひざ》を抱いた。少し途方に暮れたような顔になっている。

由亀の手紙は、祖母と自分も元気だということ、喰うほどの金は間宮中老の方から届けて来るから懸念《けねん》することはいらぬが、江戸に送るほどのゆとりはないので又八郎のことを心配しているということ、その他暮らしの上のこまかなことを記し、最後にいつごろ帰国出来るようになるか、そのときを一日千秋の思いで待ちわびていると書いていた。

半月ほど前にとどいた手紙だが、又八郎は時どきひき出しから取り出して眺めているものの、まだ返事は書いていない。有体《ありてい》に言えば返事の書きようがないからである。

帰国がいつごろになるなどという見通しはおろか、近ごろははたして無事に帰国出来るのかどうかと思うことさえある。

又八郎が間宮中老の密命をうけて再度江戸に来たのは、ひそかに大富静馬をさがしあて、静馬が藩から持ち出した書類を取りもどすためである。だが間宮は又八郎を、大富静馬に対する公《おおや》けの討手として派遣したわけではなかった。

陰謀の証拠となる書類を静馬が持ち去ったことを、旧大富派も確かにつかんでいるわけではない。伝聞として藩内にささやかれているに過ぎない。間宮中老は、実際には証拠書類がそろわないために、藩内の旧大富派粛清をすすめ得ず、苦慮していたが、表向きは、書類はすでに手中にあって、いつでも処分の大鉈《おおなた》をふるえるかのような構えを示す必要があった。

又八郎の江戸派遣は、脱藩の形で行なわれた。やむを得ないことだったが、そのために又八郎は再び孤立無援で、剣鬼ともいうべき剣技の持ち主、大富静馬を追いもとめる形になっている。中老からの援助は望めなかった。むしろ中老は、一たん又八郎を江戸に送りこむと、次つぎと自分とのつながりを切り、又八郎を派遣した事実を、ぴったりと藩内の眼から隠蔽《いんぺい》しようとしていた。

間宮のその考えは由亀の手紙からも匂《にお》って来る。間宮は、又八郎に自力で喰えと無慈悲なことを言ったが、出来れば残された家の者にもそう言いたいのかも知れない。かつがつ喰える程度の金しかとどけていないことは、由亀の手紙の文面にあらわれている。

――そこが冷たいと申すのだ。

又八郎は憤懣《ふんまん》にたえない。大富静馬から証拠書類を奪い返すために、又八郎を江戸にやったことを藩内に秘匿《ひとく》したい中老の気持はわかる。

寿庵保方《じゆあんやすかた》という人物がいる。大富家老に毒殺された前藩主壱岐守《いきのかみ》の異母兄で、生母の身分が卑《いや》しかったために、父である先々代の壱岐守が死歿《しぼつ》したときも、相続ということでは一顧もされなかった人物である。領内赤谷村に宏壮《こうそう》な屋敷をもらって隠遁《いんとん》しているが、事実は無類の政治好きで、ひさしく藩政の黒幕呼ばわりをされて来た人間でもある。

大富家老の断罪を機会に、その人物の名が浮かび上がって来たのを、間宮中老は極度に警戒しているに違いなかった。寿庵保方は、大富派の藩主毒殺の陰謀に加担し、連判状の筆頭に名を連ねていた疑いを持たれている。

それが事実とすれば、間宮中老は、死んだ大富家老を上まわる手強《てごわ》い政敵を迎えることになる。隠遁者寿庵保方が藩内に扶植《ふしよく》している勢力は、大富家老の比ではないのだ。

間宮中老は、大富静馬が証拠書類を持ち去ったことも、またその後を追って青江又八郎を江戸に送りこんだことも、寿庵保方の眼から隠したいのだとわかる。

しかしそれにしても、と又八郎は思う。いま少しやり方がありはしないか。江戸の人ごみ、町並みの中から、ただ一人の男を、それも自分の口を自分で糊《のり》しながらさがしもとめるということは至難のわざだった。

嗅足組《かぎあしぐみ》の頭領の娘佐知の助けで、又八郎は江戸に来てから二度、大富静馬と遭遇する機会をつかんだが、いずれも公儀隠密《おんみつ》に邪魔されて、静馬をとり逃がしている。その後、佐知からの連絡はなく、又八郎自身の探索も、いっこうにはかどらないまま日が経《た》っていた。

――こうしてはおられんな。

又八郎は、由亀の手紙に焦燥を煽《あお》られたように立ち上がった。焦燥には、静馬の消息がつかめない焦《あせ》りだけでなく、暮らしの上の焦りも含まれている。

喰い物が底をついていた。又八郎は身支度して外に出た。すると、いきなり七月の暑い日射しが頭から照りつけて来た。その暑さに閉口してか、路地にはめずらしく女房たちの姿も、駆けまわる子供の姿もみえない。

——とりあえず相模屋《さがみや》に仕事をもらいに行こう。

しんとしている路地を抜けて木戸を出ながら、又八郎はそう思った。

二

口入れ屋の相模屋《さがみや》吉蔵は、機嫌よく又八郎を迎えた。又八郎をみると、めずらしく歯をみせて笑った。前代未聞《ぜんだいみもん》と言うべきである。

だが笑顔をつくったからといって、人間すべてほがらかに、福相にみえるとはかぎらない。元来ひと癖ありげな人相の吉蔵の笑顔には、やはりどこか油断ならないような感じがただよって、どこやら佞人《ねいじん》の笑いといった趣きがないでもない。気持いい笑顔とはいえない。

「ごきげんだな、親爺《おやじ》」

仕方なく又八郎は言った。

「何かよほどいいことがあったとみえる」

「商売繁昌《はんじょう》でございましてな、青江さま」

吉蔵はまだにたにた笑っている。

「注文が殺到いたしまして、ただいまなら選《よ》りどり見どり。細谷さまにも、米坂《よねさか》さまにも大そういいお仕事をさしあげられました」

「めずらしいこともあるものだの」

「何をおっしゃる。この相模屋もいよいよ江戸に名を知られて来た証拠でございますよ」

吉蔵は悦に入っているが、チビた看板と言い、たてつけの悪い入口の戸と言い、中のあるじと言い、とても江都《こうと》に名が売れて来た店とはみえない。

又八郎は苦笑して言った。

「それは結構だ。では、それがしも手ごろな用心棒の口にありつけると言うわけか」

「はい、このとおり。見てごろうじろ」

吉蔵は香具師《やし》のような口をきいて、帳面をぐるりと回して又八郎に見せた。上がりがまちから首を突き出して、又八郎は帳面をのぞいた。

吉蔵はさすが商売で、達筆の文字を書く。帳面には、注文をうけた先がずらりと書きつらねてあった。ざっと十五、六の依頼主の名前、住居、手当て、期日、それに仕事の中味などが要領よく載っている。

「米沢《よねざわ》町、米屋五兵衛か。手当てはまあまあじゃが、仕事が大八車の後押しでは、ちと具合悪いかな。これは何じゃ？　このお医者板垣古庵《こあん》さまご別宅、火の用心と申すのは、これは何かの」

「妾宅《しょうたく》でございますよ」

と吉蔵が言った。

「先日、ご近所に泥棒が入りましてな。お妾《めかけ》さんよりは、毎晩通って来られるお医者の旦那《だんな》の方がおびえていらっしゃいますので」

「仕事はぴたりと用心棒にはまるが、手当てがちと吝《しわ》い感じじゃの。火の用心とあるが、中味は人命を預る仕事じゃ。三日一分ではちと安すぎないか」

「そこが泣きどころでございましてな。板垣さまは、元来が吝いことで町内に知られております。これでもあたくしもずいぶん掛け合いまして、やっとその手間に漕《こ》ぎつけたようなあんばいでした」

話にならんと、又八郎は医者の妾宅は黙殺した。だがあとの仕事も似たりよったりだった。相模屋吉蔵は、店の名が知られて来たと喜んでいるが、そこにならんでいるのは、つまりは大きな口入れ屋では扱わないような仕事の口ばかりだった。

「これは何じゃ、親爺」

又八郎は一点をつついた。

「ゆみどの、女子十三歳、と。手当ては二日一分じゃな。身の囲《まわ》りの用心、というと、これも用心棒の口か」

「さようでございます」

「どうも解《げ》せんな。女子十三歳というのは何じゃ。頼み主がゆみというひとで、この十三の子供を見張るのが仕事ということかの？」

「そうではございません、青江さま。ゆみという頼み主が、つまり十三の女子ということでございましてな、ハイ」

吉蔵はそのあとに説明をつけ加えた。蔵前通り筋の諏訪《すわ》町裏に、目立たないしもた屋が一軒あった。夫婦と子供一人がひっそりと暮らしていたが、十日ほど前に、夜盗が入りこんで夫婦二人を斬殺《ざんさつ》した。

夜盗といっても、金を盗まれた形跡はなかったので、奉行所の調べでは夫婦に怨《うら》みを持つ者の仕業《しわざ》ではないか、という見方が強まったが、犯人はまだつかまっていない。子供は無事だった。

ところが数日前に、その家のまわりを怪しい挙動の男がうろついているのを近所の者が見咎《みとが》めて、騒ぎになった。それで、ゆみというその家の娘が、警固人をもとめているのである。

「まあそういう形で、お手当てもその娘が払うことになっていますが、そういう段取りをつけたのは、むろん娘じゃございません」

「身よりの者か、誰かということだの？」

「さようでございます。一人きりになった娘を案じて、叔母にあたるひとがやつがれの店に頼みにみえたわけで」

殺された父親政蔵は、西神田の新銀《しろがね》町に大きな店を持つ御茶問屋の総領だったが、若いころに道楽が過ぎて勘当をうけ、家を出された。店は政蔵の妹が継いで婿《むこ》をもらい、いまも繁昌している。

政蔵は道楽者だったが、子供のころから近くの書家の塾に通い、見事な字を書いた。親にも知らせずひっそりと所帯を持ってから、政蔵はその手蹟《て》を生かして、諏訪町の看板屋から仕事をもらい、暮らしを立てていた。もっとも家をついだ妹が兄の暮らしを気遣って、親がいるうちはこっそりと、親が死んでからは公然と月づきまとまった金をとどけて来たので、政蔵は暮らしに不自由はしていなかった。

「そのような立派な身よりがいるなら、用心棒など雇わずとも、娘をひき取ればよろしかろう」

と、又八郎は言った。

「迂遠《うえん》な話じゃな」

「娘がいやがりますそうで」

「と申しても、十三の小娘だろう」

「まあ、行ってごらんになればわかります」

と吉蔵は言った。そしてけしかけるような口ぶりでつづけた。

「お気が向いたんじゃございませんか、青江さま。手当てはまあまあ、その娘さん一人の家だから誰に気をつかうこともいりません。怪しい男を見かけたといっても、べつに確かなことではございませんのでな。何ごともなければ、ひと月は寝て暮らせるというものです」

「しかし、飯はちゃんと喰わしてくれるであろうな」

吉蔵の言うことに気をそそられてはいたが、どことなく心もとない感じもして、又八郎はそう言った。

飯はその娘が喰わせるというのだろうか。それとも下男でも雇ったつもりで、飯を炊《た》けなどと言うつもりではなかろうな、と思ったりする。雇われ先の見当がつかなかった。こういうこともめずらしい。

「大丈夫でございますよ、青江さま。大きな声では申せませんが、頼み主といったところで、先さまはたかが小娘ひとり。家のおいねよりまだ年下の子供です。案じることはありません」

乗気にはなったが、なんとなく二の足を踏んでいるといった恰好《かっこう》の又八郎を、吉蔵は尻《しり》に手をあてて押し出すような口をきいた。

「よし、決めた。ではさっそく行ってみるかの」

諏訪町といえば、住んでいる寿松院裏の家からも、そう遠い場所ではない。何かと都合がいいようでもある。

ようやく決心して、又八郎は立ち上がると刀を腰にもどした。そして、ふと思いついて聞いた。

「細谷と米坂は、いま何をやっておる？」

「細谷さまは、向島《むこうじま》にある、さる大店《おおだな》の隠宅に雇われましてな。なに、お年寄一人では不用心だからということで、あぶないことなどひとつもございません。なにせ頼み先が大店ですから、手当ての方も鷹揚《おうよう》で、一日に一分という決めでございます」

「それはいい」

「もっともお年寄がそこに逗留《とうりゅう》なさる間、半月ほどと期限はかぎられておりますが、細谷さまは、それはお喜びで、面倒をみるのが年寄でなくて、若い女子だったら言うことがないが、などと機嫌よく出て行かれました」

「そりゃ機嫌もいいだろう。あのあたりは家も立て込まず、朝夕は涼しかろうからの」

「米坂さまは、これもさる商い店の子供が、手習いに通うのにつき添うお仕事がございましてな。そちらにむかわれました。子供のお守りでございますな。夜は泊ることもございませんので、ご新造《しんぞ》さまのおそばにもどられる。あの方も喜んでおられました」

三

ゆみという娘は小柄で、十三という齢《とし》よりもっと小さいようにみえた。だが又八郎を上にあげると、前に坐《すわ》って臆《おく》せずに見つめて来た。

浅黒い瓜実顔《うりざねがお》で、ととのった目鼻だちをしているが、黒眼がちの眼とひきむすんでいる小さい唇に、勝気そうな気性がのぞいている。その眼で、又八郎はじろじろと見られた。

「どうじゃ、雇ってもらえそうか」

しばらくして又八郎がそう言うと、ゆみはにこりと笑った。そして男の子のような口ぶりで言った。

「いいよ」

「ところで早速だが……」

又八郎は、なんとなく部屋の中を見回して言った。

「飯は喰わしてもらえるのかな」

「心配しないで」

ゆみは、立つと縁側に出て行って、そこから又八郎を振りむいた。

「あたい、何でも出来るから。もう、子供じゃないもの」

「そうらしいの」

又八郎は、あらためてあたりを見回した。畳の上は塵《ちり》ひとつ落ちていないし、縁側はよく拭《ふ》きこまれている。軒先にさがっている釣りしのぶからは、ついさっき水をやったとみえて、涼しげに水がしたたっている。

「掃除も、そなたがやるのか」

「そうよ。ほかにひとがいないもの」

「一人でさびしくはないのか」

「さびしくなんかない。ほんとはおじさんにも来てもらわなくともよかったんだけど、新銀《しろがね》町の叔母さんが、あんまりやいのやいの言うから、頼むことにしたのよ」

又八郎は苦笑した。気の強い娘らしい、と思った。

「そうだ、こっちへ来て」

ゆみは小鹿《こじか》のように、すばやい足どりで茶の間を横切ると、隣の部屋の襖《ふすま》をあけた。

六畳の部屋だった。ちょうど西日が正面の障子を染めていて、部屋は明るい。

「ここが、おじさんの寝るところ。お布団《ふとん》はあとで出してあげるから、心配いらないわ」

「さようか」

「ここがあたいの部屋」

ゆみはつづきの部屋の襖をあけた。大きな姿見があって、その前の座布団や、部屋の隅の衣桁《いこう》にかけてある着物には、娘の部屋らしいはなやかな色どりがある。そこも明るい部屋だった。

半ばあけてある縁側の障子から、濃い西日が部屋の半ばまで這《は》いこんで来ている。暮れるまで、まだ一刻《いっとき》（二時間）は暑いだろう。

だが、この家の中には、一カ所暗い場所があるはずだ、と又八郎は思った。夜盗に斬殺《ざんさつ》されたというと、ゆみの両親は寝ているときに殺されたのだろうか。そうだとすれば、その場所は、茶の間の裏につづく寝部屋だったのだろう。

この娘は、そのことをどんなふうに考えているのだろうと、又八郎は屈託もなさそうなゆみの横顔を眺めた。

茶の間にもどると、ゆみは又八郎を残して台所にひっこんだ。そして、しばらくするとお茶をはこんで来た。なるほど、なりは小さいが心得ている娘だと、又八郎は感心しながらお茶をすすった。

お茶を出すと、ゆみはまた縁側の方に行って、畳の端に坐った。そこから又八郎を振りむいて言った。

「おじさんは、お侍さん?」

「さよう。見ればわかるだろう」

「お城には行かなくともいいの?」

「うむ。いまは浪々の身だ」

「じゃ、お仕事がないの?」

「うむ。だからそなたに雇われて、金をいただく。これが仕事だ」

「ふーん」

「そろそろ、夜食の支度をせんでもいいのか」

「だいじょうぶ」

ゆみは飯にこだわる又八郎を、少し軽蔑《けいべつ》したような眼で見た。

「さっき二人分のお米をといでおいたから」

「さようか」

ゆみはしばらくうつむいていたが、急に顔をあげると言った。

「また、来ると思う？」

「………」

「あいつよ」

又八郎は黙ってゆみを見返した。それは又八郎にもすぐには答えられないことだった。吉蔵は、ひと月ぐらいは寝て暮らせる、と気楽なことを言ったが、そういうものではあるまいと又八郎は内心で思っていた。

金を出して用心棒を雇うからには、この娘がどう考えているにせよ、大人たち、たとえばゆみの叔母は、それだけの危険を感じているのだ。油断は出来なかった。だが、そのことをこの娘に言う必要はない。

「それは何とも言えん」

と又八郎は言った。

「来るかも知れぬし、来ないかも知れん。だがそのためにわしが雇われて来たのだから、そなたは心配することはいらんぞ」

ゆみは、わかったというように、こくりとうなずいた。そして、また不意に立つと、しなやかな足どりで茶の間を横ぎり、台所に入って行った。夜食の支度にかかるらしかった。

又八郎は立って縁側に出た。狭い庭の先に黒板塀《くろいたべい》があり、その先は路地だった。向かい側の家は、ひとまわり構えの大きいしもた屋だったが、塀が高くて、軒から下は見えない。そろそろ日が落ちる時刻らしく、ひときわ赤味を増した西日がその屋根を染めているばかりで、人の気配はしなかった。

表の蔵前通りの往還には、まだ往来する人がざわめいているはずだったが、町裏の、それも路地ひとつ入ったこのあたりになると、人声も聞こえず、もはや夜が訪れたかのようにひっそりとしている。

——このようなところまで入って来て、人を殺《あや》めて行った者がおる。

それはどんな男なのかと、又八郎は思った。奉行所の役人は、怨恨《えんこん》がからむ事件とみて犯人をさがしていると吉蔵は言ったが、その見込みは、又八郎にも妥当だと思われて来る。

だが、その男をさがすのは、又八郎の役目ではない。また来るかも知れないその男から、台所でいまかいがいしく庖丁《ほうちょう》の音をたてている娘をまもるのが仕事だった。

その夜、ゆみの叔母がたずねて来た。三十前後の、小太りで福相の女だったが、ゆみに似ているところはなかった。

相模屋《さがみや》吉蔵から、又八郎がこの家に雇われることになったと聞いて、駆けつけて来たと、その叔母は言った。

「まあ、相模屋さんがおっしゃるとおり、ごりっぱなお侍さまで。これで私もひと安心いたしました」

お初という名のその叔母は、坐っている又八郎をしげしげと見上げ見おろしして言った。お初は四十恰好《かっこう》の、屈強な身体《からだ》つきをした奉公人を連れていたが、昨夜まではその男を泊りに寄越していたのだという。

「ゆみをひき取れば、何の心配もいらないんでございますが、なんですか、このあたりに小さい時分からの友だちも沢山いるとかで、うんと言わないものですから」

「そのうちには、考えも変りましょう」

「そうだとよろしいのですが」

お初はふと気がついたように言った。

「あの、夜のご飯をどうなさいました？　ゆみは自分でつくると言っておりましたが、お口に合うようなものをさし上げましたかしら」

「いや、なかなかにうまい夜食をいただきましてな。ご心配にはおよびません」

と又八郎は言った。ゆみは魚を焼き、酢の物をつくり、豆腐の味噌汁《みそしる》をそえて、ちゃんと又八郎に喰わせたのである。

四

又八郎は障子をあけはなした自分の部屋に、大の字になって寝ていた。

月が替って八月に入っていたが、暑さの方は変りなかった。風がないので、障子をあけはなしても空気はそよりとも動かない。又八郎は袴《はかま》も単衣《ひとえ》も脱ぎ、肌着ひとつになっているが、それでも背中に汗がにじみ出て来るのがわかる。

――ゆみに言って、夜は湯をわかしてもらわないといかんな。

と思いながら、又八郎はうとうとと睡気《ねむけ》に誘われていた。

半月経《た》ったが、何事も起こらなかった。ゆみは躾《しつけ》の行きとどいた娘で、食事の支度はむろん、朝の涼しいうちに、家の中をてきぱきと掃除し、まるで一人前の女のように襷《たすき》がけで洗濯もやる。

又八郎にも、汗ばんだ肌着を出せと言い、かいがいしく洗う。又八郎は、することがなくて恐縮するばかりである。

だが、家の中ひととおりのことが終ると、ゆみは友だちの家に遊びに行く。時には三、四人の似た年ごろの娘たちを家にひっぱって来て、何が面白いのかきゃっきゃと笑いさわぐ。そういうところはまだ子供だった。

吉蔵が言ったように、寝て暮らして、安穏なひと月が過ぎて行くようでもあった。だが何事も起こらなかったと言い切ると、少し嘘《うそ》になるだろう。小さな出来事はあった。

ある夜、又八郎はゆみの部屋から泣き声が洩《も》れるのを聞いて起き上がった。灯を入れた行燈《あんどん》をつかんで、ゆみの部屋をのぞくと、ゆみが夜具の中で泣きじゃくっていた。だが、それは夢でもみたものらしく、泣き声は間もなくやんで、静かな寝息に変った。

また、突然のはげしい雷雨に眼をさまされた夜があった。いまにも落ちて来るかと思われるほどの雷の音が、屋根の上をとどろいて渡って行く。そして外はすさまじい風雨だった。雨戸を滝のような雨が叩《たた》き、家はぎしぎしと揺れた。

間の襖《ふすま》がひらいたのをみて、又八郎が頭をもたげると、ゆみが立っていた。ゆみの姿は黒くぼんやり見えるだけで、どんな顔をしているかはわからなかった。

「こわいか」

又八郎が声をかけると、ゆみはすっと襖をしめようとした。だがそのとき、ひときわ大きい雷の音がとどろいて、家がびりりと鳴った。ゆみはまた襖をひらいた。

「ここへ来て寝てもいいぞ」

又八郎が麻の夏掛けを上げてそう言うと、ゆみは一たん自分の床にもどり、枕《まくら》をかかえてもどって来ると、又八郎の夜具にもぐりこんだ。

ゆみの身体はひどく顫《ふる》えていたが、又八郎が、抱えた手で背を撫《な》でてやると、まもなく顫えはおさまり、又八郎の胸に顔をつっこむようにして、じきに寝息を立てはじめた。朝、又八郎が目ざめると、ゆみはもう床の中にいなかった。

屈託なさそうにしてはいるものの、ゆみという娘のなかに、やはりおびえがひそんでいるのを又八郎は感じないでいられない。そして、ゆみのそのおびえは当然なのだと思っていた。

又八郎は昼の間は時おり近所をぶらつく。ただ寝ころんでばかりいては、身体がなまる気がするからである。そしてある日、外で、ゆみの家をのぞいていたそぶりの怪しい男を見たという人間に会った。それは町の裏通りを北に行って突きあたるところにある、三間町の駄菓子屋の女房だった。その女房は浅草御門内まで用があって出かけた帰り、黒船町の角から諏訪《すわ》町の裏通りに入った。そして通りがかりに何気なく路地をのぞき、ゆみの家の塀外に男が立っているのを見たのである。

その男は、女房に見られると一度は顔をそむけるようにしたが、一たん行きすぎた女房が後もどりして、もう一度路地をのぞくと、足早に路地から出て来たという。男は、背は並みだったが、がっしりした肩を持ち、細い鋭い眼をし、陰気な顔つきながら、男ぶりはそんなに悪くなかった。年は三十五、六。

――三十五、六というと、殺されたゆみの父親と似た年ごろだな。

と、その話を聞いた又八郎は思った。駄菓子屋の女房は、男が路地から出て来たので、急にこわくなって後も見ずに家に帰った。だから男がどっちの方角に行ったかはおぼえていないが、男の立っていた場所が、夫婦が殺されるという耳新しい事件があった家の前だったので、男の人相は胸にきざみつけた。時どき事件の調べで顔をみせる岡っ引にも、そのことを話したという。

怪しいそぶりの男は、実在したのである。又八郎は決して油断していなかった。だが昼は暑く、夜の緊張が解けるせいもあって、気も身体もゆるむ。又八郎は、いつの間にかうとうとしたようだった。

女の声を聞いた気がして、又八郎ははっと身体を起こすと、枕もとの刀をにぎった。

「もし」

やはり女の声が呼んでいた。声は家の土間からで、あわただしいひびきがある。

「こちらさまに、青江さまがおられましょうか」

「おう、いま参る」

又八郎はあわてて単衣を重ね、帯を巻きつけると入口に出た。見知らぬ中年女が立っていた。頬骨が張って、いかつい顔をした四十前後の女だったが、町家の者ではなかった。口のきき方も身なりも、武家方のものである。しかし身分は高くない。武家方の奉公人といった質素な身なりをしていた。

又八郎をみると、女のいかつい顔に、一瞬喜色が浮かんだようだった。だが女はすぐに表情をひきしめ、小声であわただしく言った。

「はじめてお目にかかります。私、江戸屋敷で佐知さまに使われているものでございます。とよと申します」

「おう」

と又八郎は言った。嗅足《かぎあし》の頭領の娘佐知は、藩江戸屋敷の中に、手足となって働く人間を何名か握っている様子だったが、その一人がいま目の前に姿を現わしたのだ。

寿松院裏の、又八郎の家に行ったが不在で、ここにいると教えられて来たと、とよという女は早口に言い、さらに声をひそめた。

「佐知さまが危難に遭われたもようでございます」

「危難とな？」

「はい。昨夜からお屋敷にもどっておられませぬ」

「………」

又八郎は、不意に胸がさわぐのを感じ、黙然と女を見つめた。佐知は、ゆうに又八郎の剣に拮抗《きっこう》出来るほどの、すぐれた短刀術が身についている女である。その佐知の危難とは、何なのか。

又八郎は、心にうかんで来たものを、確かめるようにしながら言った。

「相手は大富静馬だな」

「九分どおり、間違いなく」

とよという女はそう言った。そして手短かに昨夜あったことを話した。

藩屋敷に大富静馬が来て、江戸家老の田代と密談していることがわかったのは、亥《い》ノ中刻（午後十一時）を過ぎたころである。深夜だったが、佐知はためらいなく手配りして、やがて静馬が屋敷を出て行くと、後を追った。はるという若い女と一緒だった。若いがはるは手裏剣の名手である。二人は深夜の町を、静馬の後をつけて行ったが、静馬が高橋《たかばし》をわたって霊岸島《れいがんじま》に入り、長崎町からさらに新川に架かる一ノ橋を東にわたったところで、ふっと姿を見失った。

佐知ははるに、河岸《かし》を走って湊《みなと》橋と霊岸橋の方角を確かめるように言いつけて、自分は新浜町の町通りに入って行った。はるは二つの橋まで走り、人影のないことを確かめると、南新堀町の東河岸を探し回り、町をひと回りして新浜町を通り、もとの場所にもどった。

途中で佐知に会うかと思ったが、人っ子ひとり、犬一匹にも出会わなかった。はるは、ふだん定められているとおりに、二人が別れた河岸の一点にじっと身をひそめて佐知を待った。だが、佐知はついに東の空が白みはじめてももどらなかったので、やむを得ず暁闇《ぎょうあん》の町を走って、藩屋敷にもどった。

「すると、まだ居所がわからんのだな」

と又八郎は言った。とよはいいえ、と言った。

「佐知さまがおられる場所は突きとめました。ただ……」

とよは顔を曇らせた。

「佐知さまは、そこに来るなと申されております」

「来るなと？　誰かが会ったのか？」

「そうではございませぬ。そのことはあとで申しあげますが、しかしまた佐知さまからは、大富静馬のことで、手にあまることが起きたときは、青江さまを頼れとも命じられております。それで、とりあえずこうして参りました」

「よし、参ろう」

と又八郎は言った。佐知がなぜ救《たす》けを拒んでいるのかはわからなかったが、そのままにはしておけなかった。やがて日が暮れる。

「その場所に、ご案内いただけるかの？」

「行っていただけますか」

男のようにいかついとよの顔に、はっきりした喜色がうかんだ。

「いかにも参ろう。猶予《ゆうよ》は出来ん」

すさまじい剣を遣うが、陰気な男の顔を思い出していた。おそらく佐知は、不覚にも大富静馬の手に落ちたのだろう。捕えられて拷問《ごうもん》でもうけているのか、それともすでに殺害されたのか。

静馬は、公儀隠密《おんみつ》や又八郎とはべつに、自分を見張る者がいることに気づいているはずだった。その者の正体を知るために、佐知を拉致《らち》したとも考えられた。佐知が口を割ることは考えられないから、その拷問は凄惨《せいさん》なものになるだろう。一刻を争う、と又八郎は思った。

とよを待せておいて、又八郎は部屋にもどり、袴をつけたが、そのときになって、ようやくゆみのことを思い出した。

とよと一緒に家を出、裏通りに出てしばらく行くと、又八郎はとよを路上に待たせて、一軒の店に入って行った。和泉屋《いずみや》という扇問屋である。

又八郎はゆみを呼び出してもらった。ゆみは和泉屋の娘と仲が好く、しばしば夜《よ》になるのもわからずに遊んでいる。二、三度迎えに来ているので、事情を知っている和泉屋の店の者は、又八郎の顔を見ると笑いながら、奥にゆみを呼び出しに行った。

出て来たゆみを、店の隅に誘うと、又八郎は言った。

「急用が出来て、出かけねばならん。夜にはもどるが、行ってよろしいかな」

ゆみは、一応は雇い主である。

「いいよ。なるべく早く帰って来て」

「そのつもりだ」

又八郎はそう言うと、少しこわい顔になって言った。

「今日は、いつものように遅くなってはならん。間もなく日が暮れるのはわかっておるな？」

「はい」

「日のあるうちに、家にもどる。もどったら、戸じまりを厳重にして、一歩も外に出てはならんぞ。そして、わしがもどるまでは、誰がたずねて来ようと、戸を開けてはいかん。わかったな」

「叔母さんが来ても？」

「そうだ。叔母さんが来ても、わしにそう言われたと申して、戸の外から帰ってもらえ」

　ゆみは黙ってうなずいた。

　和泉屋を出て、蔵前通りに出る道をいそぎながら、又八郎はゆみのことは、これで心配がないだろうと思った。ゆみの賢さは、又八郎が一目おくぐらいのものなのだ。

　又八郎ととよは、表茅場《かやば》町から橋をわたって、霊岸島に入った。歩いて来る途中で日が落ちて、河岸の道は薄い闇《やみ》に包まれている。人通りはまばらで、歩いている人の姿は、ものの影のように黒い。わずかな微光が、町の上にとどまっていた。

「ここでございます」

不意にとよが立ちどまって、又八郎にささやきかけた。そこは寺の前だった。とよは、地面にうずくまると、そこから何かをつまみ上げ、又八郎の掌に乗せた。それは彩色した赤い米粒だった。

佐知はその赤い米で、この寺に連れこまれたことを知らせ、なおその色で寺に近づくなと警告したのである。又八郎は途中で、とよからそういうことを聞いた。

又八郎は薄闇にうかぶ寺の門を見上げた。門柱に書いてある文字が、辛うじて慶光院と読める。又八郎は門脇《わき》の潜《くぐ》り戸《ど》を押した。音もなく潜り戸が開いた。又八郎がしのびこむと、とよもその後からつづいた。

五

庫裡《くり》も本堂も、無人のように暗くひっそりしていて、灯の色は見えなかった。だが薄闇《うすやみ》の中で、又八郎の眼を惹《ひ》きつけたものがある。本堂の扉だった。扉は半分ひらいて、中の暗闇をのぞかせている。それは口を開けている罠《わな》のようにも見えた。

又八郎は、手でおさえてとよを石畳の途中に残すと、まっすぐ本堂にすすんだ。木の階段を、足音をしのばせて、一段ずつのぼった。最後の足を縁側にかけたとき、開いた戸の陰から、一閃《いっせん》の白刃がのびて来て、又八郎の足を薙《な》いだ。

又八郎は跳躍して、一気に下の石畳までとび降りた。すると縁側に黒い影とも思える人の姿がのっそり出て来た。薄闇の中でもわかる肩のとがり、蓬髪《ほうはつ》が大富静馬にまぎれもなかった。

「やっぱり、来たのは貴公か」

もの憂《う》げな、投げ出すような口調で静馬が言った。

「女につながっているのが、誰かわからんのでな。ちょいと細工をしてみたのだが、これで読めた」

「大富」

静かに刀の鯉口《こいぐち》を切りながら、又八郎は声をかけた。

「貴公と一度談合したいと思っていた」

「談合？　おれの方は、話すことなんざ、ねえなあ」

「国元から持ち出したものを、貴公どうするつもりだな？」

「あれか」

静馬は低い声で笑った。

「国の連中、腰を抜かすほど驚いたろう。いい気味だ。それで貴公を寄越したわけだろうが、ごくろうなことだ」

「答えろ。どうするつもりだ」

「まだ考えておるところよ。いろいろと使い道があるからな。第一あれを持っておると、金に不自由しない。江戸家老なども、おれがそのことを耳打ちしただけで、千金を積もうとしたぞ」

「眼をつけておるのは、われわれだけではないぞ。公儀が貴公の後を追っておるのを、知らぬわけではあるまい」

又八郎は、おだやかに言ってみた。

「貴公がやっておることは、藩を危うくするものだ」

「知るものか」

大富静馬は、にべもなく言った。

「やりたいことをやったまでよ」

「問答無用ということだな」

「さよう、問答無用。それが気にいらぬなら、いつでも相手になるぞ」

「では、いま立合っていただこうか」

又八郎が言うと、静馬はまた低い声で笑った。そして一度瘦《や》せた肩をそびやかすと、ゆっくりと階段を降りて来た。右手に抜き身を下げたままだった。

だが、石畳に足をおろしたと思った瞬間、静馬はいきなり疾走に移っていた。剣は正確に八双《はっそう》に上がり、ぴたりと腰を据えて走り寄って来る。又八郎も刀を抜きあわせて迎え撃った。火花を散らして二本の剣が宙で打ち合い、二人はとび違えていた。

又八郎が、すばやく体をたて直して青眼《せいがん》に構えると、静馬も踏みとどまって、ふたたび八双に構えをとったところだった。その構えのまま、しなやかに足を送って間合いをつめて来る。上体にわずかの揺れもみえないのが見事だった。

だが又八郎は、ひそかに、ここで決着をつけるぞと思っていた。国元から持ち出した証拠の品は、まだ誰の手にも渡っていないのだ。とすれば、まず静馬を討ちとめて、品物はあとで探してもいい。その探索はむつかしいものになるだろうが、いまは後にはひけない。

又八郎のその気力を察知したように、静馬の足がぴたりととまった。だがそれは瞬時だった。静馬は無造作に斬《き》り合いの間合いに踏みこんで来た。八双から斬りおろす剣を、静馬は途中で体を転じながら、胴に打ち込む横薙ぎの剣に変えたようである。すさまじい剣が腹に走って来た。

だが又八郎も、間一髪の差でその剣をかわしながら、傾いた相手の肩先に剣を送り、擦《す》れ違う一瞬、地を摺るように体を沈めて後斬りに足を払った。その切先が、静馬の腿《もも》にとどいたようだった。

だが静馬は、その一撃にかえって闘志をそそられたように、またしても構えを八双にもどした。又八郎は静馬とのはじめの一合で、浅く横顔をかすられている。そこから血がしたたるのを感じながら、間合いをつめて行った。

そのとき、静馬の後に、不意に黒い影がしのび寄るのが見えた。とよという女だった。手に鈍く短剣が光っている。

「あぶない。手を出すな」

叫ぶと同時に、又八郎は猛然と斬りこんで行った。うしろの気配に気づいて、振りおろそうとした静馬の剣が、その斬りこみで乱れた。短剣がとび、とよが倒れるのが見えたが、静馬はすぐに又八郎の剣を迎え撃った。弾《はじ》き返すように合わせて来たその剣が強く、又八郎は大きくうしろにとんだが、その間に静馬は背をむけて門の方に走った。軽くびっこをひいているのに、獣が走るように速い足だった。又八郎は後を追ったが、静馬の姿は潜《くぐ》り戸をぬけてあっという間に外に消えた。

又八郎は外まで追って出た。だが宵闇につつまれた路《みち》が、ひっそりと左右にのびているだけで、人影は見えなかった。

又八郎は門内に走りもどった。とよが起き上がったところだった。

「怪我《けが》したか」

「いいえ、転んだだけです」

とよは言った。

「佐知どのは、中にいると思う。行ってみるか」

又八郎がそう言うと、とよはうなずいてついて来た。二人は階段をのぼり、本堂に入った。本堂の中は真暗だった。ようやく須弥壇《しゆみだん》の位置がわかり、そこに蠟燭《ろうそく》も燭台《しよくだい》もあるのがわかったが、火を移すものがなかった。又八郎が当惑していると、とよが火打石を渡した。

蠟燭を片手に、本堂を隅々までさがしたが、佐知の姿は見えなかった。本堂につづいて、襖《ふすま》がしまっている部屋がある。又八郎はそっと襖をひらいた。

すると部屋の中から、静かな声が言った。

「灯を消してくださいませ」

又八郎はあわてて灯を吹き消した。一瞬の灯明りに、部屋の隅に手足を縛られて転がされている佐知のうしろ姿を認めていた。

とよが呼びかけた。

「佐知さま」

「心配はいらぬ。別条ありませぬ」

佐知の声はしっかりしていたが、あきらかに声音《こわね》が弱っていた。

その間に、又八郎は佐知のそばにうずくまると、小刀を抜いて手さぐりで手足を縛っている荒縄を切った。そして佐知がなぜ灯を消せと頼んだかがわかった。佐知は手足だけを縛られているのではなかった。胸がむき出しにひらかれ、うしろ手に手を縛りあげた荒縄は、前にのびて佐知の乳房に喰いこんでいる。大富静馬という男の、嗜《し》虐《ぎやく》の性格を垣間《かいま》見た気がした。

「無残なことをする」

又八郎は、縄を切り捨てて抱き起こすと、思わず佐知の乳房を撫《な》でた。手がおのずからそう動いた。佐知は軽く又八郎の肩にすがったまま、無言で胸をゆだねている。豊かな胸を、又八郎はそっと着物の下に隠してささやいた。

「立てるかの」

「はい」

佐知は、又八郎の手にすがって立ち上がったが、次の瞬間、力をこめて又八郎の胴に手を巻いた。又八郎も佐知を抱きしめた。

だが佐知は、すぐにのがれるように又八郎から身体を離した。闇の中の一瞬の抱擁を、とよにさとられはしなかっただろう。

三人は無言で寺を出た。寺はその間にもひっそりとして、どこかに人の気配があるようではなかった。

「ここは、大富の住居ではないのだな？」

道に出てから、又八郎が寺の門を振りむいてそう言うと、佐知はつい いましがた、激情的な身ぶりを示した女とは思えない、平静な声音で答えた。

「今朝、あの男と寺の者が話している声を聞きましたが、数日部屋を借りただけのようでございます」

「それにしても、相済まぬことをした」

又八郎はあらためて詫《わ》びた。

「わしにかかわり合わねば、このようなめにあうこともなかったのだ」

「それは違います、青江さま」

佐知は微笑をふくんだ声で言った。

「大富静馬は藩の敵、私どもにとりましても敵でございます」

「…………」

「一人でのがれるつもりでおりました。お助け頂いて、私こそ面目なく存じます」

霊岸島から、対岸の八丁堀にわたったところで、又八郎は二人と別れた。佐知はかなり身体が弱っているように見えて、又八郎は江戸屋敷の近くまで送ろうと言ったが、佐知は強く固辞した。

とよに支えられた佐知の姿が、八丁堀の河岸の闇に紛れるのを見送ってから、又八郎は踵《きびす》を返して北にむかった。

大富静馬の棲《す》み家《か》は、依然として不明だった。静馬が言ったことを信用すれば、国元から持ち出したものは、まだ静馬の手もとにあるのだ。静馬はそれを餌《えさ》に、江戸家老の田代まで翻弄《ほんろう》しているらしい。

――やはり棲み家をさぐりあてたときが、勝負だな。

と又八郎は思った。近いうちに、佐知にもう一度会って考えも聞き、こちらの思うことも述べて打ち合わせる必要がある。孤立無援と思う江戸だが、佐知はただ一人頼れる人間のように思えた。

掌に重くゆだねられた佐知の乳房が、頭に浮かんで来た。淫《みだ》らな感じはなく、それはこの上ない親密の証《あかし》のように、又八郎の記憶に残されている。

用心棒の感覚がもどって来たのは、諏訪《すわ》町裏に入ってからである。又八郎は足をいそがせた。

――心細がっているだろう。

とゆみのことを思った。路地を入ると、又八郎はほとんど小走りになった。そして戸の前に立ったとき、又八郎の身体を冷たいものが走り抜けた。

戸は不吉に二、三寸開いていた。のみならず、そこに凶暴な力が加えられたことが、夜目にも見えた。戸板が割れて、ぽっかりと穴があいている。家の中は闇だった。

戸をあけて、又八郎は家の中に入った。生ぬるい夜気がこもっているだけで、人の気配はなかった。又八郎は手さぐりで茶の間に入ると行燈《あんどん》に灯を入れた。そして行燈をつかみ上げると、家の中を隅々までさがした。台所まで残らず灯で照らしてみた。

家の中はきちんと片づいて、乱れたところはない。だが、ゆみの姿だけが消えていた。又八郎は、茶の間にもどると、茫然《ぼうぜん》と立ったまま腕をこまねいた。

六

「そいつは昨夜も言ったとおりでね」

と権三という岡っ引は言った。権三はこれがお上《かみ》の御用をつとめる人間かと思われるほど、凶悪な顔をしている。険しい眼つきで、無精ひげが生えたままの頬には、黒く長い刃物の傷あとがある。

「同じ野郎の仕業だろうということは、こっちにも見当がついていまさ。そのつもりでさがしてますが、お調べの中味は言えねえやな」

「………」

背をむけた又八郎に、権三はだみ声の脅すような言葉をかぶせて来た。

「旦那《だんな》がさがし回るのをとめはしねえが、こっちの調べの邪魔はしねえでくだせえよ」

瓦《かわら》町裏にある権三の家を出ると、又八郎は浅草御門にむかい、さらに新銀《しろがね》町にあるゆみの叔母の家にむかった。

八月に入ったといっても、日盛りの町は、真夏と異なるところなく暑い。首筋の汗をぬぐいながら、又八郎は黙々と町を歩いた。

昨夜のうちに、又八郎は和泉屋《いずみや》に行って、ゆみのことを問いあわせ、さらに自身番にとどけ、新銀町の叔母にもゆみがさらわれたことを知らせている。

だが今日は、ゆみの叔母にあらためてたずねることがあった。自身番も岡っ引もあてにはならない。自分でさがすしかないと思っていた。

「なにか便りがありましたか」

叔母のお初は、又八郎の顔をみるなりそう言ったが、又八郎が首を振るとがっかりした表情をみせた。だが昨夜のように取り乱して又八郎をなじるようなことはなく、たずねることには落ちついて答えた。

「ゆみの母親がどういう素姓のひとだったか、あたしどもは誰も知らなかったんですよ。あれの父親が大体勘当されて家を出たひとでしょ。いつの間にか所帯を持って、子供までいるのを知ってびっくりしたぐらいですから」

「そのゆみの父親、つまり叔母御の兄さんですな。そのひとが遊び回っていたころに一緒だった友だちをおぼえていませんかな」

「ええ、知ってますよ、二、三人。でもみなさん途中で遊びとは手を切って、いまは立派に店をついでますもの ね。兄だけですよ、しまいまであんなところに隠れるように住んで、それもあんな死に方をして」

お初は、若いころのゆみの父親を思い出したらしく、不意に指で眼を押さえた。

又八郎はその日のうちに、お初に教えてもらった政蔵の昔の遊び友だちを回った。相手は舟宿の若旦那だったり、小間物屋の主人だったりしたが、お初の名を出して用件を言うと、苦笑しながらも又八郎を家の中に上げて、快く話を聞いた。

だが政蔵が女房にした女のことは、誰も知らなかった。男たちは、政蔵と遊び回ったころのことは克明におぼえていて、吉原《よしわら》で流連《いつづけ》したこととか、ある男にわたりをつけて、秘密めいた賭場《とば》に行ったりしたことを楽しげに話したが、政蔵が所帯を持ったいきさつも、またその女房のことも知らなかった。

「ひょっとしたら、あいつが知っているかも知れませんな。あいつは政蔵の仲間じゃなかったが、時どき一緒にいるのを見たから」

と最後の一人が言った。

そのあいつというのも、深川で材木屋をいとなむ伏見屋という大店《おおだな》の主人だった。四十前後の恰幅《かっぷく》のいい主人は、又八郎の言うことをじっくりと聞き、聞き終ると微笑して言った。

「あなたさまと同じことを、ここに聞きに来たひとがいますよ。瓦町の岡っ引で、権三という男ですが」

「ほう、それはいつのことかの」

「つい十日ほど前のことです。あたしもずいぶん昔のことを聞かれてびっくりしましたが、政蔵がひとに殺されたこともはじめて聞いて、二度びっくりしました」

「…………」

「権三親分にも言いましたが、政蔵の女房というのは、あたしも知っているおこんという女に間違いございません。親分は殺された二人の人相書を持っていましてな。女房の方がおこんにそっくりでした」

「おこんというのは何者かの？」

「ひとの女房だったのですよ。それも亭主というのがただものじゃない。遊び好きの若旦那といった連中を、上手に誘って賭場に連れこむ。それで賭場から口銭《こうせん》をもらっていた男でしてな。むろん自分でも博奕《ばくち》を打ちました」

「…………」

「この男が、住んでいるところの大家と喧嘩《けんか》して、相手に怪我《けが》をさせ、江戸十里四方お構いになりました。政蔵はこの男と懇意にしていたらしく、そのあと残された女房に金をやったりして面倒みていたことは知っています。しかし、その女房と所帯を持ったとは、夢にも思いませんでした」

「男の名前は？」

「兼七という男です」

又八郎が駄菓子屋の女房に聞いた男の人相を言うと、伏見屋はその男ですと言った。それは岡っ引の権三にも聞かれたことらしかった。兼七が江戸にもどっていることは、確かなようだった。

「権三は、兼七が政蔵夫婦を殺したと見込んでおるわけだの？」

「そのようでございましたな」

「兼七が立ち寄りそうなところは？　それも権三が聞いて行ったと思うが」

「はい」

と言ったが、伏見屋の顔には苦笑するようないろが浮かんでいる。又八郎が黙ってその顔を見つめていると、伏見屋は秘密を打明けるといった小声になって言った。

「二つ三つ心あたりのところを教えてやりましたが、あたしも全部言ったわけではありません。この男と思うのが一人いますが、正直申しまして、あたしはいまも時どき手慰みに通ってますので、その男のことを言ってしまいますと、ナニでございましてな」

「教えて頂けぬか。お上には言わぬ。じつは兼七は昨夜、政蔵の娘をかどわかして行った。それがしは、その娘をさがしておる」

伏見屋は又八郎をじっと見つめたが、やがてその男の名前と、居場所を告げた。

礼を言って立ち上がると、伏見屋は自分も立って、店先まで送って出た。もう夜になっていたが、店の前にはいまついたとみえる二台の大八車に、黒々と男たちが群れて、掛声をかけながら材木をおろしていた。

「兼七が江戸を出されたのは……」

又八郎は、さっきから聞こうか聞くまいかと思っていたことを、口に出した。

「およそ何年前ごろのことかの」

「さあて」

伏見屋は、遠い昔を思いやるように、西空に顔をむけた。空は、その西の方面にわずかに細い朱のいろを残すだけだった。

「あれから十四、五年にもなりますかな」

伏見屋にも、そのあたりははっきりしたおぼえがないようだった。

浅草寺《せんそうじ》の裏側にある、その家にたどりついたのは、翌日の辰《たつ》ノ刻（午前八時）ごろだった。百姓家のように、茅《かや》ぶきの小さな家が、兼七の隠れ家だった。

又八郎は昨夜伏見屋に聞いた、北本所の家に行ったが、目ざす男は来ていなかった。明け方までにはもどると聞くと、又八郎は強引にその家に上がりこんだ。

応対したのは眼つきの鋭い男たちで、又八郎の気迫に押されたように、三畳ほどの小部屋に通したものの、時どき襖《ふすま》をあけてのぞきに来た。

終夜、どこかで人のざわめく気配がし、人の足音が行きかい、ここが賭場というものらしいと又八郎は納得した。そこで仮眠をとり、朝になってもどって来た男に会うと、外に連れ出し、答えしぶる男を殴りつけて、ようやく兼七の居場所を聞き出して来たのである。

門もなく、ただの生垣《いけがき》だった。朝の日が射《さ》しこんでいる庭に入ると、家の横手にある井戸のそばで、洗濯《せんたく》をしていた女が立ち上がった。赤い襷《たすき》をかけ、まぶしそうにこちらを見た女が、いやに小柄だと思ったら、ゆみだった。

「あら、おじさん」

ゆみは、又八郎をみとめると、走って来た。そして腰にしがみつくと、しゃくり上げて泣いた。だが泣いたのはちょっとの間で、すぐに涙をふくと、にこにこ笑って又八郎を見上げた。

「大丈夫だったか」

「大丈夫よ」

「心配したぞ」

又八郎はゆみの肩を撫《な》で、声をひそめた。

「いじめられはしなかったか」

「ぜんぜん」

ゆみは首を振った。

「連れて来られたときはこわかったけど、やさしいおじさんだよ。ご飯つくってやったら喜んでいた」

「いるのか？」

又八郎は家の方に顎《あご》をしゃくった。うなずいたゆみに、そこを動かないように言うと、又八郎は刀の鯉口《こいぐち》を切って、大股《おおまた》に家に近づいた。

戸口に入ったが、家の中はしんとしている。又八郎は履物を脱いで茶の間に入った。すると開けはなした座敷の縁側に、膝《ひざ》を抱いてこちらに背をむけている男の姿が目に入った。又八郎が家の中に入ったことは、気配でわかっているはずなのに、男は振りむかなかった。朝の光に照らされた粗末な植木をみている。水をやったところらしく、植木は濡《ぬ》れて水玉が日を弾《はじ》いている。

「娘を取りもどしに来た」

と、又八郎は言った。

「何か申すことがあるか」

男はそれでも振りむかなかった。背をまるめて、じっと植木を見ている。

政蔵夫婦を殺したかも知れない男、そしてひょっとしたらゆみの父親かも知れない男の背をしばらく眺めてから、又八郎は家を出た。男をつかまえるのは、又八郎の仕事ではない。ゆみを取りもどせば、それでよかった。

「腹が空《す》いた」

垣の外に出ると、又八郎はそう言った。昨夜も今朝も、喰っていなかった。

「もどったら、飯をつくってもらわねばならん」

ゆみが、弾けるような笑い声を立てた。ようやく安心したとわかる明るい声だった。

凶盗

一

「よろしい。うけたまわった」

と、青江又八郎は言った。

「で、ほかには？」

「ほかに？　いま申したことが伝言よ」

「だから、伝言は確かにうけたまわった。ご中老は、ほかに何か申されなかったかと聞いておる」

「べつに」

土屋清之進は、怪訝《けげん》な顔で又八郎を見返している。

「ほかに、何かあるのか？」

「………」

又八郎は絶句したが、気を取り直して言った。

「わざと貴公を派遣してよこしてだな。しっかりやれと督励される。つまり尻叩《しりたた》きだ。それについては言い分もあるが、わしは何も言わぬ。藩のためは、ひいてはわが身のためだ。うけたまわって、せいぜい勤めよう」

「ご中老もお喜びだろう」

「喜ぶのは構わないが、尻叩きするからには、これを使えと、貴公に託されたものはなかったのか」

「…………？」

「金だよ、土屋。ご中老は軍資金を持たせなかったのか」

「なるほど、金か」

「そうだ。青江にやれと、何ほどかの小遣いは持たせたろうが。ん？」

「いや、そんなものは預かっておらんぞ」

「そんなもの……」

又八郎はまた絶句した。

寿松院裏の又八郎の陋屋《ろうおく》を、ひょっこりと土屋がたずねて来たのは昼過ぎである。急用があって江戸屋敷まで来たことになっているが、それは表向きで、内実は間宮中老の密命で又八郎に会いに来たのだ。そう告げ、まだ昼飯を喰っていないと言うから、又八郎は襷《たすき》がけで台所に降り、飯を炊《た》いた。

飯を喰った土屋から、又八郎は中老からの伝言というのを聞いたが、中味は要するに大富静馬から、例のお家騒動の秘事を証拠だてる書類を、早々に手に入れて帰国せよという密命だった。

むろん間宮は、漫然とそういうことを督促して来たわけではなかった。藩主家に血のつながる、寿庵保方《じゆあんやすかた》という藩政の黒幕が、ついに動き出して、数年前隠退したさきの家老谷口権七郎を、再度家老職にかつぎ出そうとしていることをつかんだためである。

谷口は、大富派、間宮派と二分されている観がある藩の中で、どちらにも与《くみ》せず、藩内の紛争をよそに悠々自適していた人物だが、病弱を理由に家老職から身を退《ひ》いたとき、藩内に早い隠退を惜しむ声があがったぐらいで、家中には人望があった。その谷口が、もし大富派に加担して執政に復帰するようなことがあれば、間宮中老ひいては間宮派が、窮地に陥ることになる。

谷口権七郎の胸のうちは、まだわからないと土屋は言った。むろん中老は、自分もひそかに谷口に会って、寿庵保方の働きかけを牽制《けんせい》しているが、大富派が勢いを盛りかえす前に、懸案の粛清を断行したいのが、中老の腹だというのである。

間宮が、土屋清之進を密使に仕立てて督励によこしたのは、国元にそういう新しい情勢が持ち上がって焦《あせ》っているのだと、又八郎にもわかる。大富静馬の探索を怠けているわけではないが、いっそう奮発しようという気持はある。

だが大富を早くつかまえろ、というのなら、暮らしの金ぐらいはとどけて来るべきだ、と又八郎はかねて思っている。間宮は、又八郎を江戸に派遣していることを、藩内に秘匿《ひとく》していた。そうせざるを得ない事情は承知しているし、暮らしの金をとどけるなどはもってのほか、という間宮の気持もわからないではないが、やり方はいくらでもあるではないかと、日ごろ又八郎は不満に思っていた。

自前でやる探索だから、日にちがかかるのである。暮らしの金を稼《かせ》ぎ出す苦労がなく、ただ大富静馬を探し出すだけが仕事なら、いまごろは大富の隠れ家を突きとめている、と思わないわけにはいかない。

そういう気持があるから、土屋が来たときは、やっと金をとどけて来たかと思ったのだ。しかし土屋は、金は預かって来ていないと言う。

又八郎は呆然《ぼうぜん》とし、次いで自分が険悪な顔になるのがわかった。怒りを押さえて、又八郎は土屋に言った。

「そうか。それでは止《や》む得ん。ところで、土屋」

「なんだ？」

「貴様、金を持っておらんか」

「おれが？」

土屋は、ヒッヒと聞こえる声で笑った。

「おれが金を持っているわけはない。あれば飲んでしまう」

「………」

「じつは昨夜、藩邸をしのび出て、ひさしぶりに江戸女を相手に一杯やってな。懐《ふところ》がカラになってしまった。どう言いわけして帰りの路銀を借り出そうかと、いまその心配をしておるところよ」

「土屋」

又八郎は静かに言った。土屋清之進に飯を喰わせたことを、心底後悔していた。

「あのな、土屋。追いたてるようで悪いが、わしは約束があって、これから例の口入れ屋に行かねばならん。ご中老には、委細承知したと申し上げてくれ」

「わかった」

炊きたての飯を四杯も喰った土屋は、おくびをして立ち上がった。土間に降りてから、土屋は言った。

「しかし、何だな。ご中老は心底貴公を頼りにしておられる様子だ。ま、せっかくはげんでくれ」

又八郎は返事をしなかった。土屋を送り出すと、台所に入って米櫃《こめびつ》の蓋《ふた》を開いた。手で掬《すく》った米の量は、明日、あさっては間に合うかというほどのものだった。

外に出ると、ひやりとした風が又八郎の頬を撫《な》でた。日射《ひざ》しはあたたかいが、風の中に秋の気配がふくまれている。

――禄《ろく》を離れたことがないからだ。

木戸を出て表通りの方にむかいながら、又八郎はそう思った。間宮も、土屋もである。誰が喰わせてくれるわけでもなく、自分の手で金を稼ぎ出さねば顎《あご》が干上《ひあ》がる。そういう立場に立ったことがないから、中老も土屋も暮らしの費用に思い至らないのである。そう思うと胸の中に、また怒気が動いた。

しかし越前《えちぜん》通りに出て、人混《ひとご》みにもまれているうちに、怒りは次第に萎《な》えて、又八郎はかわりにどことなくわびしい気分が胸を占めて来るのを感じた。あたかも藩から見はなされて、江戸の町をあてもなくさまよっているような気がして来るのは、顔を吹きすぎるひややかな秋風のせいかも知れなかった。

風の行手に、祖母と妻の由亀《ゆき》の顔が小さく浮かんでいる。その二人を人質に取られて、帰るに帰れない立場に置かれているような気もして来る。

――なに、帰ろうと思えば帰れるわけよ。

任務を投げ出して、黙って帰国したら、中老はおれをどう扱うかな、と考えてみる。今度の脱藩は、中老との間のこしらえごとである。そのことは筆頭家老の野島、組頭の山崎が承知している。

任務を果さなかったからといって、おれをほうり出すことは出来まい。せいぜい禄を減らされるぐらいのことで済むのではないか。

考えは、一たんそういう方向にむかうと、とめどもなく退嬰《たいえい》的に傾いて行くようだった。こうして腹を空《す》かして、江戸にとどまっている理由はない、と思えて来る。

又八郎は憂鬱《ゆううつ》な顔になって、浅草御門をくぐると、新しい人混みにまぎれ込んだ。

二

又八郎が顔を突っこむと、いきなり細谷源太夫の声が飛んで来た。

「おそかったではないか。待ちくたびれたぞ」

見ると、細谷も米坂《よねさか》八内も、土間から茶の間に入りこんでお茶を飲んでいる。主人の相模屋《さがみや》吉蔵の姿は見えなかった。

「やあ、済まなかった」

と又八郎は詫《わ》びて、刀を腰からはずすと茶の間に上がった。

「急に国もとから人がたずねて参ってな。話しこんでおくれた」

「ふむ？　何の話だ？」

うさんくさそうに、細谷は又八郎の顔をのぞいた。再度江戸にもどって来た事情を、又八郎は細谷にくわしくは話していない。

細谷と組むことが少なく、話す機会もなかったのだが、今度の大富静馬探索の仕事に、公儀隠密《おんみつ》がからんでいることが、又八郎の気持を慎重にしていた。累を相模屋や細谷におよぼしてはならん、と思うのだが、そういう又八郎の態度を、細谷は奥歯に物がはさまったようにも受けとり、水くさいとも思っているかも知れなかった。さぐるような眼をむけている。

「帰国の話か？」

「とんでもない」

又八郎は、米坂がいれてくれた茶を、ひと息に飲んだ。間宮中老に対する憤懣《ふんまん》が、あらためてぶり返して来るようだった。

「逆よ。当分は帰国はおぼつかないという話だ」

「それは気の毒にな」

と言ったが、細谷はなぜかひげづらを仰向けてうれしそうに笑った。又八郎は、細谷や米坂に時おり、同病相あわれむという気持を抱くことがあるが、細谷もそういう気分で、又八郎を仲間として再確認したということかも知れなかった。

しがない浪人仲間三人は、あらためて顔を見あわせ、細谷は膝《ひざ》をすすめて、では相談にかかろうかと言った。

「話というのは、ほかでもない。吉蔵が持ちこんで来た用心棒の仕事のことだが、ちと相談しないことには即答出来んところがあってな」

細谷はそう言ったが、不意に顔を上げて、おいねさん、お茶をくれぬかと言った。すると吉蔵の娘が出て来て、又八郎に笑顔で挨拶《あいさつ》し、お茶道具を奥に持ち去った。

「おやじはおらんのか」

又八郎が訊《き》くと、細谷は、吉蔵は急用が出来て外へ行ったと言った。

「吉蔵の話はこうだ。箔屋《はくや》町にある油問屋で、用心棒をもとめている。人数は三人、手当ては二日で一分、泥棒ふせぎの用心棒だから、勤めは夜で、昼の間は勝手にしてもよいが、ひと部屋をあたえるので、昼もいたければそこにいてよい。飯は出す。ま、こう言った中味だ」

「悪くないではないか」

と又八郎は言った。米坂を見ると、米坂も乗り気になった顔つきで、細谷をじっと見ている。

そこにおいねが、新しくお茶を運んで来たので、三人はしばらく黙って茶をすすった。すると、その沈黙の間に気づいたというふうに、米坂がぽつりと言った。

「泥棒ふせぎに、三人も人を雇うというのは、なにかそのような気配があるのかの?」

「それだ」

細谷が茶碗《ちゃわん》を置いて、ばんと膝を打った。

「相談ごとというのはそこだ。吉蔵からそういう話を聞いて、わしはこれはひさしぶりにいい仕事が入ったと思った。この間のナニ、向島の隠宅の話は、あまりぱっとしなかったからの」

又八郎が諏訪《すわ》町裏でひとり娘の用心棒を請負ったとき、細谷は向島にある大店《おおだな》の隠宅に雇われた。隠居が逗留《とうりゆう》する半月ほどという約束で、寝て喰えると思って行ったのがとんだ見込みちがいだったのである。

隠居は思いのほか好色なじいさんだった。家の者に意見されて手を切ったはずの若い妾《めかけ》と、じっさいにはまだ手が切れておらず、隠宅に来ると早速に細谷をおともにし、毎晩のように浅草にある妾のところに通いはじめた。細谷は、夕刻になると隠居を妾のところに送りとどけ、夜のしらしら明けに迎えに行くという毎日を送った。

店の主人に打ち明ければ、隠居は家に呼び戻され、細谷は仕事を失うことになるのはあきらかだったから、辛抱して送り迎えに精を出したが、そのうち隠居が妾の家で倒れ、寝こんでしまうという騒ぎが起きた。手当てはもらったものの、細谷は店の者に大いに非難されたのである。

その話は、又八郎も吉蔵から聞いたので、又八郎は笑いを誘われて米坂を見た。だが、米坂は笑っていなかった。うつむいて茶をすすっていた。米坂はあまり笑うことのない男である。いつも人の世の重味を両肩にになったような、重苦しくもの悲しげな顔をしている。

「人数も三人なら、貴公と米坂を加えて、ちょうどよいと思ったのだ。ところが、吉蔵の申すには、だ。その安積屋《あづみや》と申す油屋が恐れておるのは、この春に本所《ほんじょ》、下谷《したや》で商家に押し入った例の夜盗だと申す」

又八郎と米坂は、同時に細谷の顔を見た。二人を見返してうなずいてみせた細谷の顔が、いくぶん紅潮している。

本所、下谷の夜盗というのは、残虐《ざんぎゃく》な盗みの手口で江戸の人びとをおどろかせた盗賊だった。最初に襲われたのは、南本所の喜多屋という富裕な蠟燭《ろうそく》問屋だったが、家の者、奉公人あわせて十二人が殺され、金を奪われた。助かったのは乳《ち》のみ子一人、通い勤めで店にいなかった番頭、手代が一人ずつ、それにその夜、外に遊びに出ていて難をのがれた奉公人一人だけだった。凶事をとどけ出たのは、夜おそく店にもどったその奉公人だった。奪われた金は、五百両を越えることが確かめられている。

奉行所では、生き残った番頭、手代、遊びに出ていたという奉公人を取り調べたが、怪しい節《ふし》はなく、疑いは間もなく晴れた。そして奉行所のその調べを嘲笑《あざわら》うように、わずか十日ほど後に、今度は下谷の紙問屋が襲われたのである。十人の人間が殺された。

その紙問屋では、何におびえてか、近くの道場に寄食して剣を指南している浪人者を雇っていたが、その浪人も斬殺《ざんさつ》されていた。

そうした噂《うわさ》は、又八郎が住む寿松院裏の裏店にも聞こえて来て、決して襲われる心配のないまかしょの源七や日雇いの徳蔵などが、戦々兢々《せんせんきょうきょう》と、いまにもその夜盗とやらが押し入って来るかのように、声をひそめて話し込んでいたのをおぼえている。

しかし夜盗の噂は、その後ぷっつりと途絶え、また奉行所が、その盗賊をつかまえたということも聞かず、時が経《た》っているのである。それがいまごろになって、自分の生計《たつき》にかかわって来るとは、思いもしなかったことだった。

「どうするな?」

と細谷は言った。どうすると訊《たず》ねているが、細谷はひさしぶりに獰猛《どうもう》な表情を見せていた。やる気になっていることが窺《うかが》われた。

又八郎は米坂を見た。米坂八内は、静かな眼で又八郎を見返している。尾羽打ちからした浪人者というのを絵に描けば、まず米坂のような人物が出来上がるだろうと思われるほど、暮らしに疲れた姿、恰好《かっこう》をしているが、そら豆のように細長い顔には、怯《ひる》んだ気色はうかんでいない。

米坂は、貧と妻女の病弱につねにおびえているが、ほかのことでは腹の据わった人物であることを、又八郎は承知している。

「その話、乗りだな」

と又八郎は言った。

噂から想像して、その夜盗は少くとも数人、あるいはそれ以上の人間の集まりだと思われた。ことに下谷の紙問屋で、同業ともいうべき雇われの浪人者が斬《き》られていることに注目すべきだった。

一家、奉公人をみな殺しにする残忍な手口は、二、三人で出来ることではない。しかもその中には、刀を遣える人間がふくまれている公算が大きい。いつか米坂と一緒に、六間堀ばたの呉服屋の用心棒を請負ったときのようにはいくまい、という気がする。

だが、危険を恐れていては、米櫃《こめびつ》は満たされないのである。話に乗ったと言ったとき、又八郎はさっきのぞいて来たばかりの米櫃の底を思い出した。

又八郎がそう言うと、米坂も小声で、それがしも乗った、と言った。

「よし、決ったな」

と細谷が言った。

「わしははじめからやるつもりでいたが、貴公ら次第と思ってもおった。ほかの者とは組む気がせん」

「その油屋だが……」

と又八郎は言った。

「さっき米坂どのも申したが、なにか例の夜盗の気配をつかんだということでもあるのかの？　ここのおやじは、そのあたりのことを何か申しておったか？」

「おやじは例によって、あまりはっきりしたことは言わん。行ってみないことにはわからんな。行って見て、だ……」

細谷は、不意にひげづらに狡猾《こうかつ》そうな笑いをうかべた。

「水鳥の羽音におびえる、というやつだったら楽なものだ。寝て喰える」

細谷は、寝ころんで喰えることに用心棒の至福をみているらしかった。

「楽観は禁物だぞ」

又八郎がそう言ったとき、戸があいて吉蔵が帰って来た。よほどいそいで帰って来たらしく、吉蔵は土間に入ると、握っていた手拭《てぬぐ》いで顔の汗を拭《ふ》いた。

「いかがですか？　話は決まりましたか？」

吉蔵は土間に突っ立ったまま、三人にむかってそう言った。

細谷が、ほがらかな口調で答えた。

「衆議一決だ、おやじ。引きうけると決めたぞ」

「さようですか」

相模屋吉蔵は、なぜか元気のない顔で、上にあがって来た。三人の前に、膝をそろえてかしこまると、吉蔵は言った。

「細谷さまからおたずねもありましたので、じつはもう一度箔屋町まで行って参りました」

「ふむ、それで？」

「確かめましたところ、安積屋さんがおっしゃることは、どうやらほんとらしゅうございましてな。おかみさんのおびえようなどは、ただごとではございません。どうなさいます？　みなさん」

三

相模屋《さがみや》吉蔵は、三人の決心に水をさすようなことを言ったが、吉蔵のその気持はわからないでもなかった。

又八郎、細谷、米坂《よねさか》という三人は、かなりの難事にむけてやっても、自力で何とか道をひらくことが出来る才覚と剣の技倆《ぎりよう》を持っている。ほかの仕事はともあれ、用心棒といった仕事を依頼されたようなとき、この三人は口入れ相模屋の金看板のようなものだった。

ひどい仕事を割り振ったと思うような、危険な仕事を世話することがあっても、吉蔵には吉蔵なりの商売の勘が働いていて、ぶつけても大丈夫だと思うから差しむけるのだと、このごろは又八郎たちにもわかっている。

せっかくまとまった相談に、水をさすようなことを言ったのは、それだけ吉蔵が今度の仕事を危いとみている証拠だった。

わざわざ箔屋《はくや》町の油屋まで、念入りに確かめに行ったというのも、ふだんの吉蔵に似合わないことだった。つまり吉蔵は、一油屋の警固のために、用心棒向けの金看板三人を、一ぺんに失ったりする愚は避けたいと考えているのである。吉蔵の言動は、決心を変えさせるには至らなかったが、又八郎をいささか緊張させた。

しかし安積屋《あづみや》に来て、真先にその点、つまり夜盗が襲って来そうなしるしがあったのかどうかを確かめると、主人の平右衛門は意外にあっさりした口調で言った。

「それはまあ、怪しげなことがふたつ、三つ、あることはありました。しかしそれでこわがっているのは、じつはこれ」

と言って平右衛門は、そばの女房を振りむいて薄笑いした。

「女房一人でございましてな。それはもう、今夜にも盗っ人《ぬすと》が押し入って来るようなことを申しますです。ま、何ですな。みなさん方をお頼みしましたのは、つまりは安心料をお払いして、女房のこわがりをのぞいてやりたいというわけで、とんだ女房孝行」

太った主人は、肩をゆすって笑った。

「じつを申しますと、あたしなどは、まさかと思っておりますです、はい」

「そんなことを言って、もしやゃって来たらどうするつもりですか。お前さんは、夜は家にいない人ですから、それでよいでしょうけど」

そばから女房が言った。亭主とは逆に、ほっそりと痩《や》せた女だった。若いころは美人だったろうと思われる顔立ちをしている。だが、平右衛門にそう言った声音《こわね》に、かすかな棘《とげ》がふくまれているのを又八郎は感じた。

「だからこうして、腕の立つ旦那方《だんながた》をお呼びしてるじゃありませんか。これで文句はないはずだが……」

平右衛門は硬い口調でそう言い、自分のその口調に気づいた顔色で、急に三人に笑顔をむけた。

「怪しいことがあったと申されましたが、それはどのようなことでしたかな」

と又八郎は訊《き》いた。平右衛門はその問いにも、なに、怪しかったかどうか、はっきりはしておりませんのです、と言って、次のような話をした。

安積屋で庭を手入れしたのは、暑かった七月のころである。手入れといっても、石をいくつか取りかえ、樹《き》も植え換える大がかりな模様替えだったので、半月以上も、外から人が入ってごたごたした。

采配《さいはい》を振ったのは、甚蔵という出入りの庭師である。甚蔵は、自分の家の若い者、知りあいの植木屋の若い者あわせて十人ほどの人間を使って、仕事を仕上げたが、終ってから平右衛門に妙なことを言った。

外から石や樹木を運びこんだ人間の中に、自分の家の者でもなく、また植木屋の職人でもない者が混じっていたらしいと言うのである。その妙な人間は、石や樹木を運び入れただけでなく、土を運んだり、築山《つきやま》に石を上げたりする仕事に、汗水たらして精出したが、庭が出来て手間を払う段になって気がつくと、いつの間にか姿を消していたという。

仕事が終るまで気づかなかったのは、甚蔵はその男を植木屋から来ている職人だと思い、植木屋から来ている人間は、その男が甚蔵の家の職人に違いないと思いこんでいたからである。

庭師の甚蔵が、狐《きつね》につままれたような顔でそう言うのを聞いて、平右衛門も驚いて家の中を調べさせた。しかし別に変ったところはなく、物を盗《と》られた形跡もなかった。

もうひとつ、妙な出来事があったのは、庭の模様替えが終って、十日ぐらい経《た》ったころである。

研《と》ぎ屋が来て、台所口の外にむしろを敷き、一日仕事をして帰った。いつも回って来る研ぎ屋は権十という年寄で、安積屋では権十が回って来ると、庖丁《ほうちょう》から鋏《はさみ》、鎌《かま》など一切合財出して研いでもらう。権十はまた、その時期を心得ていて、丁度刃物の切れが悪くなったと思うころに、見はからっていたように回って来るのである。

その日来た研ぎ屋は新顔だったが、権十の身内だと名乗り、かわりに回って来たと言った。そろそろ研ぎ屋が来ないかと思っていたときなので、女中たちは疑いもせずに刃物を出し、昼にはいつも権十にそうしてやっているように、研ぎ屋を台所に呼び入れてお茶を出し、弁当を使わせた。

しかし、その二日後に権十が回って来て、研ぎものはありませんかと言ったので、安積屋の女中たちはあっけにとられたのである。新顔の研ぎ屋は、権十の名を騙《かた》って入りこんで来たのだとわかった。ただし研ぎの腕はよく、仕上がった刃物はよく切れた。

「ま、こういうことがあったのは、ほんとのことで、女房はこれを、例の盗っ人が様子を見に入りこんで来たのに違いないと騒ぎ立てるわけですな。あたしは、怪しいと言えば怪しいようなものの、まさかという気持の方が強うございますがな」

「………」

「研ぎ屋の話などは、よくあることじゃありませんか。それに気味が悪いと思った甚蔵の話にしても、じゃその男の顔をおぼえているかと訊《たず》ねますと、それもはっきりしないような有様で、甚蔵の勘違いということも考えられます。甚蔵も齢《とし》で、近ごろは物忘れがひどいなどと、甚蔵の伜《せがれ》が申しておりましたからな」

「お上《かみ》にはとどけて出なんだか？」

又八郎が訊くと、主人の平右衛門は、それがです、と言って苦笑した。

「じつは女房や娘があまりに心配しますもので、懇意にしている岡っ引の親分さんを呼びましてな。一応の話をしてみました。ところが、あのこわい泥棒さわぎがあってからというもの、あちこちからさっき申しましたような訴えがありますそうで、何でございます、じつはお上でも手を焼いておられるということでございますよ」

ひと通りの話を聞き終って、そのあと又八郎たちは家の中、広い裏庭を案内され、ようやく、ここを使ってくれと、ひと間に案内された。十畳の広い部屋だった。

「どう思うな？」

三人だけになると、又八郎は細谷と米坂の顔を見て、そう言った。

「まず、いただきだな」

細谷は、はやくも畳に寝そべって頬杖《ほおづえ》をつくと、にやにや笑った。

「聞いた程度の話が、例の夜盗につながるとは思えん」

「しかし……」

と米坂が口をはさんだ。

「研ぎ屋はともかく、庭の模様替えに、知らぬ男が入りこんでいたという話は、少々気になることですな」

四

何事もなく日が経《た》った。

三人の用心棒は、はじめの二、三日、昼は神妙にあたえられた部屋にこもり、夜はかわるがわる庭に出て、塀《へい》のうちを見回った。しかしべつに変ったこともないとなると、夜はともかく、昼の間は外に出ることが多くなった。

米坂《よねさか》が、気はずかしげな顔で、ちょっとそこまでというのは、病身の妻女を見舞いに行くのである。妻女はいくぶん具合いが持ち直して、少しずつ台所の仕事も出来るようになったと聞いていた。しかしそうなればなったで、米坂は心配で、様子を見に行かずにいられないというふうだった。夕刻になっていそいで帰って来ると、夜食を済ませて寝かせて参ったので、などと言う。

細谷もひんぱんに外に出る。家が近いので、妻や子供の顔を見てくるらしかったが、別口の用もあるらしく、こっそりと酒の匂《にお》いを身につけてもどって来ることもあった。そういうときは、こそこそと部屋の隅に横になって、ひとしきり雷のようないびきの音を立てて寝こむ。しかしそのあとはしゃんとして、見回りにはげむのは、やはり用心棒の年季が入っているのである。

どこにも出ないのは、又八郎だけだった。むろん懐《ふところ》がさびしいからで、家にもどったところで米もなかった。細谷や米坂のように、話す相手がいるわけでもなかった。安積屋《あづみや》にいれば、飯刻《めしどき》には女中がのぞきに来て、膳《ぜん》を運んで来る。客の待遇をしてくれる。外に出ることはないと思っていた。

今日も又八郎は、昼飯が済んだあと、広い座敷の真中に枕《まくら》を持ち出して横になった。細谷と米坂は留守だった。

——細谷の言い分ではないが……。

まさに寝て喰っているという図だな、と思う。しかし夕方から夜明けまで、一人だけ仮眠をとり、ほかの二人は起きている。時刻が来ると、交代して起きていた二人のうち片方が仮眠をとって、それまで寝ていた者が起き上がって見張りに加わる。そういう暮らしがつづいていた。

昼はどうしても眠くなる。細谷も米坂も、家にもどったところで、どうせ妻女のそばで眠っているだろうと、又八郎は思う。その想像が睡気《ねむけ》を誘って、いつの間にか深い眠りをむさぼったようだった。

名を呼ばれて目ざめた。起き上がりながら、又八郎の手は反射的に枕もとの刀をつかんでいる。

見ると部屋の入口に女中が立っていた。おりくという名で、三人の身の回りの世話をしている年増《としま》女中である。おりくの丸顔におびえたいろが浮かんでいるのを見て、又八郎は刀を放した。

それを見て、おりくはやっと言った。

「お客さまでございますよ」

「わしに？」

「はい。青江さまにと言っておいでです」

「………」

「きれいな女の方ですよ」

おりくは、からかうような笑いをうかべている。安積屋に来て十日余もたつ。その間に無駄話などをかわしている間に、おりくも三人の用心棒に、だんだん親しみを抱いて来たようだった。

「こちらにお通ししましょうか?」

「いや、わしが出よう」

佐知だろうと思った。ほかに自分を名指しでたずねて来るような女の心あたりはない。

——あれが、わかったのかも知れない。

佐知に依頼しておいたことを思い出し、店の方にいそぎながら、又八郎はふと慙愧《ざんき》の思いに心をつかまれた。外に出れば金がかかるからではあるが、人にものを頼み、自分はのうのうと昼寝をしているのはどういうものかと反省したのである。

店に出ると、ぷんと油が匂う。その間を、奉公人たちが、いそがしげに歩き回っていた。安積屋は問屋だが、店売りもやっている。扱う品は評判がいいらしくて、店にはいつも客がいる。繁昌《はんじょう》している店だった。

表に出ると、そこにも店の者がいて、荷車に油壺《あぶらつぼ》を積んでいた。そこから少しはなれて、女が一人立っている。佐知ではなく、もっと年若い女である。武家方の奉公人という身なりをしている。女は又八郎の姿をみると、すばやく寄って来て、小さい声で言った。

「青江さまですか」

「さよう」

「はると申します」

女はほとんど聞きとれないぐらいの小さい声で、佐知の使いの者だと告げた。

「佐知さまが、お会いしたいと申しておりますが、お出かけになれましょうか」

「さよう、いまなら」

又八郎も低い声で言った。油の荷を車に積んでいる若い者が、ちらちらとこちらを見ている。

「しかし遠くには行けぬ」

「すぐそこまで来ておられます」

はるという女は、早口にその場所を告げた。その場所は、楓川《かえでがわ》の河岸《かし》地、小浜橋のそばだった。

又八郎が、すぐ行くと言うと、はるは一礼してすぐに背をむけた。姿も容貌《ようぼう》も目立たない、若い娘だったが、うしろ姿に隙《すき》がないのを又八郎は見送った。同じ佐知の配下で、とよという女が言った、手裏剣の名手というのはいまの女のことだったかと、又八郎はやっと思い出していた。

店は吾助という番頭が指図している。五十近い頑固そうな顔をしたその番頭に、外に出るが、日暮れまでにはもどるとことわって、又八郎は安積屋を出た。

箔屋《はくや》町から東へ歩き、隣町の榑正《くれまさ》町を通り抜けると、間もなく楓川の河岸が見えて来て、その河岸ぞいに続く町が、本材木《ほんざいもく》町だった。小浜橋は河岸に出てしばらく北に歩いたところに架かっている。

小浜橋の橋詰を通りすぎると、本材木町の町屋と道をへだてた川べりに、小体《こてい》な店が並んでいる。白玉屋とか、煮豆屋とかいう看板が出ている。そのうちの一軒に又八郎は入った。

そこは煮売屋で、店に入ると醤油《しょうゆ》の匂いが鼻を衝《つ》いて来た。夜になれば酒も出すらしい店構えで、土間を通り抜けたところに、小部屋がある。

ねじり鉢巻で長箸《ながばし》を使っていた四十過ぎの親爺《おやじ》が、威勢よくいらっしゃいと言ったが、又八郎をみると奥の小部屋と、又八郎の顔を見くらべるようにした。佐知に、こういう人間が来ると言われていた顔色に見えた。

又八郎はうなずくと板場の前を通り抜けて、小部屋をのぞいた。裏はすぐ川になっているらしく、障子の隙間から外を眺めていた佐知が、振りむいて笑顔を見せた。

「おいそがしくはございませんでしたか？」

「いや、昼の間はひまでの」

又八郎は正直に言った。

「昼寝をしておった。相済まんことだ」

「なにをお謝りになります？」

佐知はいぶかしげに又八郎の顔をのぞいた。

「人に頼みごとをして、昼寝という法はあるまいと思ってな」

「お疲れなのでございましょ？」

と佐知はあっさりと言った。

「こんにゃくを召し上がりますか？」

「こんにゃく？　醤油で煮つけたやつか」

「はい。国もとにそういう名物がございました」

と佐知はいった。玉こんにゃくというやつだと又八郎は思った。玉にまるめたこんにゃくを串《くし》に刺して、ダシを利《き》かせた醤油で、長い刻《とき》をかけて煮つける。

「玉こんにゃくと申したものじゃ。道場の帰りに立ち寄って喰ったことがある。あれはうまかった」

「あれとは違いますが、ここのもおいしゅうございます」

佐知はそう言うと、部屋の口まで立って行って、亭主にこんにゃくを言いつけた。

部屋はたった三畳で、真中に平飯台が置いてあるだけである。

「大富がいた東軍流の道場が見つかりました」

むかい合って坐《すわ》ると、佐知は声をひそめて言った。佐知は頬に無駄な肉のない、すっきりした細面《ほそおもて》で、眼尻《めじり》がやや切れ上がったきつい顔をしている。その眼に、さっき又八郎をむかえたときとは違う光がうかんでいる。

又八郎は、惰眠をむさぼったあとの、ぼんやりした頭が、一度に目ざめたような気がした。

「それは、どこかの？」

「芝口にある安村という道場でございます。おどろきましたことに……」

佐知がそう言って身体《からだ》をのり出したとき、亭主が鉢に、湯気が立つこんにゃくを入れて運んで来た。いい匂いがした。

箸を取りながら、又八郎は言った。

「いただきながら聞こうか」

「そうなさいませ。熱いうちがおいしゅうございます」

と佐知は言い、自分も鉢をひき寄せると、うつむいて喰べはじめた。二人はしばらくの間肝心の話をそっちのけにして、こんにゃくを喰べた。

ふと鉢から顔をあげて、又八郎は佐知を眺めた。佐知はつつましく、しかし気取りのない顔でこんにゃくを嚙《か》んでいる。

——奇妙なことよの。

又八郎の胸を、淡い感慨が行き過ぎる。二人がむかい合ってこんにゃくを喰っている図柄は、男女密会という感じからはほど遠いものに違いない。事実密会しているわけではないし、話の中味は殺伐なものでさえある。

にもかかわらず、又八郎は、佐知との間に濃密な親しみが介在していることを認めないわけにはいかなかった。その気持が一方的なものでないことは、気を許した顔でこんにゃくを喰っている佐知を見ればわかる。奇妙だという感慨は、そこから来るようだった。

佐知ははじめ、又八郎に敵対する刺客として立ち現われた女だった。驚嘆すべき短刀術の手練を駆使して、帰国途中の又八郎の前に立ちふさがり、その死闘の間に重傷を負った。又八郎が佐知の一命を救うことになったのは、行きがかりに過ぎない。それだけの縁だと思っていたのである。

だが江戸に来て再会すると、佐知は又八郎にとって、ただひとり信頼すべき探索の協力者となったのであった。

そういう佐知に対して、又八郎が、男として何の気持もそそられないといえば嘘《うそ》になるだろう。佐知は、あいまいなところのないきつい顔だちをしているが、十分に美《び》貌《ぼう》だった。武術で鍛えた肢体《したい》は、ひきしまって魅惑的でさえある。好もしい女子《おなご》だ、と又八郎は思う。

だがその気持が、ありきたりの男女の親しみに流れることがないのは、佐知がきわめて抑制に富んだ、意志強い女だからである。

ひと月ほど前に、又八郎は大富静馬の手に陥《お》ちた佐知を、霊岸島《れいがんじま》にある某寺から救い出した。そのとき又八郎は佐知の裸の胸を撫《な》で、佐知もまた、一瞬激情につき動かされたように、又八郎の胴に手を巻いている。

そのことを、佐知はほとんど忘れ去った面もちで、無心にこんにゃくを噛んでいる。だが賢い佐知が、そのときかわされた、一瞬の激情の交換を忘れたはずがなかった。また、その意味を取り違えたはずもない。

にもかかわらず、あたかも忘れたかのように振舞えるところに、佐知の抑制の強靱《きようじん》さがあり、佐知がそのように気持を抑制出来る女であることが、ありきたりの男女の気持の在りようとは別の、より濃密で坐りのいい親しみを醸《かも》すのだとわかる。佐知は魅力ある女だったが、より以上に、もっとも信頼出来る味方だという気持を、又八郎に抱かせる。

「………?」

又八郎の視線に気づいて、佐知が顔をあげた。怪訝《けげん》そうな眼で見られて、又八郎は狼狽《ろうばい》した。

「さっきの話じゃ。うかがいかけたことを聞こうか」

「ごめんなさいませ。つい喰べることに気を取られて」

佐知はわずかに頰を染め、ちらと白い歯をみせて笑った。

「女子は喰べ物にいやしいと思っておいででしょう」

「そんなことはない。男も同じよ」

又八郎も微笑して、がぶりとこんにゃくの一片を口に入れた。

「おどろきましたと申しあげたのは、大富はまだその道場に籍を置いて、いまも時たま姿をみせていることがわかったからでございます」

「………」

又八郎は箸を置いた。

「すると、そこを見張っておれば、今度こそ静馬の棲《す》み家を突《つ》きとめることが出来るな」

「まず、十中八、九は」

と佐知は言い、又八郎を見つめた。

「いかがいたしますか。私の手で突きとめましょうか。それとも青江さまご自身でなさいますか」

「どういたそうか」

又八郎は腕を組んだ。いまかかっている用心棒の仕事がある。大富を見張ることになれば、夜も昼もということになるが、用心棒を途中で投げ出すというわけにはいかない。義理もあるが、暮らしもかかっている。

又八郎の困惑した表情を読んだように、佐知が言った。

「おまかせ願えれば、私がつきとめますが」

「いや、そこまでそなたの手を煩《わずら》わすわけにもいくまい。そなたも勤めを持っておる」

「私の方は何とかなりまする」

と言って、佐知は微笑した。

「青江さまのように、その日の暮らしに追われているわけではございませんし」

「そうは申しても、な」

「ご遠慮ならおやめあそばせ、青江さま」

不意に佐知がささやくように声を落とした。佐知は静かな眼で、又八郎を見まもっていた。感情を殺したその表情の奥に、かえって佐知の深い気持がのぞいていた。同じ声音で、佐知は繰り返した。

「私に遠慮など、いらぬことではございませんか」

「さようか」

と又八郎は言った。手をのばすと、佐知が軽く握り返して来た。

――よし、大富静馬。

今度こそはケリをつけるぞ。こんにゃくを喰って佐知と別れ、箔屋町の方にもどりながら、又八郎はひさしぶりに五体に気力が満ちて来るのを感じていた。

孤独というものは、人の心を蝕《むしば》むものであるらしい。間宮中老や土屋清之進に腹を立てたりしたが、考えてみれば、その前に武士の一分というものがあったのだ、と思い返されても来る。

牧与之助は戸田流の名手だが、病身で今度のような任務には堪《た》え得ない。筒井杏平《きょうへい》は貫心流の寺井道場で、師の寺井弥五左衛門をしのぐとまで噂《うわさ》される逸材だが、大富派につながっている。ほかに人がいないから、又八郎が選ばれたのである。

そういう事情を知って引きうけたからには、任務を途中で投げて帰国する、などということが出来るわけはない。武士の一分に悖《もと》る。佐知からもさげすまれようし、祖母も由亀《ゆき》も喜ぶまい。

——バカなことを考えたものだ。

間宮にしても、わざわざ土屋をよこすぐらいだから、よほど窮地に立っているのだろう。又八郎はようやく中老の立場を思いやる気持になった。

榑正町との境い目に来たとき、又八郎は立ちどまって首をかしげたが、すぐ町角を北に曲った。安積屋《あづみや》の裏手を見回って帰ろうと思ったのである。

箔屋町と榑正町の間の通りから、西に入りこむ路地がある。その道を入って行くと、安積屋の裏手に出る。

佐知との話に、意外に手間どったようである。町は薄暗くなっていた。又八郎はいそぎ足に町を通り抜け、目ざす路地を左に曲った。路地は人影もなくひっそりして、どこからか三味線を爪弾《つまび》きする音が聞こえて来る。

路地に入ると、又八郎は足どりをゆるめて、ゆっくり歩いた。道の両側を丹念に見た。大体は家々の塀つづきで、その合間に、格子戸《こうしど》の裏口や、潜り戸《くぐりど》がはさまっていて、そのそばに空《から》の樽《たる》が出ていたりしている。そして長い黒板塀があるところに来た。そこが安積屋の裏手だった。

道は真直《まっす》ぐ行ったところで一軒のしもたやの門に突きあたり、そこから片方の道は安積屋の塀沿いに箔屋《はくや》町の表通りに抜け、もう一方の道は途中で二度ほど曲って、新右衛門町側に抜ける。

黒板塀の途中に潜り戸がある。又八郎は押してみたが、戸は動かなかった。それで眼を路地の行手にもどしたとき、薄暗い視界に何かが動いた。動くものは、安積屋の塀の角のあたりから、ついと離れて、新右衛門町に抜ける路地の方に消えたようである。

又八郎は塀の角まで疾走した。すると、まだ角まで行きつかないうちに、左手の路地から走って来た者がいる。米坂《よねさか》八内だった。米坂はちらと又八郎を見たが、そのまま無言で新右衛門町の方に走り去った。又八郎も後を追った。

二人は箔屋町と新右衛門町にはさまれた通りまで走り出たが、そこにまだ通行の人影がいくつも動いているのを見て立ちどまった。

「裏をひと回りしようと思って、路地に入ったのだが……」

と米坂は言った。

「わしの姿を見て逃げ出したようだった。見られたか」

「見た」

と、又八郎も言った。安積屋の用心棒に入って、はじめて怪しい人影を見たことになる。二人は薄暗い路上で顔を見合わせた。

五

刀を抱いたまま、米坂《よねさか》が眠っている。小柄な身体に似合わない豪快ないびきをかいていた。細谷もいびきが大きいが、米坂のいびきはなんと細谷を上回るのである。

細谷はいま庭に出ていて、又八郎は行燈《あんどん》のそばでつくねんと書物を見ている。書物は米坂が愛読している宋詩だが、又八郎にはあまり興味がない。本を閉じてあくびをした。

家の中はしんと静まり返っている。主人の平右衛門と松次郎という倅《せがれ》は留守だった。安積屋《あづみや》に来て、間もなくわかったのだが、平右衛門は深川に妾《めかけ》を囲っていて、夜はほとんど家にいないのだった。

親爺《おやじ》を見習っているわけでもないだろうが、松次郎も毎晩のように家を出て、どこかで飲んで来る。時どきはひと晩家を明けて、明方にもどって来るような男だった。昼の間は眠っているらしく姿を見せず、八ツ（午後二時）過ぎになって、ようやく起き出して来て、家の中をふらふら歩いているのを見かける。若い者らしくもなく、無気力な青白い顔をした男である。松次郎は商売の方には、まったく手を出していないようだった。

安積屋の家の者は、あとは女房のおよねと娘のお澄だけだった。

お澄はいつも、三人がいる部屋から見える離れにこもっている。一度母屋《おもや》の方から戻るのを見たが、足が悪かった。しかし気性は明るい娘らしく、離れの戸をあけて、又八郎たちと顔が合ったりすると、にっこり笑いかけて頭を下げる。お澄には、又八郎たちは好意を持っていた。

およねと娘のお澄は離れに一緒に寝ているはずだった。又八郎たちが来たころ、およねは母屋に寝ていたが、家の中の事情がわかると、およねにすすめて、娘と同じ部屋に寝るように言ったのである。

奉公人は十二人いた。このうち番頭と手代一人は通い勤めで、車力三人も外から通って来ている。夜も店にいるのは、庄吉という若い手代と、あとは小僧だった。この七人は、店の二階に寝ているが、いざというときには、残らず母娘《おやこ》がいる離れに入るように手配をつけてある。

金の用心もさることながら、ひとの命が大事だと、又八郎たちの相談は一決していた。怪我《けが》人や死人を出してしまっては、用心棒の面目を失うだけでなく、二十日近くも勤めて来た手間がフイになりかねない。ひいてはあとあとの仕事にもひびくと思われたからだ。

——細谷が寒がっておるかな。

冷えて来た夜気の中で、又八郎が、そろそろ交代かと時刻を案じたとき、どこかでがたりと戸が鳴った。

音は一度だけだったが、米坂のいびきがぴたりとやんだ。米坂は鎌首《かまくび》をもたげるようにして又八郎を見ながら、音もなく上体を起こすと膝《ひざ》の上に刀を引きつけた。又八郎も刀をつかんで片膝を立てた。

そのとき庭の方で、細谷が怒号した声が聞こえた。痴《し》れ者が、と言ったようである。その声が合図だったように、いきなり颶風《ぐふう》のようなものが安積屋を襲って来た。襲って来たものはほとんど理不尽な物音を立てた。襖《ふすま》や戸が倒れ、入り乱れた足音が家の中に侵入して来る。安積屋の内部は、一瞬騒然とした家鳴りに包まれたようだった。

「米坂……」

行燈を吹き消し、立ち上がって窓に走りながら、又八郎は叫んだ。

「二階を頼む。一人も下におろしてはならん」

又八郎の声を背に浴びながら、米坂は襖を蹴《け》倒《たお》すようにして、部屋の外に飛び出して行った。そこにはもう敵が待ちかまえていたらしく、たちまちはげしい刃音がひびいた。

又八郎は、窓を開くと、一気に外に飛びおりた。その眼に、猫のように身軽に、渡り廊下に飛びあがった黒い影が見えた。黒い影は、地面から胸丈《むねたけ》ほどもある手摺《てす》りを、軽がると飛び越えた。

走り寄りながら、又八郎はその男に一刀を浴びせたが、男は軽快にかわした。そして、逆に手摺り越しに、又八郎の頭上に白刃を叩《たた》きつけて来た。粗野ですばしこい剣だった。

膝を屈してかわしながら、又八郎は手摺りをつかんでいた。身体を跳ね上げると、片手斬《ぎ》りに黒い影を薙《な》ぐ。男がのけぞったとき、又八郎は渡り廊下に降り立っていた。

双手《もろて》突《づ》きで襲いかかってきた敵の剣をはね上げ、擂れ違って振りむくと、一瞬早く上段から斬りさげた。そのとき渡り廊下の端に、黒い影が三つほど現われたのが見えた。

夜盗が襲って来たら、店の者を離れにあつめ、一人がその警固につき、ほかの二人は庭に出て渡り合うと決めていたが、三人は分断されて、ばらばらに斬り合っていた。しかし他を顧みるひまはなかった。倒れた男の上を軽がると飛び越えて、次の敵が襲いかかって来ていた。

敵は三人だが、渡り廊下は三人がならべるほどの幅はない。匕首《あいくち》を持った二人が先に立ち、刀を握った男がその後から来る。しかし三人は離れの入口に立っている又八郎を見ると、まっしぐらに走って来た。

匕首が躍って、二の腕のあたりを斬られたのを感じながら、又八郎も身体を回して一人を斬った。斬られた男は、手摺りの間に首を突っこむようにして倒れたが、その間に一人が横を走り抜け、うしろにいた敵が、ぴたりと剣を構えた。蓬髪《ほうはつ》、着流しのその男は、浪人者のように見える。又八郎は前後から敵にはさまれた。

そのとき、庭を走って来た細谷が、渡り廊下を見上げて、いま行くぞと言った。

「ここはいい」

又八郎は叫んだ。

「米坂が中にいる」

よし、と細谷は言った。窓が開いているのを見つけたらしく、そちらに走り去ったが、又八郎は見送るひまもなく、前後から挟撃《きょうげき》をうけていた。

敵は間合いをはかるでもなく、身体をぶちあてるようにして斬り込んで来る。無謀とも見える、無言のその斬り込みに凄味《すごみ》があった。はね上げて跳び違えながら、又八郎は背筋が冷たくなるのを感じた。

日比谷《ひびや》町にある、備前屋という商家に雇われて、そこのおかみの身辺を護衛したことがある。そのときに、夜の道で一団の男たちに襲われたのを思い出していた。襲って来たのは、きびきびと匕首を使う、命知らずの男たちだった。眼の前の男たちからも、そのときの餓狼《がろう》に似た連中から感じたものと同じ無気味さが匂《にお》って来る。

又八郎は手摺りを背にして、左右から詰め寄って来る敵に眼を配った。その眼の端に、また一人、渡り廊下のはずれに黒い影が現われたのが映った。その男の手にも、鈍く匕首が光っている。

又八郎は動きを起こした。踏みこんで右手にいる浪人者にひと太刀《たち》浴びせると、すぐに反転して匕首の男にむき直った。男は又八郎が動くと、すかさず追撃して来ていたが、正面から顔をあわせて少しあわてたようだった。だがそれも一瞬で、すぐに背をまるめて又八郎の懐《ふところ》に飛びこんで来た。

鋭い匕首の動きを、体を沈めてかわしながら、すれちがいざまに又八郎は、のびた男の胴を下から斬り払った。見むきもせず、又八郎は新しく現われた敵にむかって殺到する。

男も走って来た。しかし又八郎の剣が匕首を高くはね上げて飛ばすと、男の姿は突然に渡り廊下から消えた。第二撃を避けて、地面に飛んだのである。

確かめるひまもなく、又八郎は背後から迫る敵に向き直った。上段から斬りおろす姿勢で殺到して来た敵の姿が、壁のように眼の前に迫った。かわすゆとりはなく、又八郎は敵の足もとに身体を投げ出すように膝を折った。走って来た勢いが敵に不運をもたらした。男は太刀を振りおろしたが、又八郎の身体の上でもんどり打つと、音たてて又八郎の背後に落ちた。又八郎が、下から敵の喉《のど》を刺すと同時に、素手で両足を払ったのである。

敵は起き上がらなかった。又八郎は立ち上がると男の喉から刀を引き抜き、すばやくとどめを刺して苦悶《くもん》する男の動きを止めてやった。血しぶきで、手が濡れた。

潮が退《ひ》くような気配を、又八郎は聞いた。夜空は曇っていたが、どこかに月があるらしく、わずかに仄白《ほのじろ》い光があたりに満ちている。その中を、黒い影が走って消えた。

また二つほど、家の中から走り出た黒い影が、地を這《は》うように音もなく移って裏庭の方に消えた。そして、耳が鳴るような静寂が来た。

又八郎が離れに引き返そうとしたとき、渡り廊下のはずれに、人影が二つ現われた。一人は軽くびっこをひいている。細谷と米坂だった。びっこをひいているのは米坂である。

「どうだった?」

又八郎が声をかけると、米坂が答えた。

「どうにか、怪我人は出さずに済んだ」

三人は顔を見合わせ、惨憺《さんたん》としたお互いの恰好《かっこう》を眺め合った。細谷も米坂もあちこち斬られたらしく、襤褸《ぼろ》を身にまとったような姿になっている。又八郎も手足に三カ所ほど傷を負っていた。

細谷が太い吐息をついた。

「案外に多かった。十四、五人はいたかの?」

「見回りが役に立たなかったのは、どうしたわけだ」

又八郎が言うと、細谷は手をあげて頭を掻《か》いた。

「狡猾《こうかつ》な奴《やつ》らよ。わしが木陰に入って小便しとるのを見はからって、塀を乗りこえて

も離れもひっそりしている。

米坂が呟《つぶや》くように言った。時刻は八ツ半（午前三時）を回ったはずだが、夜が明ける気配にはまだ遠かった。安積屋の人びとは、まだ息をひそめているらしく、店の方も離れもひっそりしている。

六

数日後、又八郎は佐知と連れ立って夜の町を歩いていた。薄曇りで寒くはなかったが、秋の夜のそぞろ歩きというわけではない。佐知が大富静馬の隠れ家を突きとめて来て、そこに行くところだった。

佐知は黒衣装に身体を包み、覆面の中から眼ばかり出していた。東軍流の安村という道場をさぐっている間に、佐知はその道場に、公儀隠密《おんみつ》と思われる者が接触して来ていることをつかんだのである。同行して来たのは、そのための万一の用心だった。公儀隠密が、大富の隠れ家に貼《は》りついているようだと、又八郎一人では手に負えない。

「お怪我《けが》の方は、いかがですか？」

と佐知が言った。黒衣をまとうと、佐知はひどく小柄に見える。

「もう癒《い》えた」

「それはようございました」

「その上安積屋《あづみや》に信用されての。三人とも、当分喰うには困らん」

夜盗は、死体七つを置き去りにして去ったが、襲って来た人数は十数人いたのである。安積屋では奉行所にとどけて出て、役人が綿密に調べて行った。しかし残党がつかまったという知らせがないうちは安心出来ない、と安積屋平右衛門は言い、ひきつづき三人に警固を頼んだのである。

怪我人も出ず、金も奪われなかったので、又八郎たち三人に対する安積屋の信用は絶大だった。三人は細谷が言う、寝て暮らすような毎日を送っている。

「またこんにゃくを喰おう。今度の払いはわしが持つ」

「はい」

と言ったが、佐知は覆面の中でくすくす笑った。二人は小石川御門の北にある、広大な水戸屋敷の塀沿いの道を歩いていた。時刻はまだ五ツ半（午後九時）過ぎだが、そのあたりには通行人の姿は見えなかった。

「………」

水戸屋敷の塀を過ぎて、しばらく行ったところで、佐知は立ちどまると、手まねで先に行くと知らせた。そこは白壁町だった。佐知は白壁町の町通りに入り、さらに影のように一本の路地の中に入りこんで行った。

又八郎は、ゆっくりその後を追って行ったが、人家が切れて前方に空地が見えて来たところで、不意に佐知の姿を見失った。用心深く、又八郎は前に進んだ。すると空地に出る手前で、いきなり後から帯をつかまれた。

「ここにいてください」

いつの間にかうしろに回っていた佐知がささやいた。

「あの家です」

佐知が指さす家を、又八郎はじっと見つめた。わずかな空地をへだてて、西岸寺という、寺の塀にくっつくように建っている家がある。窓から灯が洩《も》れていた。

ふと気づくと、佐知の姿がまた消えていた。気まぐれな夜の月のように、佐知は暗い闇《やみ》の中を自在に動き回っているようだった。そのまま佐知はもどらなかった。四半刻《しはんとき》（三十分）も経《た》っただろう。又八郎の胸に少しずつ不安が萌《きざ》して来たころになって、佐知はようやくもどって来た。佐知はしばらくうつむいて、はげしい呼吸を洩らしていたが、すぐに手真似《てまね》でついて来るように、と合図した。

御家人の屋敷のような門柱のある家だったが、塀はなく生垣だった。門を入ったところで、又八郎は血の匂《にお》いを嗅《か》いだ。門のすぐそばの草むらに、黒いものが横たわっている。案じたように公儀隠密の見張りがいて、佐知が刺したものらしかった。

又八郎が振りむくと、佐知はうなずいて、私はここにいます、とささやいた。佐知はおどろくほど近ぢかと身体を寄せていて、覆面のなかから、うるんだような眼がじっと又八郎を見つめている。その眼にうなずき返して狭い庭を横切ると、又八郎は家の前に立ち、そろそろと戸をあけた。戸はひっかかりもせず、滑りよく開いた。土間に踏みこんだが、家の中からは何の物音も聞こえて来なかった。又八郎は刀を抜いた。

上がりがまちにのぼって、静かに突きあたりの障子を開いた。八畳ほどの部屋に行燈《あんどん》がまたたいていて、部屋の隅に机がある。無人だった。

部屋の中に踏みこもうとしたとき、正面の襖《ふすま》が開いて男が入って来た。それが大富静馬だった。静馬は驚愕《きようがく》した眼で又八郎を見たが、すぐににやりと笑った。そしてすばやく行燈に覆《おお》いかぶさると灯を吹き消した。

踏みこみかけた足を一たんもどし、又八郎はあらためて闇の中に気配をさぐった。静馬はまだ部屋の中にいた。息苦しいほどの殺気が闇の中から寄せて来る。気配をさぐりながら、又八郎はそろりと部屋の中に入り、足音を盗んで右に回った。

すると、いきなり風が襲って来た。刀をあげてうけとめると、闇の中に火花が散った。一瞬の火花の中にうかんだ静馬の姿に、又八郎は鋭い袈裟《けさ》斬りを叩《たた》きつけた。また火花が散って、静馬の姿が蝙蝠《こうもり》がはばたくように闇の中に跳んだのを感じた。

そのまま気配が絶えた。そして次に物音が聞こえたのは、遠くからだった。又八郎は刀をさげたまま、前にすすんだ。襖が開いている。踏みこむとそこも畳の部屋だった。そこには静馬の気配はなかった。その部屋を通り抜けると、狭い板敷きの廊下に出た。

又八郎がそこまで踏みこんだとき、裏の方で戸を蹴破《けやぶ》るような音がした。又八郎は廊下を一気に奥に走った。すると台所に出て、あいている台所口から外の光が流れこんでいるのが見えた。又八郎は、はだしのまま、外に出た。そして、西岸寺の塀をよじのぼった静馬が、一瞬夜鳥のように宙に身を躍らせ、塀の向う側に飛びおりる姿を見た。

茶の間にもどって行燈に灯を入れると、又八郎は行燈をつかんで、さっき物音がしたと思われる部屋をさがした。その部屋は、廊下をへだてたところにある六畳間で、静馬が寝部屋に使っていたらしく、部屋の隅に夜具が積み重ねてあった。そして畳の上に手紙が散乱し、蓋がはずれた手文庫が投げ出されている。

「どうなされました？」

又八郎が手紙をかきあつめていると、部屋に入って来た佐知が覆面をはずしてそう言った。佐知は手に綴《と》じた帳面のようなものを持っていた。

「それは？　いかがいたした」

「廊下に落ちていました」

又八郎はあわただしくその帳面を受け取った。連判状かと思ったがそうではなく、表に辛巳日録《かのとみにちろく》と記してある。ぱらぱらとめくってみると、紛れもない日記だった。

——大富の日記というのは、これらしい。

又八郎はかき集めた手紙と日記を見くらべた。収穫があったようだった。これを送ってやれば、間宮中老は、しばらくは旧大富派を押さえることが出来るかも知れなかった。

「静馬は、かなりあわてたようだの」

又八郎は、いくらか上気したような顔をしている佐知に、微笑をむけた。

「しかし、まだ終ってはおらぬ」

奇妙な罠《わな》

一

むこうから、うらぶれた浪人者が歩いて来ると思ったら、細谷源太夫だった。遠目にも、羊羹《ようかん》いろの袴《はかま》がよれよれで、袷《あわせ》の袖《そで》と肩に大きなつぎがあたっているのが見える。

――細谷は、養う口が多いからの。

妻女は気性明朗な女で、六人の子を育て、縫物の内職をし、合間に細谷の尻《しり》を叩《たた》き、八面六臂《はちめんろっぴ》の働きで暮らしをやりくりしているが、その妻女も、さすがに細谷の着る物までは手が回らないらしい、と青江又八郎は思った。

しかしそれにしても、今日はいやにうらぶれようが目立つと思ったら、それは細谷が、めずらしく深刻な顔つきで歩いているせいだとわかった。

ふだんの細谷は、ひげ面《づら》を昂然《こうぜん》とあげ、大手を振ってあたりをにらみながら道の真中を濶歩《かつぽ》する。連れでもあれば、大声で喋《しゃべ》り、かっかっと例の笑い声も出るので、少々の衣服の破れぐらいは目立たないのだ。

それが、腕組みをし、ひげ面をうつむけて、どこやら沈痛、あるいは悲痛といった顔つきで歩いて来るから、身体《からだ》が大きい分だけ、よけいみじめさが目立つということらしかった。

のみならず、細谷は数歩先まで来ても、又八郎に気づかない。そのまま行き過ぎそうにする。

「おう、細谷」

又八郎が立ちどまって声をかけると、細谷ははっと顔を上げた。そして又八郎の顔を見ると、にやりと笑ったが、やはりいつもの元気はない。

「どうした、元気がないではないか」

「おれが?」

「そうよ、病気でもしたか」

細谷は眼をまるくした。

「病気?　おれは病気などせん」

「それにしては、いやにしょんぼりしておる。日ごろの貴公に似合わん」

「そうか、やはり心配ごとがあると外にあらわれるらしいな」

と細谷は言った。

「おれは病気じゃないが、子供が寝こんでおっての。これが少々重い病気で弱っておる」

「どの子かな？」

「二番目、いや待て、三番目の辰之助《たつのすけ》だ」

「医者にかけたか？」

「うむ、医者はいいのが見つかったが、なにせ薬が高い。それでいま相模屋《さがみや》に行って来たところよ。なまなかの稼《かせ》ぎでは、医者の払いが追いつかん。うまい口があったら、いまやっておる人足仕事と取りかえてもらおうと思ってな」

「だから、ふだん少々酒をひかえてだ。多少はたくわえを作っておかぬといかんと申すのだ」

「それはもう、家内に言われた」

と細谷は言った。細谷は多少余分に金が入ると、すぐに赤提灯《あかちょうちん》のあたりに首を突っこむ癖がある。酒好きなのだ。

「むろん、これからはつつしむさ」

「それで、相模屋はいい仕事をくれたか」

「うむ、うまいのがあった」

細谷は思い直したように、昂然と胸を張った。眼に光がもどったようである。

「少々あぶない仕事だが、手間はとび切り上等だ。これだぞ」

細谷は又八郎の前に指を一本立てた。

「一分か？」

「そうだ」

「一日一分か？」

「そうよ」

「そりゃあいい」

と又八郎は言った。すると四日で一両、十日ではや二両二分。ひと月もの仕事ならざっと六、七両と、用心棒暮らしで金勘定にも馴《な》れた頭が、すばやくそろばんをはじいた。

それなら喰ったほかに、病気の子供の薬代ぐらいは出るだろう、と又八郎は細谷のためにほっとした。人足仕事は足もとを見られるから、いくら力を出して働いても、せいぜい三日に一分ぐらいが相場である。

「それはよかった。しかし……」

ふと思いついて言った。

「あぶない仕事とは何だ？」

「ふむ、まあ。なに大したことはない」

細谷はめずらしく言葉をにごした。

「わしにも言えぬような仕事か？」

「なに、新麹町《こうじまち》にさる武家の隠居がいてな。これのお守《も》りだ」

そう言ったが、細谷はそれ以上のことは言わなかった。

「これから、その隠居に会いに行く」

「ちょっと待て」

又八郎は引きとめて道ばたに寄った。財布を引っぱり出して、中を改める。改めるまでもなく、生気なくしなびている財布の底には、とっておきの銀一分と、二朱銀一枚しか入っていない。

改めるそぶりで、又八郎はこの銀を細谷にやったら、二朱銀一枚であとが喰えるかどうかを思案したのである。手放す銀にわかれを惜しむ気味もある。

顔をあげると、細谷がこちらの財布をのぞきこんでいた。つつしみのない男である。

仕方なく思案を打ち切って、又八郎は一分銀をつまみ出すと、細谷の大きな掌に乗せた。

「子供の見舞いじゃ。とってくれ」

「や、これはすまん」

細谷は相好《そうごう》を崩した。金の顔をみると、元気になる男だ、と又八郎は思った。

「のんではいかんぞ」

別れて行く細谷に、又八郎はひと言ダメを押したが、細谷はそれにも機嫌よく手を振った。

にわかに懐寒くなった思いで、又八郎は相模屋の方にいそいだ。これで自分の仕事はないなどということになれば、目もあてられないことになる。

二

案じることもなく、相模屋《さがみや》吉蔵は仕事を用意して待っていた。

「別宅の番人という口がございます」

と吉蔵はにこにこして言った。

「山城河岸《がし》そばの佐兵衛町に、小牧屋という糸屋がございます。ここのご隠居というひとが、なかなかの風流人でございましてな。俳諧《はいかい》をなさるので、牛込《うしごめ》の方に別宅を持っていなさるそうです。数日前にご隠居がわざわざみえられてのお話で、案内していただいてあたしも見て参りましたが、別宅と言いましても結構なお住居でござんした、はい」

「手間はいかほどかの？」

「三日一分でございます」

「安いの」

と又八郎は言った。思わず細谷の一日一分とひきくらべていた。

「安うはございますが、しかし青江さま」

と吉蔵は、少し非難するような眼で又八郎を見た。

「ただ寝て喰っているだけの留守番でございますよ。何でも、無人にしておきましたらおこもか何かが入りこんだということがございまして、あんまり無用心だから番人を置こうかというお話ですからな。三日一分は、むこうさまから申せば相場と申したものでございますよ」

「さようか」

「なにしろ行ってごらんなさいまし。別宅と申しましても、ちゃんとした大きなお家で。無量寺の裏手でございますから、静かで、何でしたらあたしが番人に参りたいほどで」

又八郎は苦笑した。中味は用心棒ともいえない楽な仕事のようである。汗水たらして人足仕事にはげんでも、三日一分以上出すところはめったにない。

「よし、その仕事もらった」

と又八郎は言った。きっぱりと決心がついて、職人ならここで手じめが入るところだという気がした。

「飯はどうなるな?」

「お米はたっぷりございますし、番人が入れば黙っていても近所から御用聞きが参りますそうですから、青物なり肴《さかな》なりご注文いただいてかまわないというお話でした」

「払いはどうなる?」

みみっちい感じはするが、こういうことははじめにきちんと確かめておくのがよいのだ。あとになって喰い扶持《ぶち》をさっ引くなどと言われては、目もあてられないことになる。

「ご心配にはおよびませせぬ」

吉蔵は心得顔に言った。

「小牧屋さんでまとめてお払いします。そのことは、あのへんの店は万事心得ているそうで、気遣いはいらないと申されましてな」

「………」

自分で飯を炊《た》くわけだから、裏店《うらだな》のいまの暮らしをそっくり牛込の方に移すようなものだな、と又八郎は思った。違うところは、裏店にじっとしていても、一文の金も入って来ないが、その別宅に寝ころんでいれば、三日に一枚の割合いで一分銀が懐《ふところ》に入って来ることである。

「三日に一度ぐらい、本宅の方から掃除の女子が参ります。それに月に二度ばかり、さっき申しました俳諧の仲間が参りまして、運座というものをおひらきになるそうです。そのときは酒肴《しゅこう》を出したりなさいますが、この支度は本宅から人が来てやりますので、青江さまはかかわりなくしていらっしゃっていていいということです」

「わしもお燗番《かんばん》ぐらいなら、つとめてもいいぞ」

と又八郎は言った。悪くない話だということが、だんだんにわかって来る。

「して、その番人だが、いつごろまで雇ってもらえるかな」

「さしあたってはひと月。場合によっては、もっと長くいてもらうかも知れませんと申しておいでした」

ますますいいと又八郎は思った。三日一分だが、十分に引き合う話だった。

一段落した思いで、又八郎は吉蔵がいれてくれた茶をすすったが、ふとさっき会った細谷の深刻げな顔を思い出した。やつは一日に一分だ。それにしては面白くない顔つきだったが、あれは子供が病気のせいばかりだろうか。

「さっき、細谷が参ったろう」

と又八郎は言った。

「おや、途中で？」

「会った」

又八郎は吉蔵の顔をじっと見た。

「子供が病気で金がかかるから、仕事を替えてもらったと申しておった」

「さようでございます」

と吉蔵は言ったが、不意に顔色を曇らせた。

「一日一分出すという、良手間の仕事が入っておりました。しかしこれは少々あぶない仕事でございますので、じつはおすすめしたくなかったんでございます」

「ほう」

「しかし細谷さまが、あまりにお困りのご様子で、と申しますのはさっき申されたお子の病気。これが半年は薬を使わないとなおらないと言われましたそうで。いえいえ、お命にかかわるような病気ではないということでございます」

「…………」

「しかし、なにしろ金が出るのは目に見えておりますからな。細谷さまは、その仕事請負うと申されました」

「あぶないというのは、何があぶないのだ？」

と又八郎は訊《たず》ねた。

「新麹町に茂木《もぎ》庄左衛門さまとおっしゃる、ご浪人さんがおられます。このこと、よそに洩《も》らしてもらっては困りますよ」

吉蔵が声をひそめたので、又八郎は苦笑した。

「わしがしゃべるわけはない」

「この茂木さまとおっしゃるお方、もう年輩のお武家でございますが、このお方は西国のさる小藩の重役を勤められた方でございましてな。お金はあり、何不自由のない隠居暮らしかと思いましたら、そうではございませんで、国元から刺、刺……」

「刺客か」

「さようでございます。その刺客とやらが、茂木さまのお命を狙《ねら》って江戸に入りこんでいるのだそうで。いつ捜しあてて襲って来るかわからないので、身のまわりを護《まも》ってくれるひとが欲しいと、そういうお頼みでございました」

「それなら大丈夫だ」

と又八郎は言った。

「細谷にまかせておくがよい。おやじは見たことがあるまいが、あいつはわしが一目《いちもく》おくほどの剣を遣う。一人や二人の刺客にびくともする男じゃない」

「それが、です、青江さま」

吉蔵は狸《たぬき》のような丸い眼を、いそがしくしばたたいた。

「刺、刺……」

「刺客だ、おやじ」

「はい。その刺客が、十人もこの江戸に来ておるそうでございます」

「なんと！」

又八郎は眼を剝《む》いた。

「その茂木という男、何をやったのだ？」

「くわしい話は存じません。ただお話のご様子では、藩の重役がたの間に、意見の相違がありましてな。茂木さまは藩を捨てて、こちらに参られたということらしゅうございます」

「刺客十人か」

「はい。細谷さまのお身の上が、心配でなりません」

吉蔵はしょんぼりと首うなだれた。

——そうか、そうか。

と又八郎は、さっき会った細谷の、沈痛なひげづらを思い返していた。引きうけはしたものの、細谷は手当てと十人の刺客を、なお秤《はかり》にかけずにいられなかったのだろう。その思案が外にあらわれたのだ。細谷のあのような顔を見たのははじめてだと又八郎は思った。

勃然《ぼつぜん》と怒りが湧《わ》いて来た。それは細谷一人の手にあまる仕事だ。一日一分は、少しも高い手間ではない。それを承知でひきうけた細谷があわれだった。

「おやじ」

又八郎は静かに吉蔵を呼んだ。

「何年口入れをやっておる？」

「へ？」

「口入れの看板を上げて何年になると、聞いておる」

「かれこれ十五年になりますかな。その以前はこの店で古手屋をやっておりましてな」

「そんなことはどうでもよろしい」

と又八郎は言った。

「十五年この稼業《かぎょう》をやっておれば、だ。茂木という男の警固には、少なくとも三人。それも腕の立つ用心棒三人は必要だとわかりそうなものではないか」

「青江さま」

むくりと吉蔵が顔をあげた。吉蔵の顔に、変にふてぶてしいようないろがうかんでいる。

「こう見えましても相模屋吉蔵。道楽で商売はしておりません」

吉蔵は見得を切ったが、どんぐり眼の狸づらでは、さほど見ばえはしなかった。狸がものに驚いたと見えただけである。

「むろん、おっしゃられるまでもなく、あたくしから、そのように茂木さまに申しあげました。はばかりながら、見当は青江さまと同じでございますよ。三人はお雇いにならなければと申しました。ところが、茂木さまは、ならんとおっしゃるのです」

「ならん？」

「茂木さまのおっしゃるには、です。わしも多少、腕におぼえがある。不足のところはわしが補うゆえ、雇い人は一人で十分だと、こう申されます」

「その隠居、よほどの名人でもあるかの？」

「とんでもございません」

相模屋吉蔵は、にがりきった顔で手を振った。

「腕前を見せるとおっしゃいましてな。あたしの前で刀を振り回してお見せになりました。これがとんだ棒振り剣術。あたくしも、商売にかかわりがございますから、町に出ますと方々で道場稽古《げいこ》をのぞいておりますからな。眼だけは肥えているつもりです。見間違いじゃございません」

「ふーむ。すると金がないのか」

「とんでもない。うなるほど金を持っていらっしゃる方です。げんに離れたところにお妾《めかけ》を囲っておられます」

「お妾？」

又八郎は、意表をつかれたように、吉蔵の顔を見た。吉蔵も又八郎を見返した。吉蔵の顔には、少しうらやましげないろがうかんでいる。

「まだ若い、二十前後のぽちゃぽちゃした娘でございますよ。用心棒に金を惜しむのは、ただただ金がもったいないというだけの話でしてな。お妾は囲うが、用心棒は一人で間にあわせたいという肚《はら》でございますよ」

吉蔵はとくい先の悪口を言った。

「ふうむ。吝《しわ》ん坊か」

「はい。大そう吝いお方とお見うけしました」

「その男、死ぬぞ」

と又八郎は言った。だがその吝いもと重役に、もう一人用心棒を雇わせるのが、どんなにむつかしいことかもわかって来た。細谷の請負った仕事の地獄が見えている。

「そうか、わかった」

と又八郎は言った。

「場所を聞いておこう。わしも寝て喰ってるだけの留守番なら、外に出られぬというわけでもあるまい。さいわい細谷がいる町は、歩いて行けぬ場所ではない。時どき見回ることといたそう」

「さようでございますか」

吉蔵はみるみる愁眉《しゅうび》をひらいた。晴ればれとした声で言った。

「そうしていただけば助かりまする。いや、さすがに青江さま。お友だちを思いやられるそのお気持には、相模屋吉蔵泣けて参りますよ、ほんとうに」

そう言ったが、吉蔵も吝い男である。それでは細谷を見回る手間は、こちらから工面しましょうとは言わなかった。

相模屋を出ると、又八郎はまっすぐ日本橋の方にむかった。藩江戸屋敷にいる佐知から、会いたいという連絡がとどいていた。

三

芝口を過ぎたころから、又八郎は面を伏せて歩いた。藩江戸屋敷に近いそのあたりでは、どこで知った顔に会うかわからなかった。前と違って、刺客に追われる身ではないが、江戸に来て大富静馬の後を追っていることは、藩屋敷の者には知られたくないことだった。また、佐知とつながっていることも、又八郎自身よりは、嗅足《かぎあし》という陰の組に身をおいている佐知のために、藩屋敷の者に知られてはならないと思っている。

約束の餅《もち》菓子屋の前まで来ると、又八郎はひとわたり往来の人通りに眼をくばった。

しかし七ツ（午後四時）さがりの、気持よく晴れた日射《ひざ》しの下を歩いている人びとは、それぞれ行く先のあてを持っているせわしない足どりで眼の前を通りすぎて行く。餅菓子屋の前の浪人者に眼をとめる者はいなかった。

中に入ると、目立たない隅の席に腰かけて、佐知が甘酒を飲んでいた。佐知は又八郎を見ると、ちょっと笑いかけて甘酒の椀《わん》を下に置いた。

「お呼び立てして、相すみませぬ」

「なに、なに」

又八郎は、寄って来た店の娘に、甘酒を注文してから、水茶屋のように紅い毛氈《もうせん》を敷いてある腰掛けに、佐知とむき合って腰をおろした。

「そちらこそ、いそがしいであろうにすまぬ」

「私の方はご心配にはおよびません」

と佐知は言った。

「お仕事の方はいかがですか？」

「うむ。いま例の橋本町の口入れ屋に行って来たところでな」

又八郎は運ばれて来た甘酒を、盆から取り上げるとひと啜《すす》りした。

「これはうまい」

「さようでございましょ？　このあたりでは、ここの甘酒が一番おいしゅうございます」

「ええーと、その仕事だが、うまい口が見つかっての」

又八郎は、牛込御門の北にある小牧屋の別宅に住みこむことになったいきさつを、手早く話した。

「そういうわけで、ここ当分はその別宅の留守番で暮らすことになる。まずは餓《う》えずにすむ」

「それはようございました」

と佐知は言った。そしてその話のつづきのように、不意に言った。

「大富は、あの道場とは手を切ったようでございます」

「やはり、そうか」

又八郎は腕をこまねいた。佐知が言う道場というのは、ついそこ、いま又八郎が通り過ぎて来た日比谷《ひびや》町一丁目の裏にある、安村という東軍流の道場のことである。

佐知は、この道場が大富静馬の籍をおいている道場であることを探り出して来た。そこから大富の隠れ家をさぐり出し、又八郎と佐知が隠れ家を襲って、静馬が国もとから持ち出した手紙と、大富丹後の日記をうばい返したのはひと月ほど前のことである。

だが、襲撃からのがれた静馬は、その後杳《よう》として行方を絶っていた。断罪された大富丹後が、一味の者と取りかわした手紙と、当時の心おぼえを記した日記は、国もとで大富派の残党と対決している間宮中老にとって有力な武器となったようだ。だが、大富静馬は、まだ、間宮中老がもっとも欲しがっている一味連判の書きつけを持っている。

日記と手紙を国もとに送ったあと、間宮は又八郎に急飛脚を立ててよこした。その急便の中で間宮は、日記と手紙を首尾よく落手《らくしゅ》したと記し、又八郎の働きをほめていたが、残りの連判状を手に入れるようにと忘れずに尻《しり》を叩《たた》いていた。むろんそれだけで、例によって又八郎の暮らしの費用については、ひと言も触れていなかった。

おほめの言葉だけか、と又八郎は鼻白んだが間宮の尻叩きの意味はよくわかった。

国もとに送る前に、又八郎は静馬から奪った手紙と日記に仔細《しさい》に眼を通したが、そこには意外な人物の名が出ていて驚きはしたものの、間宮中老の最大の政敵として立ちあらわれた寿庵保方《じゅあんやすかた》の名前を、ついに発見出来なかったのである。

又八郎は佐知と打ち合わせて、あるいはまた静馬が立ちもどるかも知れない安村道場を、ひそかに見張っていたのである。

とは言っても見張りは、大半佐知と佐知の配下の女たちがやってくれたので、又八郎は、仕事の合間にわずか三日ほど、安村道場の門の出入りを監視したに過ぎない。その見張りが、もはや効を失ったと佐知は言っているのだった。

「大富静馬は、あの道場にわずかながら自分の荷物を置いておりました。その品がなくなり、道場の名札からも、その名前が消えております」

「………」

「大富があの道場にもどって来たとは思われませぬ。おそらくは門人の中の誰かが、荷を運び出したものと思われます」

佐知と配下の女たちの探索の腕は恐るべきものがあるのだ。その探索の力を借りて、又八郎はこの広い江戸の町の中で、これまで数度大富静馬に出会うことが出来たのである。佐知の言うことを信じるしかなかった。

「はて、弱ったの」

又八郎はぬるくなった甘酒を、がぶりとのんだ。心はふっつりと消息を断った静馬の行方にうばわれている。

「おそらく手紙と日記をうばわれて、やつもいっそう用心深くしておるのだ。見つけるのは容易であるまい」

「………」

「いや、そなたに愚痴を申しては申しわけない」

又八郎は微笑した。

「十分に助けていただいて、まだ大富と決着をつけかねておるのは、わしの力が足りんのだ。よし、こうなれば、この先何年かかろうと、やつを見つけ出してやる」

「青江さま」

佐知が微笑した。佐知の笑いはいつもあるかなきかに淡く、すばやく面上を走り去る。

「のぞみが絶えたとは、申しておりませんよ」

「………？」

「私たちは、道場ばかりを見張っていたわけではございません。大富静馬は、まだ田代さまとのつながりを切ってはいないと考えて、江戸屋敷の中にも眼を配っております」

田代というのは江戸家老である。又八郎が静馬からうばった手紙の中には、田代から大富家老にあてた手紙が数通あって、いずれもこの人物が江戸の大富派を牛耳《ぎゆうじ》っていることをあきらかにしていたのだ。

その事実を知りながら、田代をまだ国もとに呼びもどすことが出来ない間宮の政治力は、大富家老を倒して政権をにぎったとは言うものの、まだ旧勢力を圧倒するには至っていないことが歴然としていた。

大富静馬は、国もとから秘密の書類を盗み出して江戸にもどったあと、一時しきりに田代に近づいた形跡があったが、近ごろは足を遠ざけている。書類の扱いについて、両者の間に意見の齟齬《そご》があったらしいと、又八郎は見ている。

おそらく田代は、露骨にその書類を欲しがり、静馬は田代のその態度に厭気《いやけ》がさしたということだと思われた。もっとも、又八郎にとっては、両者のその喰い違いはありがたいものだった。

静馬は、田代がその書類を引きとるために千金を積もうとしたと言ったが、静馬がその金欲しさに田代に書類を売り渡したりすれば、これまでの苦心は水の泡《あわ》になるところだったのだ。何をもくろんでいるにせよ、静馬がまだ書類、いまは連判状だけと思われるが、その連判状を放さずに持っていればこそ、取り返す機会もあるというものだった。

「静馬が、また江戸屋敷に近づいている様子でもあるのか」

と又八郎は聞いた。緊張が顔色に出たらしく、佐知はなだめるようにゆっくり首を振った。

「そうではございません」

「……………」

「奥村さまをご存じですか？　御小姓頭の奥村忠三郎さま」

「うむ、知っておる。かの男も大富派だ」

「さようでございます。その奥村さまの外出が、近ごろ目立ちます」

「ほう」

「いま、ほかの者にその行方をさぐらせているところですが、まだ何もつかめておりません」

「……………」

「おわかりでございますか。行方をつかんでいないのは、奥村さまが大そう用心深くしていらっしゃるためでございますよ」

「ふうむ」

「どこぞの藩屋敷にご用というのでもございません。むろん遊山《ゆさん》でもございません。昼すぎに出かけられて、おもどりになるのは夜ですが、そのあと田代さまのお住居でしばらく密談をなさるようです。おかしなことに、これまで奥村さまの後をつけた者は、みな途中でまかれております」

佐知の顔に、不意に凄味《すごみ》のある笑いがうかんだ。佐知は、又八郎の前ではじめて、陰の組に附属する者の素顔を見せたようだった。おそらく、手ごたえのある仕事にぶつかった昂《たかぶ》りが顔に出たのだろう。

だが佐知はすぐにその笑顔を消すと、淡々とした口ぶりで言った。

「このつぎは、私があとをつけてみようと思っております。私の勘でございますが、ひょっとすると、つけているうちに大富静馬に行きあたるかも知れません」

四

又八郎が、牛込北の無量寺裏にある小牧屋の別宅に行ったのは、翌日の四ツ（午前十時）ごろである。

蚊屋ヶ淵《ふち》をわたって右に折れ、江戸川沿いにしばらく西に歩いてから町に入りこむ。町といっても、そのあたりは似たような武家屋敷がならぶところで、又八郎は小路をひとつ間違えてとんでもない方向に出、またもとの道にもどったりした。

雲ひとつなく晴れた日で、塀《へい》の内の木の葉が色づいているのがあざやかに見える。

屋敷町はひっそりしていた。

しかしその屋敷町を抜けると、突然に眼の前に町屋があらわれた。筑土八幡《つくどはちまん》を真中に、東に成就院、北に万昌院、西側に無量寺、道をへだてて西照院という小さな寺があり、その一画を取りかこむように、町屋があった。通りすぎて来た屋敷町とは違って、そこにはいきいきと人が動いていた。

小牧屋の別宅は、無量寺の裏手、筑土八幡の西側にあった。生垣にかこまれた百姓家のような構えの家で、むかしこのあたりを牛込村といい、百姓地だったころの名残りかと思われる古い建物だった。しかし茅葺《かやぶ》きのその家は、みるからにがっしりして、構えも大きい。庭が広く、表通りからひっこんだ場所にあるので、物音も聞こえず静かだった。

又八郎は生垣の外から、天にのびている欅《けやき》の巨木や、色づいた実をつけた柿《かき》の木などを眺めてから、庭に入った。草ぼうぼうの庭だったが、八幡さまの塀に接するあたりの樹立《こだち》は、作り庭になっているらしく、池らしいものも見え、紅葉したかえでや黄楊《つげ》の間に顔を出している大きな石には、見事な苔《こけ》がついている。

——ここは悪くないぞ。

夜は虫の音など聞いて、しばらく暮らすのも風流ではないかと又八郎は思った。しかし世に見捨てられたような建物と庭を眺めているうちに、べつの心配も出て来た。相模屋《さがみや》は、中には米も味噌《みそ》もあり、行けばすぐに注文取りが駆けつけて来るようなことを言った。その話を信じて、又八郎は身ひとつで来たのだが、はたして大丈夫なのかという気もする。

——ともあれ、中に入って確かめなくては。

そう思って、又八郎が家の入口に歩きかけたとき、突然に入口の戸があいて、人が出て来た。白髪の、がっしりした身体《からだ》つきの老人だった。

無人だとばかり思っていたので、又八郎は思わずぎょっとして立ちどまった。相手も驚いたようだった。一瞬身構えるように又八郎を見たが、すぐに顔を笑いで崩した。

「もしや、橋本町の相模屋さんから来られた方ではありませんか」

「さようでござる」

又八郎は神妙に頭をさげた。そのときには、又八郎にも相手の正体がわかっていた。眼の前にいるのが雇主なのだ。

「こちらに雇われた者で、青江又八郎と申す者でござる」

「これはまあ、ちょうどよろしゅうございました。わたくしが小牧屋の隠居でございます」

はたして相手はそう言い、笑顔はそのままに、しかしその間に、又八郎の人物を鑑定するような眼をちらちらと走らせた。

「昨夜、仲間をあつめて運座というものをひらきましてな。なんと、興が乗って終ったのが今朝の七ツ（午前四時）でございます。連衆《れんじゅ》のみなさんはすぐお帰りになりましたが、わたくしはそのあとちょっとひと眠りいたしまして、これから帰るところです」

「なるほど。けっこうな集まりでございますな」

と言ったが、又八郎には俳諧《はいかい》というものはまるでわからない。熱心なものだ、と思いながら、あいまいに微笑していると、隠居がひょいと頭をさげた。

「わたくしは、ちょっといそぎの用がありまして、このまま失礼させてもらいますが、喰うものは中にございます。ついでに表の店にも声をかけて行きますので、注文取りが来ましたら遠慮なしにご用を仰《おお》せつけてくだされ」

「恐縮に存じる」

「気ままに住んでいただいてかまいませんよ。留守番が出来てほっといたしました。こちらさまのような立派なお武家を留守番にお頼みしては、少々もったいない気もいたしますが、建物というものは、何ですな。やはり人が住まないと荒れるようでございます。ま、保養のおつもりで、気楽にひとつ」

隠居は機嫌のいい笑い声を立てた。そしてそのまま生垣の入口の方に行ったが、そこでもう一度笑顔をむけた。

「近いうち、また運座をひらきます。うるさいかも知れませんが、なにぶんよろしくな」

隠居を見送ってから、又八郎は家の中に入った。戸を開けはなってから、とりあえず台所に行った。

確かめると、米櫃《こめびつ》の中にはうらやましいほど、どっさり米が入っていて、味噌、醤《しよう》油《ゆ》、塩のほか、梅干の壺《つぼ》まである。ぬか味噌の匂《にお》いこそしないが、鍋釜《なべかま》もちゃんとそろっていて、普通の家の台所に異ならなかった。

「ふむ」

これなら喰うにはこと欠かない、と又八郎は安堵《あんど》した。

もどって家の中を見て回った。茶の間のほかに奥に座敷が二間あり、寝部屋と、若夫婦との寝部屋にあたる出部屋がついている。やはり百姓家を買い取った家らしかった。

しかし畳はさほど古くもなく、きちんと掃除が行きとどいている。

——これならひと月と言わず、もっといてもいいな。

と又八郎は思った。あけ放した縁側に近い、座敷の畳にごろりと寝たとき、入口の方に人声がした。八百松でございます、と言っている。はやくもご用聞きがやって来たらしかった。

五

「どうかな？　わたしはもう、やすませてもらってよろしいだろうな」

又八郎は台所をのぞくと、そこにいる娘に声をかけた。はつという名前の、まだ十六、七にしかみえない若い娘である。

はつは昨日はじめて姿を見せ、小牧屋の本宅から来たと言って、くるくると家の中を掃除して帰った。今夜は、いま座敷にあつまっている隠居の俳諧《はいかい》仲間のために、酒の支度をしているのである。

はつは又八郎の声にふりむくと、青菜をきざんでいる庖丁《ほうちょう》の手をやすめて、笑いかけた。

「はいッ、どうぞ」

丸顔で、美人というのではないが、はきはきとしゃべる愛嬌《あいきよう》のある娘だった。

「どうせ、お座敷の方はまた夜通しになります。おかまいなくやすんでください」

「それでは、ごめんこうむる」

又八郎は茶の間にもどり、残っていたお茶を喉《のど》に流しこむと、出部屋に行った。そして押入れから夜具を引き出すと、すぐ横になった。

家の中を見回ってみると、後から建増した部屋でもあるらしく、その六畳の出部屋が一番新しいことがわかった。又八郎は、来た日の夜は座敷に寝たりもしたが、いまは出部屋を自分の寝る場所に決めている。

奥座敷の方から、ざわざわと人声が洩《も》れて来る。そこで俳諧の運座がひらかれているのである。

小牧屋の隠居は、近いうちまた運座をひらくと言ったのだが、今日は又八郎が来てまだ五日目なのに、早速また仲間をあつめてやって来たのは、よほどひまな人がそろっているのか、それとも俳諧に熱が入って、面白くてならないかだろう。

人声には、時どき笑いがまじった。だが間に座敷ひとつへだてているので、その声は遠い波音のように聞こえるだけで、眠りのさまたげにはならない。時刻は、もう四ツ（午後十時）を過ぎたはずである。べつに用心棒というわけではないのだから、もっと早く寝てもよかったのだ、と思いながら、又八郎はすぐに眠りに落ちた。それから何刻《なんどき》ほど経《た》ったかはわからない。なにかの気配、重苦しいものに身体を包まれた感触があって、又八郎は目ざめた。仰むけのまま、眼と耳だけで、気配をさぐった。

運座のざわめきはやんでいる。そして闇《やみ》に包まれた部屋の中に、人の気配があった。一人ではない。二人、三人……。闇にうずくまっている者から押し寄せて来るのは、むろん敵意だった。

又八郎は、枕《まくら》もとの刀に手をのばすと同時にはね起きた。だが手は空をつかんで、どっと人が組みついて来た。暗い中で、はげしい乱闘になった。又八郎に投げられた男が、壁にぶちあたって、みしりと家鳴りがした。だが組み合っている男たちも、心得のある連中だった。又八郎も投げられて、一度は部屋の隅までふっとんだ。執拗《しつよう》な敵だった。無言の黒い影にしかみえない男たちは、粘っこく、休みなく組みついて来る。

ついに又八郎は組み伏せられた。男たちは、やはり無言のまま、すばやく又八郎にうしろ手の縄をかけると、部屋の外に連れ出した。連れて行ったのは奥座敷である。そこに小牧屋の隠居がいた。ほかに、やはり商人ふうの三十半ばとみえる男が二人いたが、この二人はあきらかに武家だった。又八郎は振りむいて、自分を組み伏せた男たちを見た。まだ若い男たちである。一人は商家の若旦那《わかだんな》という身なりで、ほかの二人は着流しの職人のような姿をしている。むろん、その男たちも武士だった。縄尻《なわじり》をとっていた若旦那のような男が、又八郎の背をついて坐《すわ》れと合図した。又八郎はしばられた恰好のまま、あぐらをかいた。

「青江又八郎と申すそうじゃな」

と、正面にいる小牧屋の隠居かどうか、いまは正体不明になった白髪の男が言った。言葉つきも武家のものだった。五日前に見せた商人ふうの笑顔は片鱗《へんりん》もなく、男は鋭い眼を又八郎にそそいでいる。

「少々乱暴したが、そなたにちと聞きただしたいことがあっての。ま、許せ」

「………」

又八郎は、無言で男たちを見回した。藩屋敷の者かという疑いが頭の隅にあったのだが、知った顔はいなかった。そして男たちが身につけている感じはもっと別のものだった。ここにいる男たちには、こういうことに馴れている感じがある。

又八郎の眼が自分にもどるのを待っていたように、白髪の男が言った。

「聞きたいと申すのは、ほかでもない。大富静馬の行方じゃ。かの男、いまどこにおる?」

「異なことを言う」

又八郎は注意ぶかく答えた。

「大富の行方など知らぬ。こちらが聞きたいぐらいのものだ」

「ほほう、とぼけるつもりじゃな」

と白髪の男は言った。薄笑いをみせた。

「そなたが大富静馬の仲間だということは、もうわれわれに知れておる。隠しても無駄だぞ」

——仲間?

又八郎ははっとした。そうかと思っていた。ここにいる連中が、静馬を追っている公儀隠密《おんみつ》なのだ。この連中は、静馬を追跡しているうちに、しばしば途中で邪魔が入ることに気づき、ようやくおれに眼をつけて来たのだ。

連中からみれば、おれがやっていることは、まさに大富静馬を側面から助けているとみえたに違いない。連中が、まだおれが静馬を追っていることに気づいていないらしいのはもうけものだが、しかし厄介なことになった、と又八郎は思った。

「もうひとつ聞きたいことがある」

と白髪の男が言った。

「静馬が国もとから持ち出した書類は、かの藩にあった陰謀を証拠だてる連判状、死亡したもと家老、大富丹後の日記、大富が一味とかわした手紙の類《たぐい》。これに間違いないか？」

「さあ、知らぬ」

と又八郎は言った。

「わしを青江又八郎と知っておるなら、わしが脱藩して藩を捨てたことも、もはや承知だろう。脱藩人が、そのような藩の秘密にかかわることを、知るわけはない」

「その言いわけは通らぬ」

相手はつめたい口調で言った。

「むろん、そなたが脱藩人で、江戸屋敷にも足を踏みこんでおらぬことはわかっておる。だが、大富静馬の出奔と、前後して国を出ておる」

「………」

「大富としめしあわせた脱藩だろう。かの男の行方を知らぬとは言わせん。さ、居る場所を言ってもらおうか」

「知らぬものは言えん。そのようなことでわしをつかまえたのだとすれば、とんだ見当違いだぞ」

だが、白髪の男は無言で、又八郎のうしろにいる男に眼くばせした。

いきなり、背後からかぶさって来た男が、又八郎の肱《ひじ》をしめつけて来た。たちまち腕が折れるような痛苦が襲って来た。又八郎は身体を左右にひねって、そのしめつけからのがれようとしたが、無駄だった。

又八郎は歯を嚙《か》み鳴らし、額から汗をしたたらせた。肱をしめつけている男は、すさまじい痛苦を加えていたが、心得のある男らしく、骨が折れる一歩手前でとどめている。

「どうじゃな」

と白髪の男が言った。

「大富の棲《す》み家《か》はどこにある？」

又八郎は首を振った。すると腕をしめつけていた手がすっと離れた。又八郎が顔をあげると、白髪の男が、そばに坐っている男と顔を寄せ合って、何かささやいているのが見えた。

そして、その三十半ばの小太りの男が床の間の方に行ったと思うと、又八郎は不意にうしろからのびて来た手に仰むけにひっくり返され、三、四人の手で肩と足を押さえつけられてしまった。

燭台《しょくだい》がそばに寄せられた。そして白髪の男の顔が、上から又八郎をのぞきこんだ。

「浪人とはいえ、お手前も武士。こういう手は使いたくないが、われわれも大富の行方をさぐるのをいそいでおる。言わぬと申すならやむを得ん。やるぞ」

白髪の男が言い終ると同時に、又八郎は右足の拇指《おやゆび》の爪先《つまさき》に、灼熱《しゃくねつ》の痛みを感じた。痛みはじわりと爪《つめ》に喰いこんで来た。と思った次の瞬間、身を焼かれるような痛苦が、身体を走り抜け、脳髄まで貫いた。

「どうじゃ？　言うか？」

白髪の男が聞いている。おそらく爪と肉の間に畳針のようなものを突き刺しているのだろう。

又八郎は高く背を反《そ》り返らせ、歯を噛いしばって、洩れる声を殺した。男たちは、そり返る又八郎の腹を、無表情に押さえつけた。

又八郎が首を振ると、痛みは今度は左足の拇指にも移って、そこからふたたび耐えがたい痛苦が身体を駆けめぐった。男たちが押さえる手をはね返して、又八郎の背は、二度、三度と海老《えび》のようにそり返った。全身から脂汗《あぶらあせ》が噴き出し、又八郎は眼の中に、ちらちらと暗黒を見た。

こちらも大富静馬を追っている、行方を知るはずがないと、ほんとのことを言おうかという考えが、一度はちらと心をかすめたのである。だがそう聞いて、男たちが又八郎を放すかどうかは疑問だった。あるいは男たちは、そう聞けば即座に又八郎を殺すかも知れないのだ。静馬を追っている者は、男たちにとって、無用の敵でしかない。何も言ってはならんと、又八郎は思っていた。何も言わず、静馬の仲間と思われている方が、まだしも助かる機会があろう。

不意に身体を押さえていた手が、すっと離れた。白髪の男が、また又八郎の顔をのぞきこんだ。肩で喘《あえ》いでいる又八郎の顔をしばらくじっと眺めおろしていたが、やがて、うしろを振りむいてもうよい、と言った。

「この男、何も申さぬつもりらしい」

「いかがいたしますか」

どの男かがそう言った。

「命を断ちますか」

「いや、待て。十日ほどすれば深見どのがもどられる。その時に処分を仰ごう」

六

——間宮中老は、あれでなかなか心得ておったのかも知れん。

と又八郎はぼんやり思っていた。藩士身分でなく、脱藩の形で江戸に来たから、公儀隠密《おんみつ》は、又八郎を大富静馬の仲間と見誤ったのである。間宮の隠蔽《いんぺい》工作は、藩内の人間をあざむくだけでなく、接触している公儀隠密をもあざむく二重の働きをしたようである。中老がそこまで配慮したかどうかはともかく、男たちのその誤解に救われたことは事実だった。

連中がおれの存在に気づいたとき、そのおれが大富静馬追跡のために派遣されて来た人間だと知っていたら、いまごろこうして生かしてはおかなかったろうと思いながら、又八郎は、茶の間に寝そべっている若い男を見た。
二十四、五と思われる職人のような男は、見張りだった。男は見張りだけで、朝夕二度の食事のときは、丸顔のはつという娘が来て世話をやく。はつは、手足をしばられている又八郎に、恐れげもなく近づくと、無表情に口に喰い物を運ぶのだ。言われていしかしただの町娘のようにみえたはつも、むろん男たちの仲間だった。

ることを果す、義務的なしぐさ以外に、何かの感情を示すようなことはなかった。いざというときに、身体にどのぐらいの力を残しているかが物を言うと思いながら、又八郎は娘がくれる喰い物を、黙々と嚙《か》む。食事が終ると、娘は黙ってひきさがり、どこへ行くのか、この家を出て行くようだった。

——あと、二日か。

と又八郎は数えた。身体を焼かれるような責め苦の中で、白髪の男が言ったことを、又八郎は耳にとめていた。十日経《た》つと、深見という男が、どこからかもどる。そのときに、又八郎の処分を仰ぐと男は言ったのだ。

男が言った十日のうち、今日で八日が過ぎようとしていた。処分というものがどう決まるかは、まったく予想出来なかった。案外にたやすく、このまま解き放たれるような気もしたが、その考えには、何の根拠があるわけでもない。放して益ないとみるか、あるいはこの十日の間に、又八郎が男たちの仲間を何人か手にかけていることがわかったりすれば、連中はためらいなく、文字どおり又八郎を処分するだろう。そのときは、ここが死に場所となる。

又八郎は顔をあげて茶の間に寝そべっている男を見た。長い見張りに倦《あ》きたらしく、男の見張りにはここ二、三日倦怠《けんたい》がみえる。又八郎は手足を縛られ、縄尻《なわじり》を柱につながれているのだから、逃げられるわけはない。ことに、左足はさほどでないが、右足は拇指《おやゆび》の傷が膿《う》んだらしく、指先から甲まで紫いろに腫《は》れあがっている。男はそういう又八郎に油断しているようだった。

又八郎は腰をすべらせて柱に寄りかかった。そのままでじっと男の様子を窺《うかが》う。男は振りむかなかった。又八郎は縛られた手を柱の角に持って行って、静かに縄をこすりつけた。

しばらくして、男が不意に顔を上げた。気配を窺うように外に眼を向け、それから又八郎を振りむいた。雨戸を閉めきった薄ぐらい光の中で、男の眼が鋭く光っている。

不意に男ははね起きると、足音もなく又八郎のそばに寄って来た。そして懐《ふところ》から布をつかみ出すと、すばやい手つきで又八郎に猿ぐつわを嚙ませた。それが終ると、男は匕首《あいくち》の鞘《さや》をはらって、ぴたりと又八郎の脇腹《わきばら》に突きつけた。

男の動きの意味がわかったのは、そのすぐ後である。庭に足音がしたと思ったら、戸がとんとんと鳴った。

「もし、青江さま」

という声がした。なんと相模屋《さがみや》吉蔵である。吉蔵はしきりに戸を叩《たた》いて、又八郎を呼んだ。

又八郎は声を出せなかった。猿ぐつわをはめられているせいもあるが、せっかくの助勢人《すけっと》も、吉蔵一人ではどうにもならないとあきらめていた。若い男は油断ない眼を、入口と又八郎に交互に配っている。

戸を叩く音がやんだ。あきらめて帰ったかと思ったら、又八郎がつながれている座敷の外に、吉蔵の足音がまわって来た。おかしいなあ、と言った吉蔵のひとりごとが聞こえた。

「お留守なのかなあ」

吉蔵はそう言った。足音はまた、入口の方にもどり、しばらくそこで立ちどまったようだったが、やがてあきらめたらしく、遠ざかって行った。

見張りの男は匕首を鞘にもどし、又八郎の口から猿ぐつわをはずした。そして何を思ったか、手を縛っている縄をあらためた。

男は又八郎の顔をのぞきこんで、うす笑いした。そしてすぐにもとの無表情にもどると、台所から新しい縄を持って来て、入念に縛りなおした。

――こりゃ、いかんな。

茶の間にもどって、また居ぎたなく寝そべる男を眺めながら、又八郎はあとは運を天にまかせるしかない、という気がして来た。落胆していた。又八郎はふて寝という恰好《かっこう》で柱のそばに横になると、眼をつぶった。

一日があっという間に過ぎ、九日目の夜が来た。どこからともなく、いつもの丸顔の娘が来て、台所に入ると食事の支度をし、見張りの男と又八郎に飯を喰わせた。

「なかなかうまかったぞ」

飯を喰い終ってから、又八郎ははつという名が本名かどうかわからないその娘に声をかけた。

「そなたの手料理も、今夜で喰いおさめかな」

そう言ったが、はつはいつものように眼を伏せたまま、無表情に食事のあとを片づけた。ただ盆に乗せたものを持ち去るとき、はつはふと思いついたように、投げ出している又八郎の右足に眼を落とし、腫れた場所をちょっと手で触った。それだけで、無言のまま離れて行ったが、そのしぐさだけが、はつがはじめて又八郎に見せた人間くさい気持のあらわれと言えた。

娘が家を出て行くと、見張りの男はまたいろりのそばに寝そべった。はじめは又八郎の方に顔をむけていたが、やがて仰むけになって眼をつむった。高い鼻梁《びりょう》を仰むけて、眠っているようにみえたが、又八郎が身じろぎすると、くるりと半身を起こして座敷の方を見た。

「何もせん」

と又八郎は言った。

「安心してひと眠りしたらよかろう」

そう言われても、男はそのままの姿勢でじっと又八郎を見つめていたが、又八郎が柱に寄りかかって眼をつむると、また横になったようだった。

どのぐらいの刻《とき》がたっただろうか。又八郎はふっと眼ざめて茶の間の方を見た。燭《しょく》台《だい》の灯が燃えて、見張りの男はうつ伏せに寝そべっている。

何も変りないようだったが、又八郎は、何かの気配にうたた寝からさめたような気がしている。静かに暗い座敷を見回し、また茶の間に眼をもどした。

そのとき土間と茶の間をへだてる、重い杉戸がすすっと横に動いた。その隙間《すきま》から、黒い紐《ひも》のようなものが宙を走って、燭台の灯を叩いたのが見えた。灯が消える一瞬前に、又八郎の眼は、はね起きた見張りの男と、光る匕首を見たようである。

暗黒の中で、すさまじい格闘の音が聞こえている。物が倒れ、人と人がぶつかる物音がつづいた。やがて低いうめき声がし、どさりと人が倒れたようである。

そして闇《やみ》の中を、人が近づいて来た。人の気配は、まるで闇の中で眼が見えるように又八郎のうしろに回ると、縄を解いた。手首の縄を解くとき、ふと熱い息が又八郎の首筋をかすめた。かぐわしい匂《にお》いを、又八郎はその息から嗅《か》いだ。

「や、佐知どのか」

又八郎が言うと、佐知はしっと言い、今度は前に回って足首の縄を解いた。佐知の手が腫れた足の甲に触れたとき、又八郎は思わずうめき声を立てた。

すると佐知は、はっと手をとめて、又八郎の両足先に手を這《は》わせた。そのままじっとしていたが、佐知は不意に闇の中で、手をひろげて又八郎の肩を抱きしめた。だがそれは一瞬のことだった。佐知はすぐに離れると、又八郎に手を貸しながらささやいた。

「立てますか？」

「大丈夫だろう」

佐知の手にみちびかれて、又八郎は茶の間に出た。血が匂わないのは、佐知が相手を当身《あてみ》で倒したのだと思われた。暗い茶の間を、又八郎は通り抜けた。

「助かった」

家の外に出ると、又八郎は思わずそう言った。地面に足をつくと、右足がひどく痛んだが、左足はさほどでなく、どうにか歩けるようだった。

「足を怪我《けが》されましたか？」

「拷問《ごうもん》を喰ったのだ。ひどい目にあった」

佐知の肩にすがり、びっこをひいて歩きながら、又八郎はこぼした。

「佐知どのが来てくれなかったら、明日はどうなったかわからん。それにしても、ここがよくわかったな」

ふ、ふと佐知は笑った。

「小牧屋の別宅に雇われたと、おっしゃったではありませんか」

「そうだったかの？」

「青江さまにお話がございまして、今日の昼に、一度参りましたのですよ。でも様子がおかしゅうございましたから、出直して参りました」

「相手は公儀隠密だ」

「そのようでございますね」

佐知は驚かなかった。覆面の中から、ほの白い顔を又八郎にむけて言った。

「足がお直りになるまで、裏店《うらだな》にはおもどりにならぬ方がよいと思いますよ。今夜はわたくしが知っている医者の家にお連れしますが、しばらくそこに隠れておいでなさいませ」

七

「これは、青江さま」

又八郎が顔を出すと、相模屋《さがみや》吉蔵は振りむいて帳面を取り落とした。よほど驚いたようだった。

「いったい、いままでどこに行っていらっしゃいました？」

「こっちこそ、小牧屋の別宅の留守番というのは何だと聞きたいの」

「ま、お上がりなさいまし」

吉蔵はあわただしく言ったが、又八郎がそうしてもおられぬと言うと、行燈《あんどん》を持って部屋の上がり口まで出て来た。

「妙なこともあるものです」

と吉蔵は前置きをおいて、丸い眼をいっそう丸くして話し出した。

「別宅の留守番という話を持ち込んで来られたのはご隠居さまで、過分の周旋料を前渡しで頂戴《ちょうだい》しました。そのあとすぐに、青江さまのお話が決まりましたから、あたしはほっとしておりましたのです。ところがその後、山城河岸《がし》の近くに参りましたから、小牧屋さんに寄りまして、青江さまのことをお話申し上げたわけでございます」

「ふむ」

「万事あたしにおまかせくださるということでしたから、お話に参るのもおくれましたようなわけで。ところがおどろくじゃありませんか」

吉蔵は眼をいっぱいに見ひらいた。

「小牧屋のご主人がおっしゃるには、です。別宅はひさしく使ってもいなくて、番人などいらないのだというのです。第一、小牧屋には、隠居などというひとはいません、と。これは一体どういうことかと思いましたよ」

「ははあ」

と又八郎は言った。

「おやじは、その隠居という男に一杯喰わされたのだ」

「さようでございます。でも品のいいお年寄で、丸顔のかわいい女中さんを連れましてな。小牧屋の隠居だと申されましたから、あたしゃてっきり……」

と言って、吉蔵は又八郎をしげしげと見た。

「それにしても、なんであたしをだましたりしたのか、さっぱりわけがわかりません。それはともかく、ご隠居と申すひとの素姓を確かめなかったのは、あたしのとんだ誤りでございました。それでにわかに青江さまのことが心配になりましてな、じつはあの別宅まで参りましたのです」

「……」

「でも、青江さまはあそこにはおられませんでしたな。いったいあれから、いままでどうしておられましたので？」

吉蔵はさぐるような眼で又八郎を見つめた。又八郎は思わず笑い出した。まさか、お前が来たときに家の中で縛られていたのだとは言えない。

「それを話すと長くなる。ま、いいではないか。事情がわかって、わしもほっとした」

「さようでございますか」

吉蔵はまだ疑わしげな眼で見ている。

「それで、お手当ての方は、いかがでございました？」

「飯は喰わせたが、手当てはくれなかったぞ」

「おや、まあ」

吉蔵は警戒する顔色になった。

「とんだ災難でございましたな」

「安心しろ。その手当てをおやじから引き出そうとは思っておらん。ま、早速次の仕事を世話してもらわねばならんが、今夜来たのは、じつはその用ではない」

「はい？」

「自分の身のケリがついたら、こんどは細谷のことが気になってな。細谷、どうしておる？」

新麴町《こうじまち》の町を、又八郎はいそぎ足に歩いている。いそぐと自分でも気づかないうちに、軽く右足をひきずる恰好《かっこう》になった。

佐知が連れて行った医者は、又八郎の傷を見ると一瞬驚いた顔をしたが、何も訊《き》かずに手当てした。名医だったと又八郎はいまは思っている。手当てして三日ほど経《た》つと、足の腫《は》れはみるみるひいて、痛みも次第にうすれた。その医者が万事心得ているから、気をつかわずに、直るまで養生したらよい、という佐知の言葉に甘えて、又八郎はその家に今日まで厄介になっていたのだ。七日ほどいたことになる。

痛みはもうないのに、足をひきずりそうになるのは、どこかに痛みの記憶が残っていて、無意識のうちに、足をかばうらしかった。

吉蔵に聞いて来た家の前に立ったが、家の中は無人だった。戸を叩《たた》いて、そのことを確かめると、又八郎はその家を離れてまた表通りに出た。塩町裏に、茂木という男の妾《めかけ》が住んでいることも聞いて来た。そちらに回ってみるつもりになっている。

五ツ半（午後九時）を回ったと思われる時刻で、通りの商家はすべて戸を閉めている。通る人もいない道を、雲間を出た月が白く照らしている。

その月に何かが光った。間をおいて、また何かが鋭く光った。又八郎は走り出した。刀を持った黒い人影が見えて来たのは、だいぶ走ってからである。

二人の男を、七、八人の黒い影が取りかこんで斬《き》り合っている。かこまれている大柄な男は細谷源太夫だった。そばにならんで刀を構えている瘦《や》せた老人が、雇主の茂木庄左衛門なのだろう。茂木がぴったりくっついているので、細谷は動きにくそうだった。

又八郎は月影をひろって近づくと、家の軒下に立った。鯉口《こいぐち》を切ったまま、そこから様子を眺めた。入り乱れる斬り合いになっているが、細谷は冷静に動いていた。斬り込んで行く男たちの剣を、細谷は豪快に弾《は》ね返している。茂木をかばっているので、あまり大きく動けないのだ。だが機を見て細谷は一歩踏みこむと、絵にかいたような袈裟《けさ》斬りを放った。腰の入った見事な斬撃《ざんげき》で、その一撃で、討手の一人が地面に倒れた。

しかし討手の男たちは、ひるむ様子もなく左右から斬りこんで行く。また一人、細谷の地を這《は》うような下段からの一撃に一人が倒れた。だがその直後に、よろめいた茂木をかばおうとして、構えを崩した細谷は、とび込んで来た敵に腕のあたりを斬られたようである。相手も、遣い手をそろえているらしかった。

細谷が守勢にまわったのを見て、又八郎は路上にとび出した。助勢とみて、男たちはすかさず又八郎にも斬りかかって来た。入りみだれる乱闘になった。

「助かったぞ、青江」

よほどうれしかったらしく、斬り合いながら細谷が声をかけて来た。又八郎も一人を倒した。

男たちは急に引いて行った。倒れていた者を肩にかつぎ、すばやく横町に姿を消したのは、退けぎわもなかなかあざやかな男たちに見えた。

「怪我《けが》は？」

「腕をちょっとやられた。なに大したことはない」

細谷は、地面に坐《すわ》りこんで肩で息をついている茂木を助け起こしながら答えた。

「よく来てくれた。この間は三人だったが、今夜はだいぶいたな。やられるかと思ったところだった」

「ご老人」

又八郎は細谷に助けられて、やっと歩き出した茂木に話しかけた。

「この有様じゃ。細谷一人ではなかなかに辛《つら》い仕事じゃ。用心のため、二人ぐらいは雇われたらいかがかな。一日一分は少しも高くない仕事じゃが、もし雇ってくれるなら、それがしの方は二日一分で結構でござるが、いかがでござろう」

好色なうえに吝《しわ》い老人を相手に、又八郎は懸命に売りこんでいる。

凩《こがらし》の用心棒

一

青江又八郎が、俗にかわらけ四辻と呼ぶ、飯倉《いいくら》町の辻にさしかかったころ、町はそろそろたそがれようとしていた。

又八郎は、四辻から榎坂《えのきざか》の方に少し歩くと、道ばたにある甘酒屋の軒をくぐった。狭い店だが、四、五人の客がいて、うす暗い店の中から佐知が顔をあげて又八郎を迎えた。

突然入って来た浪人者を、ほかの客は物めずらしげに眺めたが、又八郎が佐知の向かい側に腰をおろすのをみると、すぐに顔をもどして自分たちの話に戻って行った。

寄って来た小娘に、又八郎が甘酒を注文すると、佐知がいつも甘いものばかりですみませぬ、と言った。甘酒屋で落ち合おうと連絡して来たのは佐知の方だが、この間も藩邸に近い源介町の甘酒屋で会ったことを思い出した様子だった。

「たまには、お酒なども召し上がりたいのではありませんか」

「なに、甘酒けっこう」

又八郎は苦笑した。

「それに、そなたに会うのに酒を喰らっては、仕事にならぬ」

「それはそうでございましょうけど」

佐知もかすかに眼に笑いをうかべた。だが口吻《こうふん》に、又八郎にたまには酒を飲ませてやりたいといったひびきが残った。その口ぶりから、又八郎は、佐知のやさしさを受け取った。他意がないことはわかっている。

いま二人をつないでいる感情は、佐知が男であるなら、ためらいなく友情と呼べる性質のものだった。佐知の協力は、ときに献身的でさえあるが、二人のつながりの性質をわきまえている佐知は、その分を越えて又八郎に近づいたりすることはない。佐知はつねにつつましく、ひかえめにその分を保とうとする。それが出来るところに、佐知という女のなみなみでない勁《つよ》さがある、と又八郎は日ごろ思っている。

だが、たまには酒も飲みたいのではないかと言ったとき、佐知は不用意にふだんはつつみ隠している女らしさを、ちらとのぞかせたようでもあった。

又八郎はすぐに気づいたが、佐知も気づいたようである。又八郎にむけた微笑に、いくぶん羞《は》じた感じがまじった。又八郎はそ知らぬふりをして、小娘が持って来た甘酒をすすった。

小娘は、甘酒を運んで来た足で、店の中の懸け行燈《あんどん》に灯をいれ、外に出て軒先の提《ちょう》灯《ちん》にも灯をともした。灯が入ると、店の中が急に夜の感じになった。

話しこんでいた男客二人が、おや、こんな時刻かいと言って、あわてて金を払って出て行った。だが隅には男二人、女一人の客がいて、低い声でまだ話している。若い男女を、もう一人の年輩の男が説教でもしている様子で、男と女は首うなだれてその男の言うことを聞いている。この三人は、灯が入っても顔をあげなかった。

「国元から知らせがとどきましたが……」

と佐知が言った。いつもの、男のようにきつい表情にもどっていた。

「谷口さまのご家老就任は、難渋している由《よし》でござりますよ」

「さようか」

谷口権七郎は、藩内に声望のあったさきの家老で、病弱を理由に隠棲《いんせい》していたのだが、間宮中老に敵対する大富派の残存勢力が、この谷口を自派に引きこんで執政に返り咲かせ、間宮派を圧倒しようとしていることは、さきに間宮の使いで来た土屋清之進から聞いている。

谷口の腹中はわからないが、もし谷口が、大富派の黒幕寿庵保方《じゅあんやすかた》とむすんで藩政に再登場するようだと、間宮は苦境に立つことになる。その話がすすんでいないというのは、谷口の意志なのか、間宮の工作が効を奏しているのか、ともかくいい知らせには違いなかった。

——ねがわくば持ちこたえてもらいたいものだ。

と又八郎は思った。又八郎は、佐知の手助けをうけて、大富静馬の隠れ家を襲い、静馬が持ち出して来た大富家老の日記と、一味とかわした三十通にあまる手紙を奪い返した。間宮はそのふた品を手に入れて、かなり有利な立場に立ったはずだが、それはまだ決め手ではない。

旧大富派を根こそぎ粛清することが出来る一味の連判状は、まだ静馬が握っていて、又八郎のみか、藩の不祥事を嗅《か》ぎつけた公儀隠密《おんみつ》も、それを狙《ねら》っているのである。連判状を奪い取るまで、間宮にがんばってもらわないと、又八郎も困るのだ。旧大富派が勢いを盛り返して、間宮中老以下が藩政から斥《しりぞ》けられるなどということになると、間宮の私的な密命の形で江戸に来ている又八郎は、帰る場所を失うことになりかねない。

「もうひとつ、知らせがとどいております」

「…………」

「山崎嘉門さまが、致仕なされました」

「なんと？」

又八郎は、鋭く佐知を見た。その又八郎の眼に、佐知はうなずき返した。

「お後は、ご子息の勝之丞《かつのじょう》さまがつがれたそうでございますが、山崎さまの突然のご引退には、家中の方がたも驚かれたそうでございます」

「勝之丞というひとは、まだ子供だったとおぼえているが……」

「十九でございます」

佐知は嗅足《かぎあし》の女らしく、そういうことは正確に諳《そら》んじていた。

「十九では、どうにもならんな。山崎さまの致仕の理由は何かの？」

「表向きは病いを得て、となっておりますが、私の手もとにとどいた知らせでは、数年前に郡代を勤められたとき、菱沼《ひしぬま》村から出された公事《くじ》の取扱いに手落ちがあったことを咎《とが》められた由でございます」

「数年前？　ふむ、古いことを持ち出しよったの」

と又八郎はつぶやいた。持ち出した者が誰かは、おぼろに見当がつく。寿庵保方の意をうけた旧大富派の頭株の誰かが画策したことだろう。

山崎嘉門は、かつて名郡代と呼ばれ、組頭の職について藩政に参画してからは、明敏な頭脳で間宮中老を補佐して来た人物である。まだ四十を過ぎたばかりの働きざかりで、隠居するような齢ではない。

谷口担《かつ》ぎ出しに手間どっている旧大富派が、間宮中老に対して放った、反撃の一矢《いっし》であることは明瞭だった。国元の情勢は、少しも楽観を許さないようだった。

険しくなった又八郎の表情を読んだように、佐知が言った。

「そろそろ参りますか」

二

甘酒屋の軒を出ると、佐知はそこにうずくまって、手早く頭巾《ずきん》をかぶった。そしてみちびくように先に立って四辻にもどった。

両側に、びっしり町屋が並ぶ通りは、ところどころに灯をともした店が見えるものの、大方は戸をしめて暗かった。時刻はまだ六ツ（午後六時）を回ったほどだと思われるのに、人通りも少なく深夜のようだった。

三丁目から四丁目にかかる右手に、細い路地がある。佐知は又八郎の背を押して、その横町に入ると、うしろからつきしたがう恰好《かっこう》でついて来た。右側は熊野《くまの》神社の境内《けいだい》で、左側は四丁目の家々だった。生垣《いけがき》をめぐらしたしもた屋のような家が、内に灯をともしているのを、又八郎は横目でみて通りすぎた。

そこを通りすぎると、佐知は先に立って生垣の隙間《すきま》から神社の境内に入りこんだ。又八郎も後について境内に入ったが、生垣の枝を折った。ぴしりという音がひびいて、歩きかけた佐知は、はっとしたように足をとめたが、横町は静まりかえったままだった。

「ごらんになりましたか？」

と佐知がささやいた。

「見た。軒下に人が二人いたようだの？」

「いえ、三人でございました」

と佐知は言った。

いま通りすぎて来た、道から少し引っこんだしもた屋が、小唄《こうた》師匠お万の家である。まだ二十過ぎの、投げ節《なげぶし》がとくいだというその師匠が、大富静馬の情婦なのだと佐知から聞いている。

江戸藩邸で御小姓頭をつとめている奥村忠三郎は、国表《くにおもて》にいたころ大富家老の懐《ふところ》刀《がたな》といわれた切れ者だった。その男が、大富静馬と密会しているのではないかと疑った佐知は、配下の女たちを使って外出する奥村のあとをつけさせたが、いずれも行先をつきとめることが出来なかった。

奥村の用心は恐るべきものだった。誰かにつけられていると感づくと、途中で茶屋に入って、そこから単身で抜け出したり、あるいは町をぐるりとひと回りして、そのまま藩邸にもどったりするのである。

最後に、佐知は自分であとをつけ、ついに奥村の行先が、さっきの小唄師匠の家であることをつきとめたのであった。佐知はさらに数日かけて、師匠のお万が大富静馬の情婦であること、奥村は足しげくこの家に通って来ているが、まだ静馬には会っていないことを探り知ったのである。

大富静馬は、小石川の隠れ家を又八郎に襲われ、連判状ひとつを懐に脱出してから、杳《よう》として行方を絶っていた。それまで時おりは出入りしていた東軍流の道場とも、ぷっつりつながりを切ったままだった。

そういうときに、佐知が奥村忠三郎の不審な行動に気づいたのであった。静馬は江戸藩邸からも足を遠ざけていたが、佐知は奥村が静馬に会うために外出するのではないかと疑ったのである。

その推測は、半ばはあたり、半ばははずれていたわけである。佐知が近所の者、小唄の弟子などから聞きあつめた話によると、静馬は一時期、お万の旦那《だんな》然とその家で寝起きしていたし、そこを離れてからも、十日に一度ぐらいは姿を見せていた。だが、ここひと月ほどは、その家にも姿を現わしていないというのが真相だった。

奥村はその家の主が静馬の情婦だと知っていたわけである。だがたずねてみて、静馬が近ごろはその家に足踏みしていないことも知ったはずである。それなのに、来るか来ないかわからない静馬に会いに、しげしげとその家をおとずれるのは、江戸の大富派にも、至急に静馬に会わなければならない事情が生じたのではないかと、佐知は言った。

又八郎も、それには同感だった。国元から指令が来て、何としてでも静馬から連判状をとりあげようということかも知れないな、と又八郎は言ったが、もうひとつ別の疑惑が動くのも感じたのである。それは佐知の口から、出かけるとき奥村は、必ず瀬尾弥次兵衛を連れて行くと聞いたときである。

佐知はさほど気にとめなかったようだが、瀬尾は又八郎がずっと若かったころ、国元で剣名が高かった男である。その後江戸詰めにかわり、そのまま長く江戸にいて国元とはやや疎遠《そえん》になったが、直心流《じきしん》を遣い、当時瀬尾に敵する者はいないと噂《うわさ》されたことを、又八郎はおぼえている。そろそろ四十に手がとどく年配になっているはずだった。

瀬尾弥次兵衛の名を聞いて、又八郎が抱いた疑惑というのは、大富派が、もし静馬が金を積んでも連判状を渡す気配がないときは、静馬を討ち果たす気でいるのではないかということだった。

そう思う根拠は、ないわけではない。静馬は、秘密の書類とひきかえに千金を積もうと言った、江戸家老の申し出を拒んでいた。そしてその後、江戸藩邸にも姿を見せなくなったことは、佐知の言葉からも確かめられている。

千金で引き取ろうと言ったころ、大富派は、放浪の剣士ではあるが死んだ大富家老の血縁につながる静馬を、当然自派に味方する者と考えていたであろう。

だが、いまはどうか。秘密書類を渡すことをこばみ、その後藩邸に寄りつきもしない静馬を、かなり危険な男と考えざるを得なくなっているはずだった。

江戸大富派は、まだ又八郎に気づいていない。だが、静馬が何者かに日記と書簡をうばわれ、それが国元の間宮中老の手に入ったことは知られているに違いなかった。場合によっては、出会い次第に大富静馬を討ち果たす。そういう指令が国元からとどいているとみても、おかしくはなかった。

そのことを佐知に話すと、佐知はやや緊張した顔色になり、今度奥村が出かけるときはすぐに知らせると言った。その知らせが来たのが今日だった。

通りすがりに見ただけだが、奥村はやはりお供を連れて来ていた。又八郎は軒下に立つ人影を二人と見たが、佐知は三人いたという。ただの外出のお供にしては、ものものしい感じが匂《にお》って来る。

神社の境内に入ってからかわした話はそれだけで、又八郎は佐知のうしろから、生垣の内側を、さっき来た道を逆もどりする形で、神社の鳥居がある方角に歩いて行った。

佐知はまったく足音を立てずに歩いた。

「ここなら、よく見えましょう」

佐知がささやいた。生垣の隙間から斜め前に小唄師匠の家の灯が見える。窓の灯が明るいのが、いつ訪れるかわからない大富静馬に誘いかけているようでもある。

うずくまった佐知のそばに、又八郎も膝《ひざ》を折った。大富静馬がいつ来るのか、はたして来るのかどうかさえおぼつかないが、その明りが見える場所が、行方を絶った大富静馬につながる、たったひとつの場所のようだった。

——もし、静馬が現われたら……。

ひょっとすると瀬尾と斬《き》り合うことになるかも知れんな、と又八郎は思った。大富派では、静馬という危険な男を始末してしまえば、連判状は必ずしも手に入れる必要はない。一応さがすことはさがすだろうが、それがなければ窮するというものではない。

だが又八郎の立場は違う。連判状を手に入れなければ、使命を果したことにならないのだ。間宮中老も進退きわまることになろう。もし、ここに静馬が現われて、瀬尾とほか二人、その二人も奥村にそういう肚《はら》があればかなりの遣い手と見なければなるまいが、その三人と斬り合うことになれば、静馬を助ける側に回らざるを得ないだろう。

——どこまでも厄介な役割だ。

と又八郎は思った。

時が経《た》って、神社の横手にある堂守の家と見える小さな家が灯を消した。そうすると、境内は真の闇《やみ》に包まれた。

佐知は、石のように地面にうずくまっている。呼吸の気配もせず、ただかすかに肌の香が匂って来ることで、そこに佐知がいると知られるだけだった。

だが又八郎は、こんなに芯《しん》が疲れる見張りをしたのははじめてだった。膝が痛んで来て、たまらずにそろりと片足をのばした。その気配をさとったらしく、佐知が笑いをふくんだ声でささやいた。

「お疲れになりましたか」

「いや」

又八郎が足を引こうとしたとき、不意に小唄師匠の家の前が明るくなった。戸が開いて人が出て来る様子である。

「帰るらしいな」

と又八郎が言った。しびれを切らして奥村が帰るらしかった。又八郎が立ち上がると、佐知も立ち上がって、黙って前方を見た。

羽織袴《はおりはかま》に左手に刀を提げた、長身の男が出て来た。それを見て、入口に三つの人影が寄って行った。奥村は、送って出た小柄な女に何か話しかけている。

そして振りむいて歩き出そうとした。だが、そこで奥村とつきそう三人が足をとめたのが見えた。そのときには、神社の生垣の内にいる又八郎の眼も、四人の男の行く手をふさぐように立った黒い人影を見ていた。顔はむろん見えないが、灯影《ほかげ》にうかんだ蓬髪《ほうはつ》、痩《や》せた肩は大富静馬に間違いなかった。

一歩前に出て、奥村が静馬に何か話しかけている。声は聞こえないが、身ぶりで中に入って話そうとうながしているようにも思えた。だが、間もなく静馬が背を向けた。夜目にもそっけないそぶりに見えた。

そのとき、刀がひらめいた。又八郎は一瞬ひやりとした。静馬が斬られたかと思ったのである。だがよろめいて倒れたのは、奥村のつきそいの一人だった。斬りかかった男に、静馬はうしろ手の眼にもとまらぬ刀を遣ったようである。

黒い人影が、入り乱れて道に出て来た。気がつくと、佐知が姿を消している。又八郎は鳥居の方に走った。

だが飯倉《いいくら》の町通りに出て、左右を眺めたが、暗い道が町の底を這《は》っているだけで、人影は見えなかった。茫然《ぼうぜん》と立っていると、横町から提灯《ちょうちん》の光が流れて来たので、又八郎はあわてて境内にもどり、鳥居の陰に身をひそめた。

提灯を持った若い武士が先に立ち、奥村とそのうしろに瀬尾弥次兵衛がつづいて道に出て来た。怪我《けが》人は、さっきの家に置いて来た模様である。

「浅井は軽率でいかん」

前を通りすぎるとき、奥村が弥次兵衛をふりむいて、そう言ったのが聞こえた。奥村は長身で、鼻が高く立派な顔立ちをしている。三十半ばの男である。

「これで、静馬をつかまえることは、むつかしくなったな」

だが、それに答える弥次兵衛の声は聞こえなかった。瀬尾弥次兵衛を、又八郎はあらまし十年ぶりに見たことになる。提灯に照らされた顔には、さすがに多少老《ふ》けた感じが出ていたが、精悍《せいかん》な体軀《たいく》、腰のすわり、足はこびに、かつて家中に敵なしと言われた男のおもかげが残っていた。

三人の姿が遠ざかってから、又八郎は道に出た。

──さて、どうするか？

思案したが、今夜は家にもどるしかなさそうだった。佐知は間髪をいれず、大富静馬のあとを追って行ったようである。だが、ここにはもどって来まい。ようやくそう思いあきらめて、又八郎は帰って行った奥村たちのあとを追う形で歩き出した。

又八郎が寿松院裏の家にもどったのは、四ツ（午後十時）過ぎだった。戸を開けていると、隣から人が出て来て、旦那いまお帰りですかと言った。徳蔵の女房だった。

女房は床の中にいて、又八郎が帰ったのを聞きつけて起き上がって来たらしく、しどけなくひろがった襟《えり》もとを合わせながら言った。

「旦那にお客がみえてさ。いそぎの用とかで、しばらく待ってたけど、帰って来ないからね。ついさっき、町木戸がしまると言って帰っちまったんだよ」

「誰かな？　名前を申したか？」

「そのひとは名前を言わなかったけど、米坂《よねさか》とかいうひとのご新造《しんぞ》さんの使いで来たって言ってたね」

「米坂？」

又八郎は、突然に胸がさわぐのを感じた。

「米坂ではなく、ご新造の使いだと言ったのだな？」

「そう」

徳蔵の女房は、暗がりで又八郎の顔をのぞくようにした。

「何か、心配ごとかね、旦那」

「や、すまなかった。おそくまで面倒かけて、相すまんな」

徳蔵の女房を帰して、又八郎は家に入った。米坂に、何かあったのかと、また胸がさわいだが、いまから本所の米坂の家に行くには、時刻が遅すぎるようだった。

——明日朝、早くたずねることにしよう。

落ちつかない気分に、ようやくそうケリをつけると、又八郎は台所で水を飲み、夜具を敷いた。佐知に会いに出かける前に、軽く湯漬けを腹に入れただけで、腹がすいていたが、それよりも疲れの方がひどかった。

行燈《あんどん》の灯を消そうと、手をのばしたとき、表の戸がひそやかに鳴った。又八郎は、すぐに土間に降りた。ひょっとしたら、米坂の妻女の使いかと一瞬思ったが、戸を開くと、立っていたのは佐知だった。

「や、どうじゃった？」

「見失いました」

佐知は頭巾《ずきん》を取りながら、小さい声でそう言った。顔にも、肩のあたりにも疲れがみえ、佐知は惨憺《さんたん》とした顔いろをしていた。

「入って、茶でも一服して行かぬか」

「いえ、ここで失礼いたします」

佐知は土間に入って来なかった。溜池《ためいけ》の近く、霊南坂《れいなんざか》の北に降りたところで、静馬を見失ったと言い、佐知はきっぱりした声で言った。

「およその場所は、見当がついております。そのうちかならず突きとめますから、おまかせくださいまし」

と言った。そして又八郎が再度上がれと言ったのをことわって、ふっとかき消えるようにして帰って行った。

三

米坂《よねさか》八内の家は、南割下水《わりげすい》に近い三笠町の裏店《うらだな》にある。又八郎は、夜が明けると早々に飯を済ませて、米坂の家にむかった。

明け方に、身ぶるいするほどの寒さに目ざめたと思ったら、両国橋をわたるとき、橋の上にうすく霜が降りているのに気づいた。季節にしては、少し遅い霜だったが、もう冬に足を踏みこんでいる。朝の空気はつめたく張りつめていて、日を背負い、背を曲げて橋をわたって来る早出の職人たちの姿が黒く見えた。

又八郎が行くと、米坂の妻女は起きて台所で湯をわかしていた。

「起きても、大事ござらんか？」

又八郎は、茶の間で挨拶《あいさつ》をかわすと、すぐにそう言った。箔屋《はくや》町にある安積《あづみ》屋という油問屋の用心棒を請負ったとき、又八郎は怪我《けが》をした米坂を送って、一度この家を訪れたことがある。

そのときは、妻女は枕《まくら》もとに薬の袋をかざって寝ていた。労咳《ろうがい》だと聞いていた。妻女は病いの床から起き上がれず、亭主は足に傷を負ってようやく歩くようなありさまで、又八郎はそのとき、米坂の暮らしのみじめさにやり切れない思いをしたことをおぼえている。

だがそのころにくらべると、米坂の妻女はいくぶん顔色もよくなり、立ち居に張りが見えるような気がした。背がすらりと高く、面長《おもなが》の品のいい顔立ちをした女である。妻女は又八郎に茶をすすめながら、おかげさまで近ごろは、立っても眼がくらむようなことがなくなりましたと言った。

「昨夜、お使いを頂いたそうだが、あいにく留守をしておって、間にあわなんだ」

又八郎はすぐに話を切り出した。

「何か、いそぎの用でござったか」

「申しわけございませぬ」

妻女は頭をさげた。

「夜分にお使いをさし上げたり、また今朝はこのようにお早くお越しいただいて。でも、心配で、昨夜はいても立ってもいられなくなりましたもので、ご近所の方にお願いして、青江さまのところに行って頂きました。ほかには、頼るところもございませんものですから」

「と、言うと米坂の身に何か？」

「はい。主《あるじ》がもどって参りませんのでございます」

「もどらぬ？」

又八郎は、妻女の顔をじっと見た。

「はい。お仕事は一昨日に済むはずで、早ければその晩にもどって参ると、そう申して出ましたのですが、その夜はもどらず、昨日も何の便りもございません」

「ほほう」

又八郎は、静かに茶碗《ちゃわん》をとり上げて茶をすすった。米坂の身に、変事が起きたのだ、という気がした。

米坂は病弱な妻女を、ことに気にかける男である。用心棒に雇われても、雇われ先が近ければ、わずかのひまを見て走りもどって、妻女の様子を窺《うかが》っていたことを、又八郎は知っている。

又八郎がはじめて会ったころ、米坂は、夜留守にすると家内が心細がるなどと言って、折角の用心棒の口をことわったりしていたのだ。そのころにくらべると、妻女は見たところかなり元気をとりもどしているようではあるが、妻女が言ったことに間違いがなければ、米坂はその心配りを捨てたことになる。米坂の本意ではあるまい。事情があって、米坂は妻女に言ったようにもどれなかったに違いないが、しかし尋常の事情ならば、何か便りをして来るのではあるまいか。

又八郎は悪い胸騒ぎを感じたが、顔には出さなかった。つとめて軽い口調で言った。

「仕事が先方のつごうで一日、二日とのびることは、よくあることでござる。そういう事情で、もどるにもどれない恰好《かっこう》になっておるのではなかろうかの？」

「それならばよろしゅうございますが」

妻女はいくぶん愁眉《しゅうび》を開いた顔になった。

「でも、今度のようなことははじめてで。はしたないとは存じましたが、青江さまをお呼び立て申し上げたわけでございます」

「よろしい。仕事先に行って、それがしが確かめて参りましょう」

又八郎は言った。

「おまかせくだされ。ご新造は、あまりご心配なされぬ方がよろしい。お身体《からだ》にさわってはよくない」

「ありがとうございます。ではご足労でも、様子を見に行っていただけますか」

「心得た。ところで、米坂はどこに雇われておりますかな？」

「あの、それが……」

妻女の品のいい顔が、また曇った。

「主は私にはそういう話を聞かせませんものですから」

「ご承知ない？」

「はい。どこぞの別宅の番とか申しておりましたが、それだけで」

「よろしい。なに相模屋《さがみや》に行けば、すぐに判明いたそう」

又八郎は、茶碗を盆に返して膝《ひざ》を起こした。

「これから相模屋に参って、すぐ主どのの雇われ先に回ってみよう」

「ご心配をおかけして、申しわけございませぬ」

「なになに。それがしはいま、ちょっとひまな身での。お気遣いくださるな。万事おまかせくだされ」

又八郎は胸を叩《たた》いて請合い、米坂の家を出た。裏店を出て、南にさがると、割下水そばの道に出た。

――はて？

米坂はどこに行ったのだろう、と思った。仕事は一昨日終るはずだったという。終ったのなら、いまごろはもう帰って来ているはずである。帰らないのは何か行き違いがあったのだ。それも妻女が心配するのがわかっていて、便りも出来ないような行き違いがである。

米坂が女々しいと思われるほど、病妻を大事にしていることを知っているだけに、又八郎は気になった。むろん妻女も、そういう米坂がよくわかっているから、使いをよこしたりしたのだと思った。

四

神田橋本町の相模屋《さがみや》に行くと、小ぶとりの狸《たぬき》に似た顔をした男が、店の前を掃いていた。主の吉蔵である。

「親爺《おやじ》、精が出るの」

又八郎が声をかけると、吉蔵は竹箒《たけぼうき》の手をやすめて、おや青江さま、と言った。

「だいぶ、お見限りでございましたな」

吉蔵はいや味を言った。

又八郎は、用心棒仲間の細谷源太夫が、良手間に釣られて、一人では無理だとわかる仕事を引きうけ、窮地に立ったのを知って力を貸した。ついでに細谷の雇主である金持の隠居浪人をくどいて、一緒に雇ってもらったのが、半月ほど前の話である。

西国のさる藩で重い職についていたというその隠居は、国元から送って来る刺客に狙《ねら》われていて、又八郎は細谷と二人で用心棒についてからも、かなり危ない橋をわたった。しかし、数日前に隠居は安房《あわ》の小藩に住む親戚《しんせき》の者に、ひそかに引きとられて江戸を去り、用心棒二人も、そこでお払い箱になったのである。

しかし何と言っても手間がよかった。細谷もそう思っているに違いないが、又八郎はひさしぶりに懐《ふところ》に金が入った気がして、米、味噌《みそ》を買い入れ、冬の支度に、古着屋から吊《つ》るしの綿入れまで買ったのである。

その金はまだ残っていて、喰うに困らねば相模屋に顔を出すのも億劫《おっくう》で、しばらくご無沙汰《ぶさた》していた。そのへんの事情は吉蔵もとっくに見抜いていて、いや味を聞かせたわけだろう。

又八郎は苦笑した。吉蔵の口を経ずに、じかに腕前を売りこんで用心棒に雇ってもらったのを、吉蔵があまり快く思っていないのはわかっていた。

だが、そういうことを言うなら、その前に吉蔵が、小牧屋の別宅の番人だなどというかがわしい仕事を請負って、窮地に追いこんだ責任の所在はどうなると又八郎は言いたいのだ。その番人仕事で、又八郎は一文の手間も手に入らなかったのみならず、公儀隠密《おんみつ》の手に落ちてからくも佐知に助け出されている。そういう事情がわかっても、吉蔵は、おや、とんだ災難でございましたなと言っただけで、見舞い金などという言葉は、おくびにも出さなかったのだ。

そう思ったが、いまはそういうことをあげつらっている場合ではない。又八郎は、顔色を引きしめて聞いた。

「おやじ、米坂《よねさか》はいまどちらに回っておるかの？」

「米坂さまですか」

吉蔵は竹箒を抱えて、又八郎を見た。

「あのお方はいま、深川の神明門前の呉服屋にお雇われでいらっしゃいますが、そろそろお仕事も終りのはずでございますよ」

「お内儀には、一昨日に終ると申しておったらしい。ところが、家にもどっておらんのだ」

「米坂さまがですか？」

吉蔵は、又八郎を見た。そしてみるみるあわただしい顔色になった。

「青江さま、ちょっと中にお入りになりませんか」

吉蔵はそう言うと、背をむけてころがるように店の中に入って行った。又八郎も、あとを追って店に入った。

おいねや、青江さまにお茶をお持ちしなさい。吉蔵は奥にむかって叫ぶと、机の前に坐《すわ》って帳面を出し、眼鏡をかけて帳面を繰りはじめた。

「これ、これ」

吉蔵は開いた帳面を、上がりがまちに腰をおろした又八郎の方に、ぐるりと回した。

「若狭屋《わかさや》さんというお店でございましてな。店商いのほかに深川から南本所のお旗本の屋敷、お大名の下屋敷といったところに、手びろく品物をさばいて、繁昌《はんじょう》しているお店でございますよ」

「神明門前というと、六間堀の近くか」

「さようでございます。六間堀の中ノ橋を東にわたった先にある町でございます」

おかしい、と又八郎は思った。そのあたりなら、近いとは言えないものの、何かあったときに割下水そばの家まで便り出来ない距離ではない。

又八郎がそう思ったとき、吉蔵の娘おいねがお茶を運んで来た。無口だが、吉蔵に似ない笑顔に愛嬌《あいきょう》がある娘で、又八郎を見て親しげに挨拶《あいさつ》した。又八郎も微笑を返して、造作をかけると言った。

「ところがです、青江さま」

と吉蔵は声をひそめた。

「米坂さまが雇われましたのは、このお店ですが、場所は別のところでございます」

「…………」

　又八郎は、吉蔵を見た。吉蔵の顔には、ひどく気がかりな表情が現われている。

　若狭屋の頼みは、店の二番娘で、十七になるおけいの保護だった。おけいはこの春から、森下町の長慶寺のそばにある親戚の家に、茶の湯を習いに通っていた。毎日ではなく、五日に一度ぐらいの割で、女中のお玉につきそわれて通っていたのだが、秋口に入ってから、二度路上でさらわれそうになった。

　二度めのときは、半ば駕籠《かご》の中に引きこまれて、あぶないところだったが、お玉が大声で町のひとを呼びあつめたので、おけいをさらいにかかった怪しい男たちは、駕籠を置きざりにして逃げて行った。

「米坂さまが、お雇われになったのは、そのあとでございましてな。若狭屋さんでは、じつは小梅村にある別宅に、米坂さまとお玉をつけて、お嬢さまをお隠しになったのでございますよ」

「…………」

「と申しますのは、お嬢さまをさらいにかかった悪者に、若狭屋さんでは心あたりがございましたのです」

「何者だ、そやつは?」

「布施《ふせ》さまとおっしゃる小旗本の三男坊で、手のつけられぬ遊び人だということでございます。お屋敷は富川町の北にありますものですから、若狭屋さんではこのお屋敷にもよく出入りしておりますそうで。つまりは大事なとくい先のよからぬ男に目をつけられたというわけでございましてな。しばらくお嬢さまを世間の眼から隠して、先方さまがあきらめなさるのを待とうと、そういうおつもりだったようでございます」

「すると、米坂はずっと、小梅にある別宅にいたわけか」

「さようでございます。裕福なお店でございましてな。手間もよろしゅうございましたから、喜んでおいでてでございました」

「ふむ」

「それにしても、おかしい」

吉蔵は首をかしげた。

「ふた月も隠しておけば、先方さまも、いつまでも小娘一人を追い回すこともあるまいと、若狭屋のご主人は、商人ながら剛腹《ごうふく》なお方ですからな。そう言って笑っておられましたのです。いま、帳面を見ますと」

吉蔵は、又八郎の前にある帳面を指でつついた。

「確かに、期限は一昨日で終っております」

「では、若狭屋に参って、たしかめて来るかな」

「そうして頂けますか？」

と吉蔵は言った。

「さきほど申し上げたような事情でございますから、もしやのことがあれば、相模屋吉蔵、首を吊《つ》らなければなりません」

吉蔵がそう言ったとき、表の戸をあけて男が二人、土間にとびこんで来た。

「相模屋さん」

若い男の方が、部屋ににじり上がる勢いで言った。

「用心棒に雇った、米坂というご浪人はこちらに来ましたか？」

「何事です？　幸助さん」

と吉蔵は、尻を浮かして言った。

「お嬢さんが見当りません。それに、お玉は斬《き》られて死んでいるし、別宅の外には得体の知れない浪人者の死骸《しがい》が二つころがっている。家の中はめちゃめちゃです」

「米坂という用心棒はどうした？」

又八郎が聞くと、幸助という若い男は、はじめて又八郎に気づいたらしく、振りむいて言った。

「その用心棒さんも見当らないから、こうしてたずねて来たのですよ」

幸助は、また吉蔵にむき直った。

「相模屋さん、これはいったい、どうしたことです？　こういうことがあると困るからと、用心棒を世話してもらったんじゃありませんか。肝心のときに、役に立たない用心棒では困るのです。どうしてくれます？」

「そう言われても……」

吉蔵は首うなだれた。すると若い男は、いっそういきり立って言い立てた。

「何とかして頂きますよ、相模屋さん。どうもおかしいと思ったんだ。裏なりのへちまみたいに長い顔をして、元気のない浪人さんでしたからな。あたしは旦那《だんな》さまに、あれで大丈夫ですかと申しあげたんだ。そのときに……」

「お若い方」

又八郎は立ち上がった。痩《や》せぎすだが、上背も肩幅もある又八郎が、胸を張って立つと、全身に精悍《せいかん》な感じがあらわれる。気押されたように、幸助という男が口をつぐんだ。

又八郎は、吉蔵をふりむいた。

「このお若いひとは？」

「若狭屋さんで手代を勤めていなさるおひとですよ」

「手代さん」

と、又八郎はあらためて若い男に呼びかけた。

「裏なりのへちまというのはごもっともだが、米坂という男は、用心棒としては上等の男ですぞ。剣も出来るし、度胸もある。その場を見ぬことには何とも言えぬが、まず数人の無頼漢に襲われて、娘御は連れ去られたという事情でござろう」

「米坂さまというひとは、どこへ行ったのです？」

「死体がないかぎり、米坂はその連中を追って行ったとみるべきだ。急場を捨てて逃げるような男ではない。げんに家にももどっておらん」

「あたしも、そう見ましたな」

それまで黙っていた男が口をはさんだ。五十近い、鬢《びん》の毛が白い男だった。おだやかな顔のその男は、又八郎の視線をうけると、懐からちょっと十手《じって》をのぞかせてみせた。

「お上《かみ》の御用を勤めている佐兵衛という者ですよ。いかがですか、旦那。小梅まで行って、ちょっと傷をあらためちゃくれませんか」

五

若狭屋《わかさや》に知らせに帰る幸助と別れると、又八郎と佐兵衛は大いそぎで両国橋をわたり、本所を横切って小梅村にいそいだ。

「気づくのが遅すぎましたよ」

横川堀を東にわたりながら、佐兵衛が言った。橋を渡ると、二人は法恩寺の手前で左に折れ、法恩寺の塀と出村町の町家にはさまれた道を北にむかった。

「ふた月経《た》ったら、夜分に駕籠を雇って、娘さんをこっそり家にもどす。そういう話になってたそうですが、なにせ商い店というのはいそがしいものですからな。おや、帰って来るはずじゃなかったかと気づいたのが、昨夜遅くになってからだそうです」

「…………」

「それで、さっきの手代が今朝早く来てみたら、言ったような始末で、幸助というひとは、とりあえず番屋に急を知らせて来たというわけです」

佐兵衛は言葉を切って前方を指さし、あそこですと言った。

横川堀の東にも、ぼつぼつ町屋がひらけて来てはいるが、にぎわいは行徳《ぎようとく》街道が通る小名木川《おなぎ》べりにかたより、二人が歩いて行く北はずれのあたりは、まだ畑と雑木林が多かった。百姓家がひとかたまりになっている小村や、大名の下屋敷かと思われる、うっそうとした樹木に包まれた大きな建物が点在するばかりで、まわりはがらんとしている。

佐兵衛が指さした若狭屋《わかさや》の別宅は、大法寺という寺の横を通り過ぎて、浅い雑木林に入る道の突きあたりにあった。

あらまし葉が落ちつくした林の中は、明るい日射《ひざ》しが通っていて、茅葺《かやぶ》きの百姓家のように見える別宅がよく見えた。近づいてみると、別宅は低い垣根をめぐらし、庭の入口にはしゃれた柴折《しお》り戸がついていて、ひろびろとした庭がある閑静な住居だった。

だが、庭に入るとあたりの景色にそぐわない感じの男たちが、黙々と動いていた。町役人の指図で来た男たちだろう。黒っぽい身なりの男たちが三人、死骸《しがい》を戸板に移している。さっき通りすぎて来た出村町の番屋に、運んで行く様子だった。

死骸は、幸助が言ったとおり、浪人ふうの男二人、女一人だった。

「ちょいと、待ちな」

佐兵衛はそう言って男たちを遠ざけると、又八郎に眼くばせして、死骸のそばにしやがんだ。又八郎もしゃがんで、死人の傷をあらためた。

二人の浪人者は、一人は眉間《みけん》を割られ、一人は脾腹《ひばら》を裂かれて息絶えている。どちらも一刀ずつだった。お玉という女中は、出会いがしらに斬《き》られたというふうに、袈裟《けさ》斬りの太刀《たち》を浴びて絶命している。死骸からは、かなり強い死臭が匂《にお》った。

佐兵衛は、死骸の足に指をあてて、押したり放したりしていたが、立ち上がると又八郎を見て言った。

「昨日の朝というより、一昨日の夜あたりの死人ですな」

「家の中を見ようか」

と又八郎が言った。すると佐兵衛は、男たちに、もう運んで行っていいよと言った。

「いかがです?」

うしろからついて来ながら、佐兵衛が小声で言った。

「あの斬り口は、やっぱり米坂《よねさか》というひとのものですかな?」

「間違いないな」

と、又八郎は言った。

家の中は、手代の幸助が言ったとおり、めちゃめちゃに荒らされていた。斬り合いは家の中でも行なわれたらしく、畳や襖《ふすま》に点々と血がとび散っている。又八郎は丹念にみて回ったが、むろん米坂やおけいの行方を示すような手がかりは、何も残っていなかった。

外に出ると、死骸を運んで行ったらしく、庭の死骸は二つになっていた。

「さて、どこから手をつけますかな」

と佐兵衛が言った。

「布施《ふせ》という旗本のことは聞いたか」

と又八郎は言った。

「さっきの幸助というひとから聞きましたが、何だそうですな、満之助という三男坊は、家をとび出して一年ほどになるらしい」

佐兵衛は、ちょっと笑顔を見せた。

「もっとも、その方がこちらにはつごうがいい。お屋敷の中にいられたんじゃ、こちらは手も足も出ませんからな。しかし勘当同様で町住まいをしているとなれば、こっちのもんです」

「…………」

「しかし、どこから手をつけたものですかな」

佐兵衛は顔をしかめて腕を組んだ。又八郎にも、まったく見当がつかなかった。布施という旗本の家をあたってらちがあくというものではなさそうだった。

——それにしても……。

米坂はいまどこにいるのだろう、と思ったとき、佐兵衛が振りむいて言った。

「ま、あちこち心あたりをあたってみましょう。あたしはここで失礼しますよ」

「何かわかったら、それがしにも使いをくれんか」

と又八郎は言った。

「さっき申したとおりで、米坂という男は連中を追って行ったと思われる。傷を負っているかも知れんので、見過ごしには出来んのだ」

「承知いたしました」

と佐兵衛は言って、顎《あご》を掻《か》いた。

「そのおひとが、悪いやつらの行方をつきとめて、近くの番屋にでも知らせて来ますと、一ぺんにらちがあきますがな」

米坂は用心棒だ。そういうことはすまい、と又八郎は思った。どこにいるかわからないが、米坂八内は独力でおけいを奪い返そうとしているはずだった。

だが佐兵衛にはそのことは言わず、又八郎は米坂の家の在り場所を告げ、そこで知らせを待つと言った。

六

米坂《よねさか》の妻女が、寝間から出て来たので、又八郎はあわてて起き上がった。

「や、横になっておられよ。無理をなされてはいかぬ」

妻女は昨日、又八郎の口から米坂の消息を聞くと、急に熱を出して寝こんだのである。隣に知らせてくれと言われて、又八郎は隣のおさくという女房を呼んで来たが、おさくはたびたびのことで馴《な》れているらしく、かいがいしく妻女を介抱して床につかせた。

おさくは夕方にもやって来て、万事のみこんでいる様子で台所で粥《かゆ》をつくり、妻女に喰わせた。そこまで見とどけて、又八郎は一たん寿松院裏の裏店《うらだな》にもどったのである。佐兵衛からの知らせは、米坂の家にも、また寿松院裏の家にも来なかった。

今日は昼過ぎに家を出た。昨日とはうって変った曇り空で、時おり強い風が吹くうすら寒い日だった。米坂の家に来てみると、妻女はまだ寝ていたが、又八郎はそのまま臥《ふ》せっているように言い、勝手にお茶道具をひっぱり出して飲んだりしながら、ごろごろしていたのである。

「いえ、もう大丈夫でございます」

妻女はそう言って、あらためて又八郎に新しいお茶を出した。いつの間に起き上がったのか、きっちりと身じまいをととのえていた。

「昨日は、あまりにびっくりしたもので、おはずかしい恰好《かっこう》をお目にかけました」

妻女は又八郎を見て、はずかしそうな笑顔を見せた。

「大事ござらんか。熱のぐあいはいかがでござる?」

「もう下がったようでございます。ご心配にはおよびませぬ」

「それならよろしいが」

昨日は話しているうちに急に色青ざめて、みるみる悪寒《おかん》が来て驚いたが、妻女はいまは普通の顔色にもどっていた。

「お使いが、なかなか参りませぬな」

と妻女は窓に眼をむけて言った。すすけた障子に、たそがれ色がまつわりつきはじめている。その窓を鳴らして、また強い風が通りすぎて行った。

——ご亭主のことが心配で、寝てもおられぬ気持なのだろう。

と又八郎は思った。米坂は、呉服屋の手代にまで裏なりのへちまなどと陰口をきかれるほど、風采《ふうさい》の上がらない小男だが、妻女はやつれてはいるが上品な、若いころはさぞ美貌《びぼう》だったろうと思われる女である。およそ似つかわしい夫婦とは言えないが、この妻女がひたすらに米坂を頼っている気持が、又八郎の胸に伝わって来る。素姓はどういう夫婦なのか、とふと又八郎は思ったりする。

「こうして、ただ待っておるのも芸のない話だが、ほかに捜しようもないので困った」

「無事でいれば、よろしゅうございますけど」

妻女は心細げに言って、膝《ひざ》の上の手を見つめた。

言葉少なにむかい合ったまま、四半刻《しはんとき》（三十分）ほど経ち、部屋の中がうす暗くなった。

「灯を入れましょう」

妻女がそう言ったとき、表の戸がはげしく鳴った。又八郎はすぐに立ち上がって、土間に降りた。

「青江さまで？」

戸をあけると、精悍《せいかん》な感じがする若い男が立っていて、そう言った。

「さよう。佐兵衛の使いか？」

「へえ、旦那《だんな》にお知らせして来いという言いつけで」

「連中の隠れ家がわかったのか？」

「そうじゃねえんですが、材木蔵の近くで妙な死人が二人出ましたもんで」

「よし、すぐ行く」

又八郎は、部屋の入口につつましく坐《すわ》っている妻女に、お聞きのとおりだ、すぐ行ってみると言い残すと、男と一緒に裏店をとび出した。

若い男が連れて行ったのは、横川堀の東、竪川筋《たてかわすじ》で言うと四ツ目橋の南だった。そのあたりは百姓地で、そのむこうに長大な材木蔵の黒板塀が見えた。

「ここで、死人が二人見つかったんでさ」

竪川の南河岸《がし》にひろがる火除け地を過ぎたところで、若い男は立ちどまって大声で言った。時おり強い風が吹きつけて来て、叫ぶようにして話さないと声が聞こえなかった。

「死人の素姓は、知れたのか?」

又八郎もどなった。

「いえ、佐兵衛が言うには、小梅で斬《き》られた浪人と同じテの死人らしいと。そう言えば、旦那はわかると言ってましたぜ」

「死人は、番屋に持って行ったらしいな」

「そのようです。あっしが知らせに行くときにゃ、まだここにいたんですが」

若い男は道端の溝《みぞ》を指さした。溝は底の方をちょろちょろと水が這《は》っているだけの、浅い用水溝だった。また、どっと風が吹きつけて来た。

「ごくろうだったな、帰っていいぞ」

「え？」

「帰ってよろしい」

又八郎は若者に顔をよせてどなった。

「わしは少し捜し物をして行くが、佐兵衛には帰りに番屋に寄ると言ってくれ」

「わかりました」

「佐兵衛はどこにおる？」

「ここをまっすぐ行徳街道に出たところの、猿江町の番屋でさ」

そう言い置くと、若者はいそぎ足に百姓家がかたまっている方角に去って行った。

又八郎はあたりを見回した。道の左右に、畑がひろがり、あちこちに百姓家が点在している。その間に、大名の下屋敷や旗本の別宅と思われる建物が、こんもりした木立に囲まれて散らばっている。そして畑が尽きたところに広い雑木林があった。雑木林の枝を鳴らす風の音が、波音のように聞こえ、強い風が来ると、枝をはなれた枯葉が、小鳥のようにほの暗い空に舞い上がるのが見えた。

——むろん、米坂のしわざだ。

と又八郎は思った。佐兵衛は、斬られて溝に蹴落《けお》とされている浪人者を、小梅の若《わか》狭屋《さや》の別宅で見た死骸《しがい》と同じ連中とみたのだ。そうみたのは、佐兵衛が昨日と今日の二日の間に、満之助という布施《ふせ》家のもてあまし者の隠れ場所と、その取り巻きについて、ある程度の見通しをつけたということかも知れなかった。

そして佐兵衛も、浪人者二人を斬ったのは、米坂という用心棒だとさとったのだ。

しかし、その米坂はどこにいるのか？

又八郎は、さっき若者が姿を消した小村の方に歩いて行った。木立に囲まれた十軒ほどの小村の裏に回ると、寺があった。又八郎は寺の境内に入って行った。寺門から本堂まで、まっすぐつづいている石だたみの上には、落葉がたまっていて、風が吹くたびに騒々しく乾いた音を立てる。

本堂の縁側にのぼって、裏手の方までのぞいて見たが、人影は見えなかった。念のために本堂の扉をひいてみたが、びくとも動かなかった。又八郎は階段をおりると、今度は念入りに縁の下をのぞいた。うす暗くはあるが、縁の下は高くて、人が隠れるような場所はない。

本堂の正面にもどってから、又八郎は思案したあげく右手の庫裡《くり》に歩きかけた。だがすぐに、踵《きびす》を返して石だたみの道を寺門にもどった。

――米坂は、用心棒だ。

さらわれた娘を取りもどすまで、人の家に隠れてぬくぬくと火にあたったり、腹を満たしたりしているわけはないと思いあたったのである。むろん百姓家をたずね回ることも無用だった。

又八郎はいそぎ足に、さっきたどって来た道をもどった。途中で、雑木林の横に小さな社《やしろ》のようなものを見かけたのを思い出したのである。

傾いた鳥居が、ぎいぎいと風に鳴っている。粗末な竹垣と、後方は杉の木で囲った狭い境内だった。小さな社に、八幡《はちまん》社という額がかかっているのが、辛うじて読みとれる。境内はうす暗く、ついそこまで闇《やみ》が来ていた。

又八郎の眼は、社のすぐわきにある物置き小屋にひきつけられた。神社のがらくた物でも詰めこんでおく場所と思われる、粗末な小屋である。その小屋の前に足跡があった。足跡は小屋と社の前にある御手洗《みたらし》の石との間を数度往復していて、まだ新しい。

小屋の中に、人がいるのだ。

しばらく足跡を見つめてから、又八郎は米坂と声をかけた。

「青江じゃ。助勢に来た」

その声が聞こえたらしく、物置きの戸が一寸ほど開いた。そして次にがたぴしと軋《きし》みながら、戸がいっぱいに開いた。積み上げたがらくたをうしろに、床に刀を抱いた米坂八内があぐらをかいている。

「手傷を負ったか」

近づいて声をかけると、米坂はいやと言った。

「ほんの、かすり傷じゃ」

「連中の隠れ家は、このあたりか?」

「目の前じゃ」

米坂はあぐらをかいたまま、垣根のむこう側を指さした。又八郎が振りむくと、さっき畑道を来るときに眼にした、古びてはいるが高禄《こうろく》の旗本の別邸とでもいった感じの建物が、意外に近く眼に入った。

建物はうす闇の中にのっそりうずくまっている。窓に灯が見えた。

「あれか?」

「さよう。どこぞの大藩の家老の別邸らしいが、いまは空き屋敷になっておる。そこによからぬ男どもが集まっておるらしい」

「若狭屋の娘は?」

「あそこに連れこまれた。だが今夜は斬りこんで取り返すつもりだった」

ひょろりと、米坂は立ち上がった。頰はこけ、眼はくぼんで凄惨《せいさん》な顔になっていた。袖《そで》が裂けて、胸のあたりに返り血がこびりついている。

「相手はあと三人じゃ。布施の息子がいるが、これは腕前はさほどでないようだ」

「手伝うぞ」

「それはありがたい」

米坂は、気はずかしげな笑いをうかべた。

「なに、一人でもやれると思うが、なにせ腹がすいてたまらぬ」

「これまでどうしておった？」

「そこの水を飲んでしのいで来たが、立ち上がると雲を踏むような心地じゃ」

「そいつはいかん」

又八郎はおどろいて言った。

「待て、これからそこらの百姓屋に参って、むすびでも無心して来よう」

米坂に腹ごしらえさせ、ひと休みして、米坂と又八郎が布施満之助の隠れ家に斬りこんだのは、六ツ半（午後七時）ごろだった。仲間二人を、近くの路上で斬られて、追手が迫ったことをさとったらしく、布施たちは用心していたようだが、又八郎はかまわずに戸を蹴倒して家に押し入った。

腹に喰い物をおさめた米坂は、すさまじい剣さばきで、たちまち二人を斬り倒した。又八郎も、かなり手強《てごわ》い剣を遣う男を一人倒し、満之助という生っ白い顔をした若者を、一撃の峰打ちで昏倒《こんとう》させた。

おけいは、喰い物を拒んだとかで、衰弱した身体で縛られたまま見つかったが、それでも八幡社で見た米坂ほどではなく、米坂に手を取られると、歩いて外に出た。斬りこんでからおけいを外に連れ出すまで、四半刻もかからなかった。

行徳街道に出て、三人は空駕籠《かご》を待った。こういう始末のつけかたでは、佐兵衛が文句を言うかな、とも思ったが、用心棒には用心棒のやりようがある、と又八郎は思った。岡っ引の知ったことではなかった。

——しかし……。

あと始末をまかせられてにがり切るだろうが、一応は直参の子弟がからんだ事件である。佐兵衛は、こっちがやった仕事とすぐに見当をつけるにしても、内心面倒を避けることが出来てほっとするかも知れない。

駕籠が来た。おけいを乗せると、米坂は、では、それがし若狭屋まで送ってまいる、と言った。それは米坂の役目だった。それに、最後にひどいことにはなったが、ふた月の間、用心棒を勤めた手間をいただくという肝心の用が残っている。

おけいは気丈夫なところを見せて、満之助の脅しには屈しなかった。若狭屋では心配しただろうが、娘が無傷でもどって来たと知れば、狂喜してご祝儀《しゅうぎ》ぐらい包むかも知れない。

「行って来られよ」

又八郎は笑顔で言った。

「ついては、まことに言いかねるが……」

「わかっておる。みなまで申すな」

と又八郎は言った。

「ご新造《しんぞ》に、無事を知らせろというやつだろう」

「まことにもって……」

米坂は満面にテレ笑いをうかべた。明るい時刻なら顔を赤くしたのがわかっただろう。

駕籠につきそって遠ざかる米坂を見送りながら、又八郎はなんと似合いの夫婦ではないかと思った。暗い空を鳴らして凩《こがらし》が吹き過ぎて行ったが、又八郎は心がぬくまるのを感じていた。

債《さい》鬼《き》

一

青江又八郎は風邪をひいた。

先月の末に、江戸では大地震があり、大火事があった。地震は、又八郎の家も軒が大きくかしいだほど烈《はげ》しかったが、どうにかその程度で済んだ。

しかし、それから旬日《じゅんじつ》を置かずに起きた火事は、本郷から谷中《やなか》までをひと嘗《な》めにし、また新たに小石川から出た火が上野から湯島一帯、向柳原《むこうやなぎはら》から茅町《かやちょう》を焼きはらい、寿松院から手のとどくところまで迫ったので、又八郎は裏店《うらだな》の者を叱咤《しった》して、女子供をかばいながら蔵前通りの大護院まで逃げた。

地震があったのは二十三日の丑《うし》ノ中刻（午前三時）で、裏店の者たちは、舟のように揺れる家の中から、着の身着のままで表の寿松院に逃げこみ、暗い境内《けいだい》に突っ立って、顫《ふる》えながら夜を明かした。火事があった晩も、北風が骨を刺して来る寒い夜だった。

そういうわけで、二度の災害のあと、裏店には風邪っぴきが続出した。又八郎は、そのころは何ともなかったのだが、いつの間にか風邪をもらったものとみえ、裏店の連中がひととおり元気をとりもどしたころになって、急に頭も上がらないほどの高い熱が出たのである。

数日寝て、どうにか熱はひいたが、後にどうにもならないほどの気だるさと、身体《からだ》の節々の痛みが残った。そこで又八郎は、今日も生気のない顔で寝ている。

部屋の中が暗くなった。次いで障子に残っていたわずかな夕明かりも消えて、又八郎は闇《やみ》の中にとり残された。

起きて、何か喰わなくちゃと思いながら、又八郎は薄い夜具にくるまったまま、じっと横になっている。夜具から汗と薬の香がにおうのは、高い熱が出た名残りだった。

——あのとき、隣がのぞいてくれなかったら……。

えらい目にあったかも知れんな、と又八郎は風邪をひいた夜のことを、ぼんやりと思い出している。夜中に強い悪寒《おかん》が来て、風邪をひいたかな、と思ったが、朝になると気分が朦朧《もうろう》となってしまった。そうしてうつらうつらしているところを、隣の徳蔵の女房が見つけてくれたのである。

こういうときの裏店の連中は動きが早い。熱さましの薬が残ってないかとたずねまわり、ないとわかると、徳蔵か左官の弥五兵衛かが、すぐ医者に走ったらしい。

その間に徳蔵の女房は、火をおこして家の中をあたため、水で冷たくした手拭《てぬぐ》いで又八郎の額を冷やしてくれた。よほどの高熱だったらしく、又八郎はそのあたりのことをぼんやりとしかおぼえていない。徳蔵の女房に背中を抱き起こされて、薬を飲んだ記憶だけが残っている。抱き起こしにかかった女房が、夜具の中に刀があるのを見て、きゃっと声をたて、それに対して心配ないと言ったのをおぼえているが、そのあとの記憶はまだ混沌《こんとん》としている。

高い熱は三日でひいたが、あとに言いようのない気だるさと身体の痛みが残ったのは、たちのよくない風邪だったというだけでなく、身体に強《し》いて来た多年の無理が、風邪につけこんで一度に噴き出して来たとも考えられた。

徳蔵の女房が、昨日まで飯を運んで来て、喰わせてくれた。そういつまでも厄介になってもおられないと思い、今朝は起きて自分で飯を炊《た》いた。だが食欲はなく、立つとまだ頭がくらくらした。

又八郎は早々に床の中にもどり、昼は喰べずにうつらうつらしたまま夜を迎えたのである。

——こうしてはおられんな。

またそう思った。気持をせかして来るものがある。闇の中に姿を消したまま、その後ふっつりと跡を絶ったままになっている大富静馬のこと、医者の薬代をはらったあと、にわかに心細くなった財布、あきらめたように便りもないが、帰国を待ちわびているに違いない妻の由亀《ゆき》と祖母、そして迫って来る年の瀬。

——いまごろは、霰《あられ》の時季か。

寒ざむとしぐれてはわずかに白い日が枯野をわたる。そういう日々をくり返したあとで、空はついに暗い雲に閉ざされ、やがて乾いた音を立てて霰が降る。その下で人も家も背をかがめ、次第に寡黙《かもく》な相を深めて行く故郷を思いながら、又八郎はぼんやり天井を見上げていた。

徳蔵の女房が、火鉢に炭をおこして行ったので、部屋の中はそれほど寒くはない。炭火のあかりが、ほのかに天井を染めている。だがその炭も、もうひとつかみしか残っていない、と女房が言ったのを思い出し、又八郎はむくりと半身を起こした。

——さて。

さほど腹も空《す》いていないが、残っている飯を雑炊にして喰おう、と思った。起き上がって、行燈《あんどん》に灯を入れたとき、表の戸が、ほとほとと鳴った。又八郎は刀をつかみ上げた。

この前脱藩したときのように、刺客を待つ身ではないが、ふた月ほど前に、又八郎は公儀隠密《おんみつ》の手に落ちてひどい目にあっている。そのとき彼らは、口入れの相模屋《さがみや》を通して罠《わな》をかけて来たのだが、又八郎は当然寿松院裏のこの家も知られていると思っている。油断はしていなかった。

行燈の灯をほそめ、じっと耳を澄ましていると、また戸が小さく鳴った。徳蔵の女房ではない。又八郎は上がりがまちに出た。

「どなたかの？」

「芝から参りました」

女の声が低くそう答えた。や、と又八郎は言った。あわてて夜具を押入にほうりこみ、綿入れの襟《えり》をかきあわせながら、土間に降りた。戸をあけると、佐知が立っていた。

「さ、入られよ」

又八郎が言うと、佐知は無言ですばやく土間に入り、自分で戸をしめた。頭巾《ずきん》をとって茶の間に上がると、佐知は挨拶もそこそこに、途中で町がすっかり焼けているので、驚きましたと言った。

「ここもあぶなかったが、辛うじてこの先の、新堀川のあたりでとまったようじゃな」

「両国橋が半分焼け落ちましたそうな」

「そういう話だったの」

「地震はいかがでございました?」

「うむ。あれにも驚いたが、このあたりは地震がなくとも、もともと家が傾いておる。傾いた家が、地震でまた少し傾きがひどくなったといった程度でな、倒れなかった。案外しぶといものじゃ」

又八郎の言い方がおかしかったらしく、佐知はうつむいて、手で口を覆《おお》った。しかし顔をあげると、佐知は改めて部屋を見回し、次に着ぶくれている又八郎をじっと見た。

「もしや、ご病気をなさいましたか?」

「さよう。火事のあとで風邪をひきこんでの。いや、高い熱が出て往生した」

「それはお気の毒な」

佐知は、生気なく着ぶくれている又八郎を、なかば気遣い、なかばめずらしげに見ながら言った。

「それで、おぐあいの方は？」

「いや、もう直った。熱はおりて、どうということもないのだが、なにせ手足がだるい。いっこうに腹も空いて来んので、今日もごろごろ寝ておったところだ」

「風邪は、ゆっくりおやすみになるのが一番だと言いますが、お喰べにならなくては、なかなか元にはもどりませんよ。無理にも喰べねば」

佐知はたしなめる口調で言った。

「するとお夜食は？」

「これからつくろうかと思っていたところじゃった」

「あの……」

「………」

「喰べものはございますか？」

佐知は小声で言った。声音《こわね》には、はじめてのぞいた家の中が、予想以上にまずしげなのと、この家の主の見すぼらしげな様子に、そぞろ哀れをもよおしたといったひびきがある。

「ある、ある」

又八郎は胸を張った。

「朝に炊いた飯と味噌汁《みそしる》が残っておる。夜はそれで雑炊でもつくろうかと、思案していたところじゃ」

「私がいたしましょう」

言うと、佐知はすばやく台所に立って行った。

二

佐知がつくってくれた熱い雑炊を、又八郎は口をとがらして、ふうふう吹きながら喰べた。大根の味噌汁《みそしる》に冷や飯を炊《た》きこんだ、故郷ではおなじみの雑炊だが、佐知は又八郎が枯らして打ち捨てておいた、葱《ねぎ》や青菜の喰べられるところを拾ってきざみ、上手に炊きこんでいるのでうまかった。

又八郎がやると、塩からすぎたり、逆に味がうすくて興ざめしたりするが、佐知の雑炊は味もよい。

「これはうまい」

椀《わん》から顔を上げて又八郎は言い、またふうふうと湯気を吹いて、雑炊を掻《か》きこんだ。うまいのは、ほかに人がいるせいかも知れなかった。一人ですする雑炊はわびしい。

その様子をじっと見つめていた佐知が言った。

「漬けものをお持ちすればようございましたな」

「なに、漬けものとな?」

「お屋敷では、桶《おけ》にどっさり漬けものをしてございます。青菜はこのあたりのものを当座漬けにしておりますが、お茄子《なす》は塩漬けにしたものを、国から運んで漬けなおし、大根も国でやるように日干しにしてから漬けてあります」

「おお、小茄子の塩漬け、しなび大根の糠漬《ぬかづ》けか」

又八郎は、箸《はし》をおろして夢みるような眼つきになった。

「ひさしく喰っておらん」

「そのうち、持って来てさし上げます」

佐知は笑いをふくんだ眼で、又八郎を見た。

「里心がおつきになりましたか?」

「いや、そうは言っておられんが、江戸は喰い物がまずい。喰い物の話になると、国を思い出すの」

「こちらの方に言わせれば、国の馳走《ちそう》は口にあわぬと申されるかも知れませんが、青物と肴《さかな》だけはやはり国の方がおいしゅうございます」

「おお、それよ。寒の海から上る鱈《たら》などはたまらん」

「はい。寒の鱈、四月の筍《たけのこ》」

二人はしばらく夢中になって、国の喰いものの話をした。

やがて佐知が、お話とはこと変りお粗末でございました、と笑いながら言い、台所の片づけに立った。

お茶もないので、又八郎は鉄瓶《てつびん》から白湯《さゆ》を注いで飲んだ。台所をみると、裸蠟燭《はだかろうそく》に灯をともして、佐知が物馴《ものな》れた身ごなしで、洗い物をしているのが見えた。

台所の板壁に、佐知の影が大きくのび上がったり、不意に縮んだりして動いている。

やがて米をとぐ音がした。手なれたその音を聞きながら、又八郎はふと心に浮かんだことを言った。

「よう馴れておられるな。そなた、嫁がれたことは?」

「はい」

佐知はふっと身動きをやめたようだった。だがすぐに笑いを含んだ声が返って来た。

「一度嫁ぎましたが、不縁になりました。出戻りでございますよ」

ふむと又八郎はうなずいた。はじめて佐知の肉声を聞いたようだった。だが、それ以上にくわしいことを訊《たず》ねるには、ためらいがある。

黙って白湯をすすっていると、台所を仕舞った佐知が、灯を吹き消してもどって来た。佐知の顔には、いつものやや硬《かた》い表情があらわれている。

「今夜おうかがいしましたのは……」

火鉢をはさんで、きっちりと坐ると佐知は眼をあげて又八郎を見ながら言った。

「大富静馬のことです」

「おお」

又八郎は背をのばした。むろん佐知は、食事の世話に来たわけではないのだ。

「その後、何か消息がつかめたかの?」

「残念ながら、あれから先の足どりは不明のままでございます」

ひと月ほど前に、佐知は飯倉《いいくら》町に現われた静馬を追跡したが、溜池《ためいけ》に近い霊南坂のあたりで姿を見失った。しかし二日後には、静馬が坂から西に入ったところにある陽泉寺に寄食していたことを突きとめたのだが、探りを入れてみると、静馬はすでにそこを引き払っていることがわかった。

「たいそう用心深くしていると思いましたが、そのわけがようやく判明いたしました」

「ほう、どういうことかの?」

「大富静馬は、幕府のさるご老中に近づいている由《よし》にございます。田代家老と奥村さまの密談を盗み聞いているうちに、そのことが出て参りました」

「老中？」

又八郎は坐《すわ》り直すと、鋭い眼で佐知を見た。

「老中と申すと、どなたかの？」

又八郎は、前に老中の小笠原佐渡守《さどのかみ》、また間接にではあるが、柳沢美濃守《みののかみ》に雇われたことがある。ほかの老中の名前は知らなかった。

「先年ご老中に上がられたばかりの、稲葉さまだということでございます」

「ふーむ、知らんの」

又八郎は首をひねった。

「静馬は、なにかつてがあってそのご老中に近づいておるのかの？」

「そこまでは、まだ調べがついておりません。私も、そのあとの地震さわぎで、しばらくはお屋敷を離れることが出来ませんでしたので」

「なるほど、さようであろう」

と又八郎は言った。

「江戸屋敷にも、被害がござったか？」

「はい、塀《へい》がたおれ、御蔵の壁が落ちました。厩《うまや》がつぶれましたが、馬には怪我《けが》がなかったそうです」

「ほほう」

「私どもが住む長屋も、もう古うございますから、板の間が割れたり、軒がさがって瓦《かわら》が落ちたり、それは後始末が大変でございました」

二十三日の地震は、江戸から安房《あわ》、相模《さがみ》など、関東一帯をおそった大地震で、潰家二千、死者五千人を出したという話を、又八郎は耳にしている。

死者が相模の方に多いのは、地震が江戸よりもそちらの方で強かったうえに、安房、相模の海べに、津波がおし寄せたせいだという噂《うわさ》も聞いた。そして江戸は、その後の火事さわぎで地震のことを忘れたようになったが、無気味なことに、まだ時おり揺り返しがつづいているのである。

又八郎が、高い熱を出して寝ているときにも、かなり大きい揺れが来て、一人で看病をしていた徳蔵の女房は、病人を捨てても逃げられず、こわい思いをしたらしい。

「相模の方が、ことにひどかったという話を聞いたが……」

「はい。お屋敷の中の噂ですが、小田原の城が崩れて、隠岐守《おきのかみ》さまが、幕府から一万五千両のお金を借り出して、帰国なさったそうでございますよ」

「ふむ。静馬はこの地震や火事の間、どこにひそみ隠れておったかの」

又八郎は話をもとに引きもどした。

「老中に近づいておるということは、一件を公《おおや》けにして、あくまでわが藩を潰《つぶ》そうと腹を決めたか」

「ご家老と奥村さまもそのことを憂慮なさっておられるご様子で、一日も早く居所を突きとめねばと申しておりました」

「静馬が、稲葉という老中に近づいていることを、どうして知ったかの？」

「奥村さまに使われております者が、稲葉さまのお屋敷から静馬が出て来るのを、偶然に見かけた由にございます。その者は、かねて奥村さまに言いつけられておりましたとかで、とっさに後をつけたものの、途中で見失ったと、そういうお話でございました」

「ふむ」

「方角は赤坂御門の近くということでございます」

「赤坂？　霊南坂からさほど遠くないの」

二人は顔を見合わせた。しばらく眼を見合ったあとで、又八郎は腕組みを解いた。

「静馬が、稲葉という老中に近づいているのが事実なら、やつの考えはおよそ読めて来たようでもある」

「………」

「隠し持っているものを公儀隠密《おんみつ》に奪われるのでは、かりにそのために藩が潰れても、あの男の気性としては面白くあるまい。また一文にもならぬ」

「………」

「さればと言って、大富派の江戸家老に渡したのでは、金は手に入っても藩に対する大富一族の宿怨《しゆくえん》が霽《は》れぬ。静馬は、金は二の次にして、自分の手で藩を潰す手を選んだのかも知れんな。そう考えれば、公儀隠密を斬《き》り、奥村忠三郎に刃向ったやり方も、それなりに腑《ふ》に落ちるようでもある」

「すると、静馬の居所を突きとめるのをいそがねばなりませんな？」

緊張した顔で、佐知が言った。

「私はご老中の稲葉さまの台所に人を入れました。いずれ、その者が静馬の棲《す》み家《か》をつきとめると思いますが、それでは間に合いませんか？」

「いや」

又八郎は首をかしげた。

「いま静馬が手にしているのは、藩主謀殺の陰謀に加わった一味の連判状だけだ。はて、静馬は老中にどういう掛け合いをしておるか知らんが、それだけで陰謀を証拠だてることが出来るかの？」

「日記、江戸屋敷の一類と交わした手紙がないと……」

「そう思うがの」

又八郎は、ほっと吐息をついた。

「あのとき日記と手紙を取りもどしたのが利いておるようじゃな。一式取りそろえて老中に差し出されたら、わが藩はそれで終りじゃ」

「あぶないところでございました」

佐知も深い吐息をついた。

「私も、隙《すき》をみて赤坂近辺をさぐってみるつもりでおりますが、申しあげたやり方で、よろしゅうございますか？」

「老中と静馬の間で話がつくには、少し間があろう。すまぬが、探索をつづけていただこうか」

打ちあわせが一段落したところで、佐知はあわただしく立ち上がった。土間に降りて、頭巾《ずきん》に顔を包むと、佐知は見送りに出た又八郎を見上げた。

「近いうちに、かならず吉報をお持ちいたします」

「たのむ」

「それから……」

佐知はためらうようにうつむいたが、すぐに顔を上げた。

「台所のお米が、もうございませんでしたが」

「は、は」

又八郎は生気なく笑った。

「毎度のことでな。驚かれるにはおよばん。なに、明日にでも例の口入れ屋に行くつもりでおった」

「さし出がましいようですが……」

佐知はまたうつむいた。

「米を買うほどのお金なら、お立て替えしてもよろしゅうございますが」

「その心配はご無用になされ」

又八郎はきっぱりと言った。

「佐知どのには、重ねがさね世話に相なっておる。これ以上の迷惑はかけられぬ」

「でも、まだお身体《からだ》が……」

と佐知が言ったとき、家がみしみしと鳴った。つづいて波に乗ったような浮遊感が来た。余震である。

かなり強い、と思ったとき、佐知が急に、取りすがるように又八郎の着物をつかんだ。思わず又八郎も、佐知の肩をつかんでいた。そうしている間に、夜の余震は二度、三度と来て、少しずつ弱まりながら過ぎて行った。後に深い静寂が残った。

又八郎は手を放して、硬くなっている佐知の肩を軽く叩《たた》いた。

「地震が嫌いのようじゃな」

夢から覚めたように、佐知は又八郎を見た。そしていそいで手をひくと、つぶやくような声で、見苦しいところをお目にかけましたと言い、背をむけて足早に出て行った。

三

裏店《うらだな》の木戸から町に出て、しばらくの間は、ときどきふわりと足もとが浮き上がるような感覚があった。いつもの余震ではなく、風邪の名残りである。口が渇くのを感じながら、又八郎は浅草御門にむかって歩いて行った。

十一月末の火事は、考えていたよりもひどかったようである。茅町《かやちよう》は一面の焼け野原だった。そして御門をくぐると、そこにも無残な焼けあとが眼についた。柱だけが黒く焼け残っている家、半分だけ焼け残ったが、その焼け残りもあぶられたするめのように板壁がそり返り、狐《きつね》いろに焦《こ》げている家。そういう家が、師走《しわす》の白い日射《ひざ》しの下に、亡霊のように立っている。町には、まだ異臭がたちこめていた。焼けて、主《あるじ》の行方も知れないなどということになっては、早速に明日の食にもさしつかえる。ゆうべ、佐知がきれいに浚《さら》ってしまって、ひと粒の米も残っていなかった米櫃《こめびつ》を思い出して、又八郎は口の渇きが一段とはげしくなるのを感じた。

橋本町に入ると、そこも焼けあとが目立った。帯状に火が走ったとみえて、町は細長い焼けあとに分断されている。又八郎は思わずいそぎ足になったが、近づくと相模《さがみ》屋《や》吉蔵の家がある一画は、しぶとく焼け残っていた。

のみならず、人気《ひとけ》もない路上に、豆狸《まめだぬき》のような顔をした小ぶとりの男が立って、こちらを眺めている。吉蔵である。又八郎はうれしくなった。吉蔵の顔が、こんなに頼もしくみえたのははじめてである。

「やあ」

近づきながら、又八郎は笑顔になった。

「焼けなかったな」

「はい、おかげさまで」

「相模屋のおやじは、煮ても焼いても喰えぬと知って、火もこのあたりを避けて通ったかの」

又八郎が言うと、吉蔵はとんでもございませんと口をとがらせた。

「なにしろ、もう少しであぶないところだったんでございますよ。あそこをごらんなさいまし」

吉蔵は、又八郎が通りすぎて来た焼けあとのあたりを指さした。

「あの火が、柳原の方角からまっすぐこちらに走って来ましたときには、もうこれでおしまいかと思いましたのです、はい。ところが半町先で、急に風が変りましてな。あのとおりむこうに逸《そ》れましたので助かりました」

帯のように細長い焼けあとは、道をひととびに跳びこえて、その先の町を焼きはらっている。

「運がよかったの、おやじ」

「はい、日ごろの信心のおかげでございますよ」

何を信心しているのやら、吉蔵は殊勝な顔でそう言い、又八郎をみちびく身ぶりになると、先に立って家に入った。

「なにしろこのあたりも、一面に火の粉を浴びて、生きた心地もしませんでした」

娘にお茶を言いつけてから、吉蔵はいつものように机の向う側に坐《すわ》り、あらためてそう言った。やはりかなりこわい思いをしたらしかった。

「地震はあり、火事はあり、妙な年の暮でございますな。何かしらこう、うす気味悪うございますよ。ところで……」

吉蔵は、商売用の愛想笑いをうかべた。

「おいでになったのは、やはりお仕事の話でございましょうな」

「むろんだ。正直に申すが、米櫃が空になった」

「おや、それはたいへん」

と言ったが、吉蔵はうれしそうな顔をした。と言っても、吉蔵は又八郎の家の米櫃が底をついたのを喜んでいるわけではない。ただ、周旋の仕事がやりやすいと思っているのだということは、長いつき合いで又八郎にもわかっている。窮している依頼人は、少々手間が安くとも、あるいは骨が折れる仕事でも、めったに苦情を言わず有難がって引きうけるのだ。

「ご心配なさいますな。このところ目白押しに注文が舞いこんでおります。手はじめに焼けあとの片づけ仕事などはいかがでございますかな、青江さま。それと、地震のあとの修繕仕事なども沢山来ていまして、このあたりはよりどり見どりですが。ひい、ふう、みい……」

吉蔵は大きくて丸い眼鏡をかけ、改めて机の上の帳面をのぞきこみながら数えている。その間に、又八郎は娘のおいねが運んで来たお茶をすすった。

用心棒仲間の細谷源太夫などは、おなじ飲ませるなら、もそっとうまいお茶を出さぬかなどと文句を言うが、吉蔵の家の番茶も、渇いた喉《のど》にはうまかった。

「何と、そういう仕事が二十近くも入っております」

吉蔵は顔を上げて、眼鏡越しに又八郎を見た。

「ま、中味は焼けあとの柱を片づけたり、地震で崩れた石垣を積み直したりといった日雇い仕事でございましてな。手間も一日三百文が相場でございますが、このテの仕事なら、当分は切れ目がございません」

「………」

「細谷さまと米坂《よねさか》さまは、いま焼けました大橋の片づけに回っております。細谷さまなどは、これで年が越せる、火事さまさまだなどと罰あたりなことをおっしゃっておいでしたが」

「ほかにはないか？」

「お気に召しませんか」

「いや、べつに人足仕事を厭《いと》うわけではないが、風邪をひきこんでの。少々身体が心もとない」

吉蔵は眼鏡をはずし、これから仕事に出す馬体の色艶《いろつや》を見さだめるといった眼つきで、しげしげと又八郎を眺めた。

「そういえば、お顔のいろがすぐれませんな、青江さま。だいぶ寝こまれましたか」

「高い熱で数日寝た。昨日ようやく起き出したところだ」

「おや、それはお気の毒なことで」

それでは人足仕事はちとご無理、と言って吉蔵はまた眼鏡をかけ直した。指をなめてあわただしく帳面をめくる。

「これも片づけ人足、この矢ノ浦さまのお手伝いというのは？　おや、これも人足仕事。しかも日手間二百文の極安……」

ぶつぶつつぶやくのを聞いていると、吉蔵の注文が目白押しというのは、要するにこの間の地震につづく大火事で、あちこちから片づけ人足の口がかかっているということらしかった。

「相模屋、無理せんでもいいぞ」

と又八郎は言った。

「なに、日手間の人足仕事でもかまわん。風邪っぴきで弱っていると言っても、二日も経《た》てばすぐに元にもどる」

「お待ちなさいまし」

吉蔵は仕事のことはまかせておけというふうに、眼鏡越しに又八郎をひとにらみし、なおも帳面をめくったが、ひとつございましたと言った。

「銭屋徳兵衛、つまり両替屋でございますな。身の回りの用心に人を求めておりますが、日手間二百文と、これも安うございます」

「ふむ、用心棒の手当てとしては、安手間じゃな」

「あたくしもそれを申し上げましたんでございます。用心に人を雇うからには、もう少し手間を奮発していただかぬことには、責任の持てる方はお世話出来かねますと。そう言いましたのですが、この男大そうに吝《しわ》いおやじで、首をタテに振りません」

吉蔵は自分のことを棚に上げて、慨嘆するそぶりをみせた。

「飯を出すから、二百文にまけろとおっしゃいます。両替屋の看板を上げてはおりますが、なに、聞きただしたところではただの高利貸し。吝いのは当然で、あたくしも我を折りました」

「………」

「どうなさいますか？」

吉蔵は、自分で持ち出しておきながら、半ば危ぶむように、又八郎をじっと見た。

「おすすめも出来かねる相手でございますが、頬かむり、素草鞋《すわらじ》の人足よりは、いくらかましかとも存じますが」

「その話、もらったぞ」

と又八郎は言った。

「手間には不服があるが、仕事は楽そうじゃ。それに、ともかく飯にありつくのが先じゃからの」

今日にも銭屋徳兵衛なる金貸しの家に行ってみるということで、話がついた。場所は西本願寺の東方、南小田原町だった。

「細谷は張り切っておるようだが、米坂はどうかの？　しばらく顔を見ておらんが」

一段落ついた感じで、又八郎は吉蔵が新しく入れてくれたお茶をすすった。

「それがでございます」

吉蔵は、眼鏡をはずした眼を見ひらいて、膝《ひざ》をのり出した。

「ひょっとすると、米坂さまはご帰参がかなうかも知れません」

「ほう？」

又八郎は眼をむいた。

「帰参とな？」

「はい。この間仕事をもとめに来られましたとき、はじめて事情をうかがいましたが、米坂さまは丹波園部《そのべ》藩のご家中だったそうにございます」

米坂八内は、園部藩で小納戸《こなんど》役《やく》を勤め、金銭の出納《すいとう》にたずさわっていた。ところが、三年ほど前に使途不明金が出たとき、あらぬ疑いをかけられて、吟味不十分のまま家《か》禄《ろく》を没収されてしまった。

不明金について、米坂には心あたりがあった。それより半年ほど前、不行跡を咎《とが》められて家禄没収、領外追放の処分をうけた同じ小納戸の同僚がいた。その男の仕業だろうと見当がついたのである。

しかし米坂は、一言の弁明もせずに、国を去って江戸に来た。田村というその同僚が、江戸に住むと聞いて、たずね出して対決するほかに途《みち》はないと考えたのであった。

「その田村なにがしというお武家の棲《す》み家《か》が見つかりましたそうで、めずらしく機嫌よくいろいろとお話をなさいました」

「…………」

「もっとも、あのとおり口の重いお方ですからして、それだけのことを聞き出すのにだいぶ手間どりました」

「ふむ」

又八郎はうなった。その話が真実なら、米坂は長い浪人暮らしとおさらば出来るかも知れない。

——よし、わしも大富静馬と決着をつけねばな。

又八郎はそう思い、いい話を聞いたと思った。いつもそら豆のように長い顔をうつむけて町を歩いている米坂と、上品だが身体が弱い妻女に、また日があたるというのか。

そう思ったとき、ふっと細谷源太夫の顔がうかんで来た。米坂には帰る国があるが、細谷にはない。もし米坂が帰国し、こちらも首尾よく静馬から連判状を取りもどして、国に帰るなどということになれば、細谷は淋しくなろう。

そこまで考えて、又八郎はふとわれに返った。先のことはわからない。一寸先は闇《やみ》の用心棒暮らしだった。

「いい話を聞いた。うまく行くといいが」

又八郎は立ち上がった。

「では、これから築地《つきじ》の金貸しの家に、刺《し》を通じに行ってみるか」

四

ずいぶんあちこちと用心棒を勤めたが、銭屋徳兵衛の用心棒ほどおぞましいものはなかったと、又八郎は思うようになった。

仕事は、徳兵衛が出かけるとき、その後について歩くだけである。昼前は、徳兵衛は家にいて金を借りに来たものに貸付け、未ノ下刻《ひつじ》（午後三時）過ぎから外に出る。そして町々を回って借金を取り立てるのである。雨が降ろうが風が吹こうが、一日も休まずに外に出るのは、月の利息なんぼという金のほかに、日なし貸、百一文といった取り立てのいそがしい金を貸しているせいだった。

日なし貸というのは、元金一両を利息を天引きして貸すと、翌日から毎日銭百文ずつを返させる貸し方で、百一文は朝百文を貸して夕方には百一文を返させるのである。そういう借金をするのは、担《にな》い売り商売の者が多かった。男たちは、朝五百文ほどを借りて、青物や肴《さかな》を仕入れ、夕方には借金に五文の利息をつけて返すのである。

なかには生まじめな性分から、あるいは徳兵衛を恐れてかきちんと払いに来る者もいたが、取り立てに行くまで返さない横着な人間もいた。

徳兵衛は猪首《いくび》を前にのばして、せっせと町を回る。かなりの構えの商家に入り、しばらくしてほくそ笑んで出て来ることもあるが、初手からわめき声を張り上げて家の中に入りこんで行くときもある。

寿松院裏に似た裏店《うらだな》の木戸をくぐるときなど、又八郎は思わず首をすくめるような気持になる。

徳兵衛の声を聞いて、家の中から飛び出して来た夫婦者が、ばったのように頭をさげているのは、ついにその日の返済金がととのわなかったのだろう。

「おまえら」

徳兵衛のドスの利《き》いた錆《さ》び声が、裏店いっぱいにひびきわたる。

「請けあい人もなしに、金を借りられるのはいったい誰のおかげだと思う。言いわけは聞きあきた。有り金のこらず出してもらおう。不足の分は、それさ、ちょっと家の中を改めさせてもらうか」

徳兵衛は、手をあわせる女房、袖《そで》をつかんでとめる亭主を振り切って、家の中に走りこんで行く。そして間もなく、綿がはみ出した搔巻《かいまき》などをかついで出て来るのだ。

子供が泣き、夫婦が取りすがる。それをつき放し、騒ぎに驚いて出て来た裏店の者をひとにらみして、徳兵衛は木戸で待っている又八郎の方に歩いて来る。又八郎は顔も上げられず、いそいで木戸を出る。

そういうお供だった。それが仕事と思っても、いささかうんざりする。

しかも、そうやって取り立てた品物を、又八郎に担《かつ》がせるわけでもない。徳兵衛は赤ら顔の巨漢で、近間なら、小簞笥《こだんす》のひとつぐらいは自分で肩に担いで家にもどるのだ。

蔵前あたりの札差《ふださし》の店では、常時こわもてのする用心棒を雇っていると聞いたことがある。武士相手の札差ならその必要もあるだろうが、日なし銭や百一文借りの小商人、裏店住まいの担い売りの前に、金貸しの用心棒づらをさらすのはぞっとしなかった。

喰わんがためと、一応は割り切っているつもりだが、徳兵衛の後について行く又八郎を見る人の眼はつめたい。半ば恐れ、半ばは侮《あなど》りを隠さないその眼に合うと、又八郎は思わず汗ばむ。

そういう用心棒勤めを十日ほどやったあとで、又八郎は徳兵衛に言った。

「べつに、それがしが用心棒について回るほどのこともなさそうではないか、ご主人」

そう切り出したとき、又八郎は徳兵衛の返答次第では、この仕事、おりてもよいと思っていたのである。身体もすっかり元にもどって、気に染まない用心棒をつづけるよりは、身体を動かしていればいい人足仕事の方が気楽だという気もしていた。

それに、又八郎がそう言ったのは、ひとつ不審なことがあったからである。徳兵衛は、一緒に回っていただけばいいと言い、じっさいに仕事はそれだけのものだったが、銭屋徳兵衛はもとは相撲《すもう》取りかと疑うほどの大男である。多年人からしぼり取った血で肥え太ったかと思われるほど、てらてらと光る肌を持ち、声は太くて大きい。

その身体を見、声を聞いただけで、大ていの借金持ちはふるえ上がってしまう。よしんばいざこざが起きて、組打ちになったとしても、徳兵衛はめったに人に負けるような男とは思えなかった。一度又八郎は、借金のかたに取り上げた唐金《からかね》の火鉢を、徳兵衛が軽がると手にさげて歩くのを見ている。膂力《りよりよく》もそうとうのものだった。

はじめは、借金取り立てのいざこざがひんぱんにあるのかと思い、次にはただのこわもてに用心棒を連れ歩くつもりかと思ったが、どちらも少し違うようだった。いざこざはあっても、又八郎が手を出すまでもなく徳兵衛が自分で片をつけたし、こわもてなら、又八郎より、赤っつらぎょろ目の徳兵衛の顔の方がよほど迫力がある。

又八郎がそう言ったとき、徳兵衛は若い女房に肩をもませていた。女房は二十三、四の若い女である。美人だが極端に無口な女で、又八郎はまだその女房と言葉をかわしたことがない。徳兵衛は四十を過ぎているだろう。齢《とし》も、静かな物腰も、徳兵衛とは似合わない女房が、黙って肩をもんでいる。

「なんでそのようなことを言いなさる」

徳兵衛は、又八郎が部屋に入って来てそう言っても、肩もみを休めとは言わず、にやにや笑いながら聞き返した。

無礼な男だが、安手間ながら雇主だから仕方ない。

「いや、回って歩いているが、手を貸すほどの揉《も》めごともなさそうだ。それに、よしんば揉めごとが起きても、その身体だ。ご主人ひとりで間に合うと見たが」

「とんでもございません。見かけ倒しでございますよ。あたしは臆病者《おくびょうもの》です」

徳兵衛はうす笑いをしたままそう言ったが、不意にその笑いをひっこめて、又八郎をじっと見た。

「そうですな、そろそろ申し上げる方がいいかも知れませんな」

「…………」

「おっしゃるとおりで、借金の取り立てだけでしたら、大枚のお金を出して人を雇うほどのことはございません。だが、私は人に命を狙われております」

「まさか」

「ほんとでございますよ」

「それならそうと、はじめに言ってもらわんと困る」

「はい、ごもっともで」

徳兵衛はそう言ったが、顔にまたうす笑いがもどって来た。

「しかし、殺すと脅されたのはほんとのことですが、その男がまた臆病な人間で、はたして刃物を振り回す度胸があるのかどうか、ちょいと疑わしゅうございましてな。ま、用心のためにあなたさまに来ていただきましたが、むこうの様子を見ていたところでした」

「ふーむ、それで?」

「やっぱり、あたしをつけ狙《ねら》っております。二度ばかり、遠くに姿を見かけました。はい、今度出て来たときは、青江さまにお知らせいたしますよ」

「そうしてもらおう。相手の顔も知らんでは、役目が勤まらん」

そういうことなら、いやな男だが手間だけの警固はしなければなるまいと、又八郎は思い直した。

「しかし命を狙うというのは、穏やかならん話だなあ。やはり金の怨《うら》みか？」

「ま、そんなものでございます」

徳兵衛は、あいまいに言って、ちらとうしろの女房を振りむいた。

「相手は町人か、武家か？」

「それはごらんになればすぐにわかります」

徳兵衛は口をにごし、また女房を振りむいた。目鼻立ちがきれいな、青白い顔をした女房は、少しうつむいたまま表情も変えず肩をもんでいた。

五

徳兵衛について回りながら見ていると、金を借りて催促をうける者の姿は悲惨である。

徳兵衛は高利貸しだという。借りるときは、その高い利子が眼に入らずに、借りた金を懐に喜んで帰って行くが、首尾よく期限に返せればよし、返せないときは、哀れなことになる。

借《か》るときの地蔵顔、済《な》すときの閻魔顔《えんまがお》などというが、熊徳とあだ名される徳兵衛の催促をうけては、閻魔顔をつくるひまもない。周章狼狽《しゅうしょうろうばい》して言いわけをし、言いわけが通じないとみると、土下座して手をあわせ、はては泣き叫ぶ。それでも徳兵衛は、取るものは取るのだ。

徳兵衛の因業《いんごう》ぶりは、小田原町から築地《つきじ》一帯に知れわたっていて、それならもう金を借りに来る人などいないかと思うと、そうではなかった。夜も昼も、切れ目なく金を借りる人間が訪れる。

さっきも、しかるべき商家の女房といった物腰の、品のいい三十女が訪れて、徳兵衛の女房にみちびかれて奥の部屋に通ったばかりである。

——ふむ、因業おやじめ！

又八郎は床の中で眼をみひらいて、さっき廊下ですれ違った三十女の顔を思いうかべていた。

時刻は戌《いぬ》ノ下刻（午後九時）を回ろうとしている。こんな深夜に金を借りに訪れたというのは、世間体《てい》をはばかってのことだろうが、あれも徳兵衛の好餌《こうじ》だとしか思えない。

徳兵衛の家は、婆《ばあ》さん女中のおらくの話によると、莫大《ばくだい》な借金のかたに取り上げたのだと言い、古びたしもた屋だが広い家である。間数が八つもあり、又八郎が寝ている部屋は八畳間だった。奥に入った客の声も、徳兵衛の声も聞こえて来ないが、又八郎にはおよその場の見当がつく。

金を貸すときの徳兵衛は機嫌がいいのだ。肉の厚いごつごつした赤ら顔に、笑えば愛嬌《あいきょう》が出ると思うかして、にたにた気味悪い笑いをうかべ、猫撫《ねこな》で声で商談にかかる。借るときの地蔵顔、済すときの云々《うんぬん》という言葉は、徳兵衛の場合は、貸すときの地蔵顔、取り立てる時の閻魔顔といったことになる。いまごろは、つくり笑いの陰から、舌なめずりするような眼を、さっきの品のいい三十女に注いでいるはずだった。

そういう想像がうかんで来るのは、おらくから、あの無口で美人の女房も、どうやら借金のかたに連れて来られ、無理に女房にされたらしいと聞いたからかも知れなかった。

「どこかのおかみさんだったらしいですよ」

おらくは、朝台所で飯を喰っている又八郎にそうささやいた。おらくは、それ以上のくわしいことは知らなかったが、又八郎には、それを聞いただけで十分だった。

——人非人《にんぴにん》だ。

と又八郎は思った。銭屋徳兵衛の用心棒は楽な仕事だった。未《ひつじ》ノ下刻から遅くなっても酉《とり》ノ下刻（午後七時）まで、およそ二刻（四時間）ほど徳兵衛の外回りについて歩くだけでよい。あとは喰って寝ていればよかった。

部屋は、人が使っていなかったせいか少々かびくさいが広びろとして、おらくがつくる飯はうまい。徳兵衛夫婦とおらくしかいない家は、客のない夜などはしんかんとして、外の声が筒抜けにとびこんで来る裏店《うらだな》より、よほどぐっすり眠れる。少々の手間の少なさはかんにんしてやってもいいと思うほどだった。

だが、この家の主人は人非人だ、長くいるところではない。又八郎はきっぱりとそう思い、いまは機を窺《うかが》っているという形だった。もう一度徳兵衛の女房の白い顔と、客の三十女の顔を思いうかべたとき、又八郎に睡気《ねむけ》がきざして来た。それからどれほど経《た》ってか、又八郎は夢見ごこちに、廊下に人の足音を聞いた。

足音は二人だった。客が帰るところだな、と思いながら寝返りを打ったあとに、本物の眠りがやって来た。

六

それから数日後。又八郎は徳兵衛の後について、鉄砲洲《てっぽうず》の河岸を南に歩いていた。よく晴れて、昼のうちは冬とは思えないほどあたたかかったが、日が傾くとひしと寒くなった。

船松町にある小桝屋《こますや》という太物屋《ふとものや》を出たときは、まだ町に日の色が残っていて、向う岸の佃島《つくだじま》のあたりは、火を浴びたように夕焼けていたのだが、二人が明石橋《あかしばし》にかかるころには日が落ちた。川波はどす黒く光を失い、佃島も鉛色の暮色に包まれてしまった。あっという間の変化だった。

又八郎は、数歩前を行く徳兵衛の背に乗っている、大きな風呂敷《ふろしき》包みを眺めながら歩いている。徳兵衛を迎えた小桝屋の騒ぎを思い返していた。

小桝屋では、主人が言いわけしたように、商いにかまけて今日の返済をど忘れしていたのか、それとも暮の商いをひかえて、仕入れに金がかかったのか、いずれにせよ、返済の金をととのえていなかった。

青くなって数日の日延べを懇願する主人に、徳兵衛はせせら笑いで答えた。

「あんたは太物を売るのが商い、あたしは金を貸すのが商い。商人は商いに命を張るものですよ。言いわけは聞きたくありませんな。たったいま、元利そろえて頂戴《ちょうだい》します」

おっしゃることはよくわかるし、重々申しわけないとは思うが、家中さがしても、それだけの金はない、と必死に懇願する主人に、徳兵衛は、何を寝言言ってやがる、とひと言凄《すご》んだ。

「小桝屋さん、あんたも金貸しから金を借りるからには、期限というものを忘れちゃいけませんや。銭屋徳兵衛を甘くみてもらっちゃ困ります。よろしゅうござんす」

金がととのうまで、表に出て小桝屋は大枚の借金を踏み倒すつもりだと触れさせてもらいます、と言って徳兵衛は立ち上がった。

それからが大騒ぎになった。小桝屋の主人は、家族はもちろん台所女中まで茶の間に呼びあつめて、一文、二文の穴明き銭まで掻《か》きあつめた。その間に奉公人を外に走らせたのは、心あたりの知り合いに金策にやったのである。

手持ちの金、外から借りて来た金を寄せあつめ、不足の分は売り物の木綿物を包んで、元利そろえた返済金がととのったのは、一刻後だった。その間徳兵衛は、無表情にぷかりぷかりと煙草《たばこ》をふかしていたのである。

徳兵衛は、低い声で端唄《はうた》をうなっている。頭は荷の陰にかくれて見えなかった。

——何がたのしみで、そこまでして金を溜《た》めるのか。

奇怪な男もいるものだと、又八郎は思う。高百石とはいえ、藩が貧しいためにうち三十石を藩に貸し、江戸に来れば貧はいよいよ極まって、明日の食を心配せねばならない体《てい》たらくである。ついぞ何に使おうかと頭を悩ますほどの金は握ったことがない又八郎だが、金があればこう使おうという、ささやかな夢はある。

藩から暇をもらい、城下から三里の海辺にある、荒戸という湯宿に湯治に行くなどもよかろう。土屋清之進のように、女遊びに金を使い果すなどというのはバカげているが、その湯宿で、一夜芸者をあげて飲んだりするのは、まことに結構だと思う。

金に縁がない又八郎でさえ、そのぐらいの栄華は心に思い描くことはあるのに、徳兵衛は、おらくの話によれば、うなるほど金を持っているのに、女を買うでなし、遊《ゆ》山《さん》に出かけるでなし、暮らしぶりもつつましかった。

又八郎の膳《ぜん》に出て来る食事は、どちらかといえば貧しいものだった。むろん裏店の自前の食事にくらべれば、干肴《ひざかな》もつき、味噌汁《みそしる》、漬け物もついて文句はないが、用心棒に出た先で、もっと上等の食事をあたえられたことはたびたびある。だが、おらくの言葉を信じれば、徳兵衛夫婦も同じ物を喰っているのである。

馳走《ちそう》を奢《おご》るわけでなく、着る物に凝るわけでもなく、女も買わず、芝居も見ず、がらんとした古びた家に住んで、徳兵衛はせっせと金を貸し、貸した金と利子を取り立てるために、汗を拭《ふ》きふき町を歩き回っているのである。

奇怪としか言いようがないが、それがこの男の生き甲斐《がい》なのだろうと又八郎が思ったとき、口ずさんでいた端唄をやめた徳兵衛が、くるりと振りむいた。

「例の男が出ましたよ」

そこは上柳原町から、徳兵衛の家がある南小田原町に入ったところだった。人通りが絶えて、道はうす暗くなっている。その道に黒い人影が立っていた。場所は、徳兵衛の家の少し先だった。

「あれか、命を狙《ねら》っていると申すのは」

又八郎は前に出て、人影を透かし見ながら言った。黒い人影は、刀を帯びている。又八郎の胸に緊張が生まれた。

「武家だな?」

「ま、そんなようなものです」

徳兵衛は、あいまいなことを言った。

「しかし、いくじのないお人ですから、まさか斬《き》りかかっても来ますまい」

言いながら、徳兵衛は少しずつ又八郎から遅れた。口ではそう言ったものの、うす闇《やみ》の中に二本差しが待ち構えているのを見ては、さすがに気味が悪いらしかった。

又八郎は変りない足どりで歩いた。徳兵衛の家の入口を通りすぎて、なおも歩いて行く。男は徳兵衛の家の塀わきに立っていた。近づくと、撫《な》で肩のほっそりした男だとわかった。

男はこちらを向いて黙って立っていたが、又八郎が立ちどまると、いきなり刀を抜いた。

ぎごちない身ぶりで、足の配りも決まっていない。刀を構えたが、男はすぐには斬りかかって来なかった。

「おぬし」

又八郎は、男の様子をじっと眺めてから声をかけた。

「何の恨みがあるかは知らぬが、いきなりの刃物沙汰《ざた》は感心せんな」

「…………」

「刀をひいて、わけを話してもらえんかの」

そう言ったとき、又八郎には、相手のおよその力量が読めていた。力量も何もない。男は顫《ふる》えていた。その顫えが腕に伝わり、構えた刀が小刻みに上下している。

青白い顔をした、二十半ばの男である。うす暗い中だが、目鼻立ちの整ったなかなかの美男子に見えた。

又八郎は、ゆっくり前に出た。油断はせず、いつでも抜ける用意をしている。

「勤め持ちの身分と見うける。軽がるしい刃物沙汰は身分にもさわろう」

「…………」

「話を聞こうではないか。まず、その刀を納められよ」

「寄るな」

又八郎が近づくと、男は叫んだ。甲高《かん》い女のような声だった。

かまわずに又八郎が寄って行くと、男は不意にわめき声をあげて斬りかかって来た。

鬼め、と言ったようである。

体を開いて、又八郎は男の手首に手刀を使った。その一撃で、男は刀を取り落としたが、なおもわめきながら、又八郎にむしゃぶりついて来た。組ませておいて、又八郎は腰を入れ、男の腋《わき》の下に腕を差しこむと投げとばした。軽い男だった。二間ほど先の地面に肩から落ちると、男は長々と地面に寝た。

「だから、無理するなと申したのだ」

又八郎が言うと、男はようやく起き上がり、地面に膝《ひざ》まずいて首を垂れた。首うなだれ、膝をつかんで男はしのび泣きに泣いていた。又八郎が黙って眺めていると、男はようやく刀を拾いあげ、立ち上がるとうなだれたまま背を向けた。

——なんだ、あれは。

又八郎は、ややあっけにとられた感じで男を見送った。あれでも男か、と思いながら入口までもどって来ると、徳兵衛の姿は見えず、かわりに、いつの間に出て来たのか、徳兵衛の女房が立っていた。

だが女房は、又八郎を見なかった。男が去った方をひたと見つめていた。そして小さく口を動かしたようである。

「弥十郎……」

そう聞こえた。女房の頬を涙が伝わり落ちている。又八郎は思わず男の去った方角を振りむいた。男の姿はもう見えず、いっそう濃くなった闇が、町を埋めているだけだった。

「お察しのとおり、さっきの男は、女房の元の亭主です」

その夜、又八郎の部屋にさっきの礼に来た徳兵衛が、又八郎の聞くことに答えてそう言った。

「井手弥十郎と申しましてな。もとは上野の御山内で寺小姓をしていた男ですよ。ところが手なぐさみに凝りまして寺から暇を出され、さるお旗本に雇われて、そこで女房をもらいました」

「………」

「それで手なぐさみが止《や》むかと思いましたら、だめでしたな。あたしに金を借りに来ましたが、積りつもって大金になりました。あたしは金貸しですから、貸せと言われればいくらでも金を貸します。だが損をするような金は貸せませんのでな。返せないときには、ご新造をいただくが、それでいいかと申しましたら、いいという返事でした」

「………」

「あたしは、あの男を上野のお山にいたころから知ってますが、だめな男です。だから十両の貸し金のかわりに、いまの女房を連れ帰ったときにも、べつに胸も痛みませんでしたな。あたしゃ、女など欲しくはなかった。金を返してもらうほうがずっとよかったが、女房のほかには金目のものは何もないんだから仕方ない。いまでも高い買い物をしたと思っていますよ。十両のかたですよ、十両」

「しかし、感心しない話だな」

と又八郎は言った。うなだれて去って行く男を、涙を流して見送っていた女を思い出していた。

「話には聞いたこともあるが、借金のかたに人の女房をさらって来るというのは、血の通う人間のすることとは思えぬ」

「なに、人は金のためには子供も売るものですよ」

徳兵衛は、又八郎の非難の言葉を、さらりと受け流した。そしてうす笑いをうかべた。

「そうおっしゃいますが、あたしは外に出るとき、外から錠をおろして行くわけじゃありませんよ」

「………？」

「足がないわけじゃないのに、女房は逃げませんな。もらって来た猫のように、この家に居ついちゃった」

「しかし、逃げても連れもどされるとあきらめておるのではないかの？」

「失礼ですが、そりゃお考えが甘い」

徳兵衛はにたにた笑って膝を起こした。そして部屋を出がけに、くるりと又八郎を振りむいて言った。

「物事はうわべだけじゃ、わかりはしませんですよ、はい。そう言っても、腑《ふ》に落ちないとおっしゃるなら、今夜、そうですな……」

徳兵衛の顔に、はっきりと卑しいいろが浮かんだ。

「今夜はお客もなさそうですから、あたしはもう少し経《た》ったら寝ます。そうしたら、茶の間までいらっしゃいまし。なに、かまいはしません」

徳兵衛の言葉は思わせぶりで、謎《なぞ》のようだったが、又八郎にもぼんやりと見当がついた。又八郎はにが笑いし、顔を赤くした。ばか言えと思ったが、徳兵衛の言葉にふくまれている毒は、心に残った。

又八郎はそのまま、夜具を敷いて寝たが、眠りは容易にやって来なかった。そして半刻ほど経ったころ、又八郎は不意に夜具をはねのけて起き上がった。闇の中に、女の泣き声を聞いた気がしたのである。

襖《ふすま》をあけて廊下に出た。婆《ばあ》さん女中のおらくも眠ったらしく、家の中は真暗だった。そして、その闇の中にまた女のすすり泣くような声が流れた。

又八郎は手さぐりで、廊下を伝って茶の間まで行った。足音を盗んで中に入ったとき、又八郎は自分も徳兵衛なみの人間に下落したような気がした。

そこも闇の中だったが、襖の隙間《すきま》に淡い灯の色が走っている。ひと間置いた奥が、徳兵衛の寝間のはずである。うずくまった又八郎の耳に、また女の声が聞こえて来た。それが泣いているのではなく、喜悦の声だと気づくまで、さほど手間はかからなかった。

低いが野太い徳兵衛の声が何か言い、それに答える女の声がした。無口な女が、甘えるような声で何ごとか言っている。やがてすすり泣きに似た女の声は、切れ目がなく、あたりをはばからず高くなった。

底知れない、人間の暗い穴を又八郎はのぞいた気がした。

「ふむ」

又八郎は立ち上がって茶の間を出た。悪い酒に酔ったように、足もとがふらついている。

七

翌日、又八郎はまた、徳兵衛のお供をして町に出た。

「ゆうべの騒ぎを、お聞きになりましたかな」

徳兵衛は、又八郎を振りむいてにたにたと笑った。

「あのとおりで、女房には家を出て行く気持などは、これっぽちもありませんのですよ、はい。もとの亭主の出る幕などは、ございませんのです。刀など振りまわされるのは、いい迷惑」

「………」

「しかし、女というものはかわいいものですな。ほんとにかわいい」

又八郎は返事をしなかった。黙々と後について行った。

いつもどおりの強引な取り立てを済ました徳兵衛を、人が取りかこんで険悪な空気になったのは、その日三軒目の取り立てに回った、南飯田町の裏店《うらだな》でのことだった。

「鬼！　赤鬼！　熊《くま》！」

髪ふりみだした女が罵《ののし》った。

「子供が着ている物まで剝《は》いで行くなんて、鬼だよ、お前さんは」

「その包みを置いて行きな」

「金貸し！　おっかあが言うとおりだぜ」

男の声もまじった。

「そいつを返さねえことには、木戸を通さねえよ」

「やかましいわい」

徳兵衛は、のびて来た女の手を邪険に振りはらって、ふくらんだ風呂敷《ふろしき》包みを両手で頭の上に持ち上げた。そしてドスの利《き》いた声でわめいた。

「おめえら、変な手出しをすると、役人に訴えて出るからな。そうなったら一列同罪だぞ。道をあけろ」

「へーんだ」

さっき鬼と罵った女が、徳兵衛の前に胸をつき出して言った。

「面白いね。訴えてみなよ。その前にこうしてやるから」

女はいきなり徳兵衛の顔に爪《つめ》を立てた。徳兵衛は頭の上にさし上げていた包みで、女を殴りつけた。その腕のひと振りで、女は地面に転んだが、それが合図だったように、二人を取りかこんでいた二十人近い男女が、どっと徳兵衛につかみかかって行った。

そこまで見とどけてから、又八郎は人垣の中に割って入った。いずれこういうときがあろうと思ったが、意外に早くその機会が来たようだった。

「これ、やめろ」

又八郎は、やわらかく人を押しわけながら、渦に呑《の》まれたように人の間に見え隠れしている徳兵衛に近づいて行った。徳兵衛の頭が見えた。

「乱暴はいかんぞ、乱暴は」

言いながら、又八郎は拳《こぶし》を固めて、うしろから思いきり徳兵衛の頭を殴った。

「おや、殴りやがったな」

赤鬼のような顔で徳兵衛はうしろを振りむいたが、人にこづかれ、むしゃぶりつかれて、よろめきながらまた人の渦の中に巻きこまれた。

「やめんか、こら、手をひかんか」

言いながら又八郎は、今度は狙《ねら》いすまして徳兵衛の猪首《いくび》に手刀を叩《たた》きこんだ。ずるずると膝《ひざ》をついた徳兵衛に、殺気立った裏店の者が歓声をあげて殺到し、つぎつぎに拳をふるった。

人波がひいたあとに、徳兵衛は長々とのびていた。徳兵衛は血だらけで、気を失っている。それでも、風呂敷包みをしっかりと胸に抱えこんでいるのは見上げた根性だった。

又八郎は、徳兵衛の腕から風呂敷包みをもぎとると、まだ遠まきに二人を見て立っている裏店の者に、さし上げて見せた。

「これは誰の物かの？」

すぐに女が出て来た。さっきの気の強い女ではなく、青白く痩《や》せた四十ぐらいの女だった。女は風呂敷包みを受けとると、逃げるように人垣のうしろに隠れた。

又八郎は徳兵衛を抱き起こして、ぴたぴたと頬を叩いた。真実は、そのまま地面に置き去りにしたい気持だったが、まだ用心棒の手当てをもらう仕事が残っている。

頬を打たれて、徳兵衛はようやく眼をひらいたが、立ち上がれなかった。大きなうなり声をたてた。又八郎は、裏店の者に手伝わせて徳兵衛を背負い上げると、木戸を出た。

手間をもらうと、又八郎はその足で新大橋にいそいだ。まだ日が残っていた。三々五々大橋の工事場につくと、ちょうど人足たちの仕事が終ったところだった。

帰りかける人足の顔を、又八郎は大いそぎでのぞいて回った。

いかつい肩をした大男がいたので、細谷かと思って声をかけたが、別人だった。だが、さがし回っている又八郎を、細谷の方が見つけた。

「やあ、青江。どうした?」

振りむくと、細谷と米坂《よねさか》が立っていた。又八郎は、やあと言った。しがない人足姿の二人が、一瞬うらやましく見えたのは、銭屋徳兵衛の家で、後味の悪い用心棒を勤めて来たせいだろう。

「貴様も人足に加わるつもりか?」

「いや、そうではないが、相模屋《さがみや》にここにいると聞いたものでな」

と又八郎は言った。

「ちょっと顔を見たくて寄った」

「ん? こんなつらでいいか」

細谷はひげづらを突き出した。なるほど相模屋吉蔵が言うとおりで、細谷は当分は切れ目のない仕事にありついて、上機嫌のようだった。

「少しばかり金が入ったが、一杯やるか」

又八郎が言うと、細谷はうーむとうなった。困った顔になって、又八郎と米坂の顔を見くらべた。

すると米坂が、それがしのことなら心配いらんが、と言った。

「いや、そうもいくまい」

細谷はそう言って、又八郎にむきなおった。

「これから行くところがある。貴様もつき合え。酒はそのあとでもよかろう」

「それはかまわんが、どこへ行くつもりだな?」

「米坂が、人をつかまえに行く」

そう言われてみると、米坂は腋《わき》に細長い菰《こも》包みを抱えている。仕事場に刀を持って来ていた。

──あのことだな。

と又八郎は思った。相模屋吉蔵が言っていた、田村とかいう元の同僚をつかまえに行くのが今日になったのだろう。ちょうどいいところに来た、と又八郎は思った。

三人は長い道を歩いて、江戸橋を南にわたった。途中でとっぷりと日が暮れた。

「ここだ」

米坂が立ちどまったのは、青物町の一角だった。ちょっと待っていてくれと言って、米坂は一軒のしもた屋の門を入って行ったが、すぐにもどって来た。

「まだ、もどっておらん。おれは待つが、貴公らをつき合わせるのは気の毒。帰っていただいてもいいぞ」

「何を言うか」

と細谷は言った。

「ここまで来たのだ。つき合う」

相すまんですな、と言って米坂はまたさっきの家にもどり、小さな門を潜《くぐ》って姿を消した。

「あの家に……」

細谷はあごをしゃくった。

「米坂が長年さがしていた男が住んでおるのだそうだ。ただし、近国に旅しておってな。今日もどることになっておる」

「田村とかいう、もとの同僚だろう」

「や、吉蔵に聞いたか?」

「うむ。うまく行くと、米坂は帰参がかなうかも知れないという話だったが、まことか？」

「そうらしい。それで、米坂一人で取り逃がしてはいかんと思って来たのだが」

「よし、待ってみよう」

「少々晩《おそ》くなっても飲ませる家を知っておるぞ」

「わかっておる。心配せずに見張れ」

と又八郎は言った。

旅姿の男が、その道に入って来たのは、それから一刻《いっとき》近くたってからだった。慈姑《くわい》頭《あたま》の医者だった。その男は、商家の軒下にいる又八郎と細谷に、じろりと一瞥《いちべつ》をくれて前を通りすぎた。そしてさっき米坂が入りこんだしもた屋に入って行った。

そのままあたりはひっそりとなったが、不意に高声に言い争う声がしたと思うと、さっきの門から、ころがるように人が出て来た。人影はまっしぐらに二人の方に走って来たが、前を通りすぎようとしたとき、又八郎が鞘《さや》がらみの刀を出すと、見事にひっかかって、もんどり打って地面に転んだ。

米坂が走って来て、男を押さえた。

「いや、助かった。あぶなく取り逃がすところであった」

と米坂が言って、頭をさげた。細谷がたずねた。

「この男をどうする?」

「江戸屋敷には知っている者もいるゆえ、とりあえずそこへ連れて行く。なに、今度は一人で大丈夫だ。逃げにかかったら斬《き》る」

米坂は、用心棒暮らしから学んだものでもあるか、もの静かな威嚇《いかく》を口にした。男と米坂が、親しい連れのように肩をならべて、暗い町に消えるのを二人は見送った。

「さて、どこぞで一杯やるか」

又八郎が言うと、細谷はうむと生返事をした。何となく元気を失ったように見えるのは、米坂の帰参ということが胸の中にあるせいかも知れなかった。

しかし又八郎が先に立って歩き出すと、細谷は黙ってついて来た。そして材木町の河岸《かし》に出ると、不意に元気を取りもどした声で言った。

「あそこに赤提灯《あかちょうちん》があるぞ」

「おう」

「しかし、人足も一人ではさびしいな。どうだ、青江。米坂が首尾よく帰参ということになったら、貴様後がまに入って働かぬか」

「悪くないな」

と又八郎は言った。じっさい債鬼のあとについて回るよりは、気心の知れた細谷と、人足仕事にはげむ方がよほどいいと思った。

二人は赤提灯をめざして、勢いよく足を運んだ。師走《しわす》の夜空は曇りで、星ひとつ見えなかった。

春のわかれ

一

ささやかな別離の宴が終って、青江又八郎と細谷源太夫は米坂《よねさか》八内の家を出た。米坂夫婦が外まで送って出た。

「ここでけっこうだ」

又八郎は、木戸を出たところで、夫婦を押しとどめた。

年の暮に、離藩の原因となった田村という元同僚をつかまえたあと、米坂は何度か旧藩の江戸藩邸に呼び出され、取調べをうけたようだったが、その間藩邸ではずっと国元の指示を仰いでいたらしく、つい数日前、国元から米坂の帰藩を促す書状がとどいたのだという。

明日、米坂は江戸を発《た》って国元にむかうことになり、今日は又八郎と細谷を招いて、軽く別れの酒を酌《く》んだのである。

藩邸の重役に、もどれば旧禄《きゅうろく》で帰参は間違いなしと言われたという。その喜びが、米坂夫婦の顔だけでなく、身のこなしにまであらわれていた。そら豆のように細長い顔の造作は変えようがないが、米坂の表情はどことなく落ちついて、病妻を抱え、貧に苦しんでいたころの陰鬱《いんうつ》ないろは影をひそめている。

妻女の方も、近ごろは寝こむこともないほどに、元気を取りもどしたせいもあるだろうが、細谷に強《し》いられて二、三杯口にした酒が頰に残っていて、にこにこ笑っている様子は以前より若やいでさえ見えた。

「まずはめでたい。明日は見送れぬが、ご新造《しんぞ》をいたわって、ゆるりと旅されよ」

又八郎が言うと、細谷も大きな声で言った。

「わしも、明日から新しい仕事があって、見送れん。達者でな」

「ご厄介になった」

米坂は深ぶかと頭をさげた。

「浪々の間、どうにか飢えずにすんだのは、お手前方のおかげでござる。そのお二人を残して、それがし一人帰参するのはまことに心苦しいが……」

「なにをよけいな斟酌《しんしゃく》」

細谷はかっかっと笑い声をひびかせた。

「わたしは宮仕えなどまっぴら。うん、貴公の帰参はめでたいが、うらやんでなどおらん」

「しかし、人足仕事などは身体《からだ》にこたえた」

「そこが俄《にわ》か浪人だからよ。こっちは何しろ年季が入っとる。心配にはおよばんさ」

細谷はもう一度豪快に笑い、妻女にむかうと、冷えて来た、家に入られよと言った。

その言葉をしおに、四人はまた会釈《えしやく》し合って別れた。

又八郎と細谷は、南割下水《わりげすい》の河岸《かし》に出た。季節は二月に入ったところだが、いつの間にか日足がのびたようだった。六ッ（午後六時）近いはずなのに、町にはまだ明るみが残っていて、水位が落ちてところどころに泥が露出している割下水の底に、赤らんだ雲が映っている。

「なかなか、出来た相棒だったとは思わんか？」

前を歩いていた細谷が、ふりむいて突然にそう言った。むろん米坂のことだろう。

「得難い相棒よ」

と又八郎も言った。

「腕が立ち、人柄も穏当だった。第一騒々しくないところがよい」

「何だ？　それはわしへの皮肉か？」

「いや、べつに」

「あいつは果報者よ」

細谷は大声で言った。すれ違う人が、恐れるように細谷を横目で見て通る。酒が入って、ひげづらが赤い大男の浪人者が、わめくような声を張り上げるのだから、無理もない。

「果報者さ」

「……………」

「身の証《あかし》さえ立てれば、ちゃんと引きとる人間がいたからの。こっちはそうはいかん。奮励努力しても、わしを引きとる者は出て来ぬ」

さっき米坂の前では、宮仕えなどはまっぴらだと言った、その舌の根も乾かぬうちに細谷は泣きごとを言っている。細谷の声は、米坂に対する羨望《せんぼう》をむき出しにしていた。

「青江の方はどうだ？　貴様のひっかかりもそろそろ埒《らち》あくころだろうが……」

「なかなか、そうもいかん」

「ふむ。しかしいずれは片をつけて帰国という段取りは決まっておるのだろう」

「……………」

細谷は、平手で柄頭《つかがしら》を打って、がちゃりと鍔《つば》を鳴らした。

「たのむのはこの一剣よ。これあるかぎり、細谷源太夫、飢えもしまいて。ふむ、去《い》にたいやつは、さっさと去ねばよい」

「ま、よかろうさ」

回向院《えこういん》の角に出たところで、又八郎は細谷と別れた。そのあたりは、一昨年の暮、赤穂《あこう》浅野家の浪士四十七人が吉良上野介《きらこうずけのすけ》の邸《やしき》に討入ったとき、奇妙な縁につながる浪士たちを案じて、細谷と二人でうろついた場所だったが、細谷は、そのことを思い出したらしくもなかった。大きな背をむけて、のそのそと一ツ目橋の方に遠ざかって行った。

又八郎は、立ちどまったまま、しばらくその背を見送った。細谷のうしろ姿に、思わず見送らせるものがあらわれている。いかつく幅広い背が、なぜか孤立してさびしげに見えた。一瞬又八郎は、そのうしろ姿に、米坂が去り、自分が去ったあとの細谷の孤独を見たような気がした。

――あと四、五年は、何とかなるだろう。

だが、そのあとをどうするつもりだ、と又八郎は思いながら、歩き出した。細谷の齢を数えたのである。

細谷は三十七か八になっているはずだった。間もなく四十に手がとどく。細谷は用心棒としては盛りを過ぎた、と思わざるを得ない。しかし比較的良手間に恵まれる用心棒の仕事をこなせなくなれば、あとは人足仕事あたりに落ちつくのが相場である。そうなれば、貧が細谷の家を襲うだろう。細谷の人柄も、家の事情ものみこんでいる口入れの吉蔵がかばったとしても、いずれはそうなる。

——五人も六人も、子供をこしらえるからいかんのだ。

又八郎は何となく腹立たしい気持でそう思ったが、疑うことを知らないような細谷の妻女の顔を思い出すと、その腹立ちはすぐにしぼんだ。細谷夫婦の琴瑟《きんしつ》相和している様子は、はた目からみてもうらやましいほどのものなのだ。子供が生まれるのがいかんとも言えまいと思った。

——しかし、やはり多すぎるかな。

そう思いながら又八郎は、馬喰《ばくろ》町の通りから、橋本町の方角に折れた。相模《さがみ》屋吉蔵から、いい仕事が入ったと知らせがとどいている。米坂の家に行ったら帰りに寄るつもりでいたのだが、少し遅くなったようだった。

歩いて行くと、暮の大火で焼けた町に、ぽつりぽつり家が建ちはじめているのが眼についた。だがその間に、焼けたままったく手をつけていない家や、片づけはすんだものの、家が建つ気配もない空地などが散らばっていて、町は人通りも少なく暮れかけていた。乳色の靄《もや》のようなものが、町の底を這《は》っていて、寒くはなかった。

吉蔵の家が見えるところまで来たとき、むこうから人影が近づいて来るのが見えた。足の運びがいやにゆっくりしていると思ったら、女乞食《こじき》だった。ぼろをまとい、汚れた手拭《てぬぐ》いで顔をかくし、素足に草履《ぞうり》をはいている。地震と火事が相ついで起きたあと、町に物乞《ものご》いがふえたと聞いたが、その女乞食もそういう一人かも知れなかった。

眼をそらして、又八郎は通り抜けようとした。気の毒なものだと思わないわけではないが、こちらも明日の糧《かて》を稼《かせ》ぐ職をもとめに行くところである。両刀と心構えのあり方を別にすれば、この連中と、さほど差があるわけでもない。

そう思ったとき、女乞食がすり寄って来た。そしてしわがれた声で言った。

「旦那《だんな》、おめぐみを」

「いかん、いかん。金は持っておらん」

「そう言わずに、旦那」

女乞食は、又八郎の行く手をさえぎるようにした。又八郎は乞食の顔を見た。真黒な顔に眼ばかり光って、頬かむりの下からほつれた白髪がのぞいている。そして何ともいえない異臭が匂《にお》って来た。

「金など持っとらんのだが、待て、いま財布をあらためる」

又八郎が懐《ふところ》から財布をひっぱり出すと、女乞食がすり寄って来て、手もとをのぞいた。異臭が鼻を衝《つ》いて、又八郎は顔をしかめた。

「そう寄って来んでもよい」

穴明き銭を三枚つまみ出すと、さし出した乞食の手に乗せた。

「これでよいか」

そう言ったとき、乞食がぐいと又八郎の手を摑《つか》んだ。一瞬何かの罠《わな》にかかったかと思ったほど、又八郎の手首は強い力にとらえられていた。

「このまま、お聞きくださいまし」

ささやいた女乞食の声は、佐知だった。

「取りいそぎお話したいことがござります。のちほど平田さまの家までおいで頂きとうございます。そこでお待ちいたしますゆえ」

「…………」

「このまま、あとをふりむかずに、相模屋へ」

そうささやくと、佐知は手を放して、おありがとうございい、ご親切な旦那さま、と言った。しわがれた女乞食の声にもどっていた。

そう言いながら、佐知は首を回してそれとなくあたりに眼をくばったようである。そしてうつむいたままのろのろと離れて行った。又八郎も無言で歩き出した。吉蔵の家に入る前にふりむいたが、佐知の姿はもう見えなかった。

二

平田というのは、又八郎が公儀隠密《おんみつ》の罠《わな》に落ちて拷問《ごうもん》をうけ、危うく佐知に助け出されたあと世話になった町医である。家は浜町河岸《がし》の若松町にあった。

——佐知は、なぜあんな恰好《かっこう》で現われたのか。

吉蔵と仕事の話をしている間にも、又八郎は佐知のことが気になって、時どき返事が上の空になった。

ところが、そういうことはすぐにわかるらしくて、吉蔵が口をとがらせて言った。

「何をそわそわしておいでです？　青江さまらしくもない」

「や、これは」

又八郎は吉蔵を見た。吉蔵の丸い眼は、なみなみならぬ不満をたたえて、じっと又八郎を睨《ね》めつけている。

それももっともで、吉蔵が用意していた仕事先は、手間がよくて仕事が楽という願ってもない話だったのである。

白魚橋そばの竹河岸に、大黒屋という竹問屋がある。主《あるじ》の政右衛門が、根岸に妾宅《しょうたく》を構えていた。仕事は、政右衛門が二十日ばかり奥州《おうしゅう》の仕入れ先を回って来る間、用心棒として妾宅に住みこむのである。

用心棒といっても、その妾宅に格別の面倒があるわけではない。政右衛門は、ベタ可愛《かわい》がりに可愛がっている若い妾《めかけ》を案じて、留守の間の用心棒を求めて来たのだった。政右衛門は深川にも古い妾を囲っているが、根岸の方は、まだ店の者にも内緒にしていた。

腕っぷしが強くて、女に手を出したりしないちゃんとした人物というのが、大黒屋政右衛門の注文だった。それを聞いたとき、これは青江さまにぴったりだと思いました、細谷さまは、腕っぷしはともかく、女子《おなご》の方はあまり信用なりませんからな、と吉蔵は、細谷が極めつきの好色漢のような言い方をしたのだ。

「はて、どこまで話したかな」

「どこまでって、青江さま。おひきうけになるかどうかと、聞いているじゃございませんか」

「そうだったな。それで飯は喰わしてくれるか？」

「それも、さきほど申しました。ちゃんと女中がおりますから、喰い物の心配などなさることはありません。上げ膳《ぜん》、据え膳で、あとはごろ寝をなさっていてよろしいのですよ」

「それで手間は？」

「何ですか、何にも聞いていらっしゃらなかったじゃありませんか」

吉蔵は、また口をとがらした。

「三日一両です」

「それはいい」

又八郎は言った。誰かに狙《ねら》われているという家ではない。ほんの泥棒ふせぎである。用心棒の仕事としては、拍子抜けするぐらい楽な勤めだろう。長い間、仕事が楽で手間がいいという仕事先がないものかと夢想して来たが、突然にそれが眼の前にあらわれたようである。そんな仕事で三日一両とは、法外な報酬だった。

「裏はなかろうな？」

身についた用心棒の習性から、又八郎は一応たずねた。

「裏と申しますと？」

「住みこんでみると、背中に彫物を背負った人間があばれこんで来たりというようなことだが」

「ご用心はもっともですが、何にもございません。あたしも、この前の小牧屋さんのことでは懲《こ》りましたからな。ひととおり調べましたが、面倒なことは何にもありません。いたって平穏無事」

「それにしては良手間じゃ」

「大黒屋さんは繁昌《はんじょう》してますからな。仕事の大きさじゃ、河岸で三番とは下らないお店という噂《うわさ》でございますよ。大事のお妾さんに、そのぐらいの金を使うなぞは、大黒屋さんにとっちゃどうということもござんすまい」

吉蔵はちょっぴりうらやましそうな顔をした。吉蔵はやもめである。数年前女房に先立たれたが、年ごろをひかえた娘に気兼ねして、後添えをもらいそこねたという話を、以前吉蔵の口から聞いたことがある。しかし、それで女っ気とはすっぱりと縁を切ったかといえば、吉蔵といえどもやはり男で、そうしたものでもないらしいことが顔に出ている。

大黒屋の妾というのは、よほどの美人らしいの、と又八郎が思ったとき、吉蔵が気を取り直したように言った。

「それで、どうなさいますか？　もちろん、おひきうけなさるでしょうな」

「…………」

そう言われて、又八郎は腕を組んだ。ひきうけたいのは山々だが、さっき会った佐知の異様な姿と言い残したことが気になる。佐知は至急に話したいことがあると言ったのだ。

——大富静馬の居場所が見つかったのか？

さっきから心を占めているのは、そのことだった。藩主毒殺に加担した一味の連判状を握る大富静馬が、赤坂近辺にひそんでいるらしいことを探り知った佐知は、その後丹念にそのあたりを探索していたはずである。もし隠れ家が見つかったのであれば、惜しい話だが妾のお守《も》りどころではない。

「その話、今夜返事せぬといかんか？」

「へ？」

と吉蔵は眼をむいた。

「どっか、お気に入りませんので？」

「いや、そうではない。よだれが垂れるような話だが、ちと野暮用がひっかかっておる」

「長くはお待ち出来ませんよ」

吉蔵はおどすように言った。

「三日一両で、お妾のお守りなどといえば、それこそよだれを垂らして、その仕事おれにくれという方が大勢いらっしゃるのですから」

「わかっておる」

「この仕事を青江さまにというのは、まったくお人柄を見込んだ、あたくしの一存でございますからな」

吉蔵は恩着せがましく言った。

「重々わかっておる。おやじの心配りには、日ごろ感じ入っておる」

「わかっていらっしゃればよろしゅうございます」

吉蔵は機嫌を直した顔になって、せいぜいあと五日と言った。

「大黒屋の旦那《だんな》は、この月の十五日には旅立たれます。その前に人を決めて、おひきあわせしなくちゃなりませんからな」

又八郎は、わかったと言い、冷えたお茶をひとすすりして腰を上げた。そしてふと思いついて言った。

「米坂は、明日上方《かみがた》に発つそうだ。今日は細谷と二人で米坂《よねさか》の家へ行ってな。軽く別れを惜しんで来た」

「それはよござんした」

と吉蔵は言った。

「惜しい方でしたが、ご帰参の話には換えられません。あたくしも、明日は午《ひる》まえに仕事を休んで、品川まで見送ろうかと思っているところでございますよ」

吉蔵は、仕事の割りふりなどでは油断ならない狡猾《こうかつ》さを見せることがあるが、根はなかなか情の深いところがあり、律儀《りちぎ》でもあった。帰国する米坂を、品川まで見送るというのは、それだけ米坂の用心棒の腕を買っていたということである。吉蔵はそういう人物の目利《めき》きということでは、めったに間違うことがない口入れ屋でもあるのだ。

――なかなかいいところがあるおやじさ。

そう思いながら、又八郎は暗くなった道を浜町河岸の方角にいそいだ。夕方にくらべて冷えた夜気が身体を刺して来る。腹がすいていることにも気づいたが、その感覚には馴《な》れていた。

平田麟白《りんぱく》の家に入って訪《おとな》いをいれると、出て来たのは佐知だった。むろん女乞食《こじき》の姿ではなく、きりっとした武家勤めの女にもどっている。

「どうぞ、お上りくださいまし」

佐知はそう言うと、わが家のように先に立って、又八郎を奥にみちびいた。茶の間の横を通るとき、中から灯の色とにぎやかな人声が洩《も》れて来たが、佐知は眼もくれずに通りすぎた。

又八郎が通されたのは、公儀隠密《おんみつ》の手をのがれたあと、麟白の手当てをうけて数日寝ていた部屋だった。その部屋に入ると、茶の間の話し声は遠くなった。

佐知は又八郎を待っていたらしく、すぐにお茶をいれた。大きな桐《きり》の火桶《ひおけ》に鉄瓶《てつびん》がかかっていて、かすかに湯のたぎる音がしている。

「さきほどは失礼いたしました」

お茶をすすめながら、佐知ははにかむように微笑した。

「さぞびっくりなされたことでしょうが、あれには仔細《しさい》がございます」

「さようなことかと思った」

「それで青江さまをお呼び立て申し上げたことですが、じつは大富静馬の隠れ家が判明いたしました」

「おお」

又八郎は茶碗《ちゃわん》を置いて、佐知を見た。

「かたじけない。正直を申すと、佐知どのに見当は赤坂あたりと聞いて、一、二度あのあたりをぶらついてみたのだが、雲をつかむようで、むなしくもどって来た」

「そのことは、存じております」

佐知は微笑した顔を又八郎に向けた。

「わたくしの仲間が、路《みち》でお見かけしたそうにござります」

「さようか。で、静馬がおる場所は？」

「青山のさる旗本屋敷にいることが判明いたしました。そこのお屋敷の次男が、大富と道場の相弟子ということも調べがつきました」

「旗本屋敷か。はて、厄介な」

「厄介なのは、それだけではございません。じつは例の公儀隠密も、このことを嗅《か》ぎつけ、また奥村さまが使っておられる藩屋敷の探索の者も、どうやら大富の所在を知ったようでござります」

「なるほど。それでさきほどの姿が腑《ふ》に落ちた。容易ならん形勢になっとるわけだの」

そう言って腕をこまねいたとき、何の前触れもなく、又八郎の腹がくうと鳴った。又八郎は手を膝《ひざ》にもどして、赤面しながらこれは失礼と言った。だが、その言葉の終らないうちに、またくうと腹が鳴った。

佐知が顔をかたむけて、又八郎をのぞくようにした。わが事のように、佐知もうすく頬を染めている。

「あの……」

「もしや、お腹《なか》がおすきでは？」

「いや、まことにおはずかしい」

米坂の家に行けば、何か喰う物が出るだろうと、昼飯を抜いたのに、酒はあったがさほど腹の足しになるような馳走《ちそう》は出なかった。その手抜きがいまごろになってあわれたらしいと、又八郎がいささか憮然《ぶぜん》としていると、佐知が言った。

「気づかぬことをいたしました。何かあり合わせのものでお夜食をお持ちしましょう」

「いやいや、そのご心配にはおよばん。それではこちらの家にも、そなたにも気の毒」

「いえ、ここはそういう気遣いはいらぬ家でございます。わたくしもお相伴して、お話はお夜食を頂きながらにいたしましょうか」

佐知は、なぜか急に元気づいたように、さっさと部屋を出て行った。

三

青山御手大工町《おてだいく》裏。そこはまだところどころ雑木が生いしげる空地が散らばり、旗本屋敷の塀が黒く浮かび上がっているだけの、さびしい場所だった。

又八郎と佐知がそこに忍び寄ったのは、翌晩の六ツ半(午後七時)ごろだった。

「あそこに二人……」

葉が落ちた欅《けやき》の陰に身をひそめた佐知がささやいて指さした。佐知は手甲《てっこう》、足袋《たび》わらじまで黒く装《よそお》い、黒布から眼ばかり出していた。露出している眼のまわりだけが、白く見える。又八郎は佐知が指さした屋敷の前の雑木をのぞいたが、何も見えなかった。

「それから、あの塀の陰に三人。それからあちらの石地蔵の陰に、二人おりますが、この二人はわが藩の屋敷の者です」

「何も見えんな」

又八郎がつぶやくと、佐知はしッと言った。そして又八郎の手を取ると、尻《しり》さがりに欅の陰から、塀の陰に身体を移した。

そこで手を離して、佐知がささやいた。

「こちらにおいでなさいませ」

二人は塀沿いに南に歩いて、さっき来た道に出た。佐知は黙々とこの町に入って来た道を逆に北にたどり、また西に折れた。ぐるりと町をひと回りした感覚があった。

佐知は手まねで又八郎を押しとどめ、物の気配を嗅《か》ぐように、しばらく路《みち》のはしにたたずんだが、やがて合図するとそろそろと足をすすめた。後について行くうちに、又八郎にも、二人がさっきいた欅がある場所とは、反対側の道に出たことがわかった。近くに百姓の家でもあるのか、浅い雑木林の道ばたに、積み上げた杭《くい》があった。佐知が吸いこまれるようにその陰に身をかがめたので、又八郎もその後にしたがった。

「あそこがさっきの、久米《くめ》という屋敷です」

佐知が指をあげて、またささやいた。場所が変ったせいか、今度は塀越しにかすかな灯明りが見えて、その屋敷の門があきらかに見えた。

「あの塀の間に三人」

佐知は、久米という旗本屋敷と、やはり旗本の家と思われる隣家の間にある暗い隙《すき》間《ま》を指さした。そしてその指を、屋敷の前にある雑木林の方に移した。

「ここからは見えませんが、あのあたりにも一人ひそんでいるはずです」

又八郎は眼をこらした。いくらか眼が闇《やみ》に馴《な》れて来て、星あかりにうかぶ裸の木々の枝が見えたが、地上は依然として闇につつまれて、物の形は見わけ難かった。わずかに旗本屋敷の前を通る道だけが、ほの白くうかび上がっている。

「面白いものをお目にかけましょう」

佐知は、動かないでください、とささやくと、静かに杭の山を回って姿を消した。

その直後に、ちょうど久米家の門前のあたりで、何かがかちっと鋭い音を立てた。

──石を投げたな。

そう思ったとき、又八郎の眼に、佐知が指さした塀の隙間から、黒い影が走り出て、さっと道を横切ったのが見えた。つづいてまた一人、同じ場所からとび出した人影が、道を横切って雑木林に消えた。夜鳥の影が地をかすめたかと思うほど、物音もなくすばやい動きだった。そのまま物の気配が絶えた。

しばらくして佐知がもどって来た。林の中には落葉が積もっているはずだったが、佐知はまったく足音を立てなかった。ふりむいた又八郎に、佐知は手真似《てまね》で、帰ると合図をした。

半刻《はんとき》(一時間)後、又八郎と佐知は平田麟白《りんぱく》の家にもどっていた。

「ごらんになりましたか?」

着換えて、又八郎にお茶をすすめながら、佐知が言った。緊張している様子はなく、佐知は微笑している。

「見た。ああぴったりと妙な連中が貼《は》りついていては、静馬をつかまえるのは容易でなさそうじゃ」

「公儀隠密《おんみつ》と思われる者が、ざっと十人近く、奥村さまの手の者二人、うち一人は瀬尾さまのようですが、これだけの人数が張っております」

藩屋敷の者は五ツ（午後八時）になると引き揚げるが、公儀の手の者は明け方まで久米家を見張る。また藩の見張りは夜の間だけだが、公儀隠密は、昼も物売りなどに姿を変えて、あのあたりを徘徊《はいかい》しているのだと、佐知は言った。

「しつこいの。はて、すると公儀隠密の筋と稲葉と申す老中の筋は違うようだな」

「わたくしも違うと思います。隠密を動かしているのは、稲葉さまはもちろん、ほかのご老中方でもないように思われます」

「わが藩の瑕《きず》に目をつけて、是が非でも取りつぶしに持って行こうと狙《ねら》っている人物が、ほかにいるわけだ」

それにしても、大富家老の日記と手紙類を取り返すことが出来たのは幸運だったと又八郎は思った。その二品は、国元に送られて間宮中老の手もとにある。

残るは大富一派の連判状だが、これは藩内二派の激烈な政争にケリをつけるものではあっても、それだけでは、藩内の秘事を証拠立て、公《おおや》けの裁断に持ちこめるほどの書類とはなり得ない。記されているのは、人名の羅列である。たとえ陰謀が匂《にお》ったとしても、事実を物語るものではない。

もし大富静馬が老中に連判状を持ちこんでも、稲葉という老中が賢明な人物なら、すぐにもそのことに気づくはずである。自分の手で藩をつぶそうという静馬の怨念《おんねん》はわかるが、すでに手遅れなのだ。そのことはあまり心配しなくてもいい。

——厄介なのは公儀隠密だな。

と又八郎は思った。何者かわからないが、老中の御用部屋の外で、藩を注視している者がいるらしい。そしてその人物も、駆使する公儀隠密も、国元から持ち出した一件書類は、まだ静馬の懐中にあると考えていることは、この前又八郎を罠《わな》にかけて訊《じん》問《もん》した男の口ぶりで明らかである。

彼らが見張りを解いて、静馬の身辺からひき揚げるということは、まず望み薄だった。

「いかがいたしましょうか」

新しくお茶をつぎながら、佐知が言った。佐知も、そういう状況のむつかしさを考えている顔色だった。

「静馬は、外の見張りに気づいているかな?」

「さあ、いかがでしょうか。三日ほど前、昼のことですが、外へ出て来ましたときは、久米家の次男新三郎と三十過ぎの若党が一緒で、かなり用心深くしているように見えました」

「屋敷に踏みこむことは出来ぬから、まず静馬を外に引っぱり出さねばならんな。しかも襲うには、懐《ふところ》に連判状があるときでないと効あるまい。はて、面倒だの」

「その機会はあるかも知れません」

佐知がそう言ったので、又八郎は顔を上げて佐知を見た。

「稲葉さまのお屋敷に、人を入れたと申しましたのを、おぼえておいでですか?」

「うむ、そう申しておったな」

「その者からの知らせによりますと、ご老中は二度ばかり外から人を招き、わが藩のことを話し合ったそうにござります。大富がどのような話を持ちこんだかはわかりませんが、ご老中が聞き捨てならぬ話として、探索をはじめたことは間違いないかと存じます」

「静馬め、よけいなことをやってくれる」

又八郎はうなった。

「で、わたくしとその者とで話し合ったことですが、稲葉さまは近くもう一度、大富を呼び出すおつもりかも知れない。油断なく見張って、もしそのような気配が見えたときは、時を移さずわたくしのところに知らせると、そういう打合わせがしてござります」

「ねがわくばそうありたいものだ。それなら待ち伏せて静馬を襲うことが出来る。しかしそううまく運べばいいが」

「もし、稲葉さまの方に、その気配がまったくないと見きわめがついたときは、偽《にせ》の使いを仕立ててはいかがでしょうか？」

「稲葉老中の使いと偽って、静馬をおびき出すというわけか？　でもそんなことが出来るかの？」

「わけもないことです」

佐知は、夜の城下を徘徊して、必要とあればどの屋敷にも影のように入りこむ嗅足《かぎあし》組の正体をむき出しにしたように、顔色も動かさずにそう言った。

「お許しがあれば、わたくしが手配いたします」

「待たれ。いま少しご老中の方の様子をみよう。老中屋敷にいる者との連絡を絶やさぬように頼む」

「わかりました」

佐知は素直に言ったが、ふっと細い眉《まゆ》を寄せた。

「しかしかりに、大富がうまく外に出て参りましても、公儀隠密が邪魔でございますな」

「そのことだ、面倒なのは」

「それに瀬尾さまほかの、わが藩の見張りがいるとなりますと、わたくしはともかく、ほかの者を手伝わせるわけには参りませぬ。大方は屋敷の中で顔を知られておりますゆえ」

佐知がそう言ったとき、又八郎はそれまで考えもしなかったことが、胸の中にひらめいたのを感じた。まっすぐ佐知を見ながら、又八郎は言った。

「一度、瀬尾弥次兵衛に会ってみようか」

「え？　瀬尾さまに？」

佐知はびっくりしたようだった。疑うように又八郎を見た。

「奥村どのには内緒の合力《ごうりき》を申しこんでみよう。瀬尾にしても、公儀隠密がうろついていることには気づいているだろうから、話せば何とかなるかも知れぬ」

「乗ってこなくとも、もともと。だが瀬尾にしても、静馬の身柄が公儀隠密の手に落ちたりしてはならんということは、十分に心得ているはずじゃ」

「………」

四

又八郎は、汐留橋《しおどめ》のそばにある小料理屋の軒をくぐった。

佐知は表に顔を出せないので、又八郎は自分で瀬尾弥次兵衛に短い手紙を書いた。一顧もされなければ、そのときはやむを得ぬ、藩屋敷に乗りこむまでだ、と肚《はら》を決めていたが、意外にも瀬尾からはその日のうちに返事が来た。瀬尾はその返事の中で、須磨《すま》という名のその小料理屋を、会う場所に指定していた。

八ツ（午後二時）過ぎの店の内は、がらんとして人気もなかったが、訪《おとな》いを入れると、奥からおかみと思われる三十半ばの女が出て来て、愛想よく又八郎を招き上げた。

表は門構えもない小料理屋だが、家の中に入ると意外に懐《ふところ》が深く、みちびかれて行く廊下の両側に、襖《ふすま》がひらいたままの小部屋がいくつか並んでいる。無人の部屋はひえびえとして見えたが、夜になり客が入れば、灯の色がつらなってにぎやかになるのだろう。瀬尾弥次兵衛は、一番奥の部屋に、ぽつねんと坐って待っていた。

「突然にお呼びだてして、申しわけござらん。かように快くご承引《しょういん》を頂くとは思わなんだ」

又八郎は丁寧に挨拶《あいさつ》した。瀬尾は国元では禄《ろく》七十石で作事《さくじ》奉行下役を勤めていた。身分は又八郎より下だが、年長でもあり、ことに瀬尾は又八郎が少年のころ、家中に敵する者なしと言われた剣客である。又八郎の挨拶には、おのずから畏敬《いけい》の気持がにじみ出た。

瀬尾の顔は熟知していたが、こうしてじかに言葉をかわすのははじめてだった。

「おひさしぶりでござる」

瀬尾は淡々とした口調で、挨拶に答えた。

「お手前が江戸に出ておられることは、うけたまわっておった」

「いかがでござろう。お勤めにさわりがなければ、一献さし上げたいが」

「いやいや」

瀬尾は大きな掌を振った。

「内密のお話ということゆえ、ここまでご足労いただいたが、まだ日が高《たこ》うござる。酒は遠慮して、お話というのをおうかがいいたそう」

「さようか」

又八郎は、内心ほっとした。

昨日瀬尾からの返書を受けとると、又八郎はすぐに古道具屋に小柄《こづか》を売りに行った。どんなに金に窮しても、腰の物には手をつけまいと思っていたのだが、懐中無一文で小料理屋の軒をくぐるわけにもいかなかった。

値の見当はつかないが、小柄には素人眼《しろうとめ》にも見事な竜の彫物がある。一両ぐらいは欲しいという腹づもりだったが、古道具屋のおやじはもったいぶって、鑑定に日にちがかかりますと言い、すぐには金をくれなかった。やむなく二分だけ前借りして来たのである。

二分では心細い。もしも瀬尾が大酒のみだったら、たちまち足が出ようと心配したが、その煩《わずら》いが消えたわけである。それに、瀬尾との話合いは、こじれればすぐに袂《たもと》を分かって、ついには斬《き》り合いに至るという性質のものでもあった。

「では、さっそくにご相談申し上げようか」

又八郎が背をのばしてそう言ったとき、さっきのおかみがお茶を持って来た。去りぎわに、ごゆっくりと瀬尾と又八郎に等分に笑顔を残して行ったところをみると、ここは瀬尾が懇意にしている店らしかった。

「お手前は大富派、それがしは間宮派というわけではないが、成り行きから間宮中老の指図で働いておる。こういう立場で、お話させて頂くが、よろしいか」

又八郎が言うと、瀬尾は無表情にけっこうでござると言った。大富派に属していることを認めたのだ。

「われわれの狙《ねら》いは、亡《な》き家老の血縁につながる大富静馬。中でもかの男が国元から持ち出した書類を手に入れたいと思っている。ここまではよろしいか」

「さよう」

瀬尾はうなずいたが、不意に表情を崩して微笑した。鋭い眼が細められ、眼尻《めじり》に皺《しわ》があらわれた。

「ただわれらは、書類を手に入れることがむつかしければ、見かけ次第斬ってもよいと命じられておる」

「ほう、斬ってしまって大事ないかの?」

「かの男が、老中の一人に近づいていることをご存じか?」

瀬尾は逆にたずねて来た。

「存じておる。稲葉と申す老中だそうですな」

「われわれは、大富静馬の処分は一刻を争うものと考えておる」

「そこだ、瀬尾どの」

と又八郎は言った。

「言われるとおり、早急にケリをつけねばならん事情になっておる。ところで、お手前たちが見張っている久米と申す旗本屋敷を、公儀隠密《おんみつ》が取りまいているのにお気づきか？」

「公儀隠密？」

瀬尾は眉《まゆ》をひそめて又八郎を見た。公儀隠密は、瀬尾たちのすぐそばにもひそんでいたのだが、気づかなかったのだ。もっとも、そういう瀬尾を笑えない。又八郎も、佐知の案内がなかったら、あの闇《やみ》の中に、ほかにひそむ者たちがいるとは思えなかったろう。

「さよう、ざっと十人ほど」

「これは、おどろき入ってござる」

瀬尾はあけすけに言った。眼はいくぶん当惑したように又八郎を見つめている。

「どうも奇妙な物の気配がすると思ったことが、一度ならずあったが……。むろん、静馬を狙っているのでござろうな」

「さよう」

「いや、厄介なことに相成った」

瀬尾は深ぶかと腕を組んだ。恐れているのではなく、あわただしく新しい敵に応じる策を考えているというふうに見えた。

「大富が国元を脱《ぬ》け出した折りに、公儀の手が動いたと聞いたが、まだつきまとっておるとは思わなんだ。不覚でござった」

「相談というのはそのことだ、瀬尾どの」

と又八郎は言った。

「ああして夜も昼も見張られていては、静馬をわが手で処分することは、まずおぼつかない。お手前方にしてもだ。いかがでござろう。ここはひとつ手を組んで、公儀隠密と対決するところではござるまいか」

「………」

「大富派、間宮派と申しても藩内のこと。ここで争っていて、公儀隠密に横合いから実利をうばわれるのでは、腹立つどころではない。藩の存亡にかかわる一大事。そう思って、あのような手紙をさし上げた次第じゃが」

「ごもっとも」

太い声で、瀬尾が言った。

「言われるとおりでござる。ご相談の趣、いかにも承知つかまつった」

「これはありがたい」

又八郎は一礼した。

「さて、公儀の手の者に、どこで斬り合いを仕かけるかでござるが、こちらに少々考えがござる。その時期は、それがしにおまかせ頂けまいか」

「それも承知してござる」

瀬尾はあっさり言ったが、ふっと顔色をくもらせた。

「万事お指図に従うが、ただし当方の手は、それがしとほかせいぜい二人。と申すのは、このことは上の方には申さぬ方がよさそうでな。ことに江戸家老は頭が固い。間宮派のお手前と手を組むなどは、事情がどうあれもってのほかということに相成ろう。したがって手を組むと申しても、当方はせいぜい二人か三人。それでよろしいか」

「こちらも二人……」

そう言ったとき、又八郎の頭に有力な助《すけ》っ人《と》の顔がひらめいた。そうだ、細谷の腕を一晩借りよう。あの男には、ちょっぴり貸しもある。

「いや、三人でござる。これで何とか間に合い申そう」

それで、およその相談がまとまったようだった。二人は思い出したように茶碗《ちゃわん》を取り上げたが、中の茶は冷えていた。

五

「瀬尾どのの剣名は、子供の時分から承知しておりましてな」

小料理屋を出て、路地から河岸《かし》に出ながら、又八郎が言った。

「われらの羨望《せんぼう》の的でござった。それにはげまされて、われわれも修業を積んだものでござる」

「はっは。古いことを申される」

瀬尾はテレて首筋に手をやった。

「多少もてはやされたのは昔のこと。近ごろはとても、お手前や牧、筒井のようには刀を使えません。今度も、あまりあてにしてもらっては困りますぞ」

「それはご謙遜《けんそん》でござろう」

「ところで、さきほど時期と申されたが……」

河岸に出たところで、瀬尾は又八郎をふりむいた。

「いつというあてがござってか？」

「いや、まだはっきりしたことは申されません」

「ふむ」

「ただ、さきほどの話にも出たように、静馬は老中に接触しておる。ひそみかくれてはいるが、先方の呼び出しがあれば、屋敷から外に姿を見せざるを得ない。それがいつか、当方では事前に探り知る手を打っておるので、静馬が出て来れば、外で待ち伏せることが出来よう。その前に公儀隠密《おんみつ》を片づけねばならんが、これは静馬が屋敷を出て参る直前という、きわどい手順になりそうでござる」

「もっと前に、たとえば今夜にも公儀の手の者とケリをつけてはいかがかの?」

「それはまずかろうと存ずる。われらが動いていることは、公儀にも静馬にも知られてならんことでござる。へたに動けば、彼らの用心を引き出して、事態はいっそうむつかしくなろう。時期と申したのは、そういうことでもござる」

「相わかった」

うなずいてから、瀬尾は真直に又八郎にむき直った。瀬尾は、背丈《せたけ》は又八郎よりわずかに劣るが、それをおぎなう広い肩とぶ厚い胸を持っていた。

瀬尾は眼をほそめ、わずかに口辺に笑いをうかべて言った。

「すべてお指図のとおりに動くこととといたそう。ただし……」

「……………」

「首尾よく大富静馬を倒したあと、かの男の懐《ふところ》に目ざす連判状があったといたそうか。そのときは、残念ながらむざとお手前に渡すわけには参らぬ。そこのところは、おことわりしておきたい」

それだけ言うと、瀬尾は鋭い一瞥《いちべつ》を残して背をむけた。そして、そこから見えている汐留橋《しおどめ》にむかって、足早やに去って行った。肩のあたりにやや中年の疲労を宿し、髪にも白いものがまじっているが、なお十分に威圧感をあたえるうしろ姿だった。

淡い西日に照らされて、瀬尾が橋を渡り、対岸に姿を消すのを見送ってから、又八郎も足を返した。

――瀬尾の言うとおりだな。

と思った。話し合いがうまくいって、公儀隠密に対抗出来る目途が立った。そして今度こそ大富静馬と決着をつけることが出来そうだった。しかし公儀隠密を倒し、静馬を倒したあとに、まだ瀬尾弥次兵衛との斬《き》り合いが残る。そういう夜を迎えることになりそうだった。又八郎は、一瞬ざわめくような寒気が肌を走り抜けるのを感じた。

楓川《かえでがわ》の河岸を、江戸橋の近くまでもどって来たとき、又八郎はうしろから名を呼ばれた。ふりむくと相模屋《さがみや》吉蔵が立っている。

「どうした、おやじ？」

「どうしたじゃありませんよ、青江さま」

吉蔵は口をとがらせた。

「大黒屋のお話をどうなさるつもりですか？　少し返事を待てとおっしゃるから、あたしゃ五日と期限を切りました。今日は何日だとお思いですか？」

「はて」

「あれから六日目です。それなのに、こんな場所を歩いていらっしゃる」

吉蔵は、又八郎が人なみに町を歩いているのが悪いような言い方をした。それで又八郎は、良手間の用心棒の口がかかっていたのを思い出したが、いまはそれどころではなかった。

それに懐には古道具屋に前借りした二分の金が、手つかずで残っている。数日は喰うに困ることはない。

「おやじ、その話はもうちょっと待て」

「そんな無茶な。大黒屋さんから、まだかと催促が入っているのですよ。もしお気に召さないなら、ほかの方に回します。喜んで引き受ける方がいくらでもいらっしゃるんですから」

「気に入っているとも。だが、少しく事情があってな。もう三日待て」

又八郎は、口をとがらせて何か言いかける吉蔵を、手で押さえた。

「ところで、細谷のことだが……」

「細谷さまが、どうしました？」

「本所で米屋の車力に雇われたと申していたが、まだそこにいるかの？」

「まだいらっしゃいますよ。ひと月の約束でしたから」

「店の名は、何と申したな？」

「小梅屋ですよ」

「や、すまん。では、よろしくな」

又八郎は手を振って歩き出した。数歩歩いたとき、うしろから吉蔵の声が追いかけて来た。

「あと二日ですよ、青江さま。よござんすか、あと二日お待ちします。三日などとはとんでもない」

暗くなった青山の町通りに入りながら、又八郎は、細谷に話をつけておいてよかったと思った。

六

吉蔵に会ったあと、すぐに本所林町の米屋に行って、細谷に一夜の助《すけ》っ人《と》を頼みこんだ。細谷はのみこみが悪く、やっと事情をつかんだあとも、手間はなんぼだ、などと言う始末だったが、ともかく承知した。

その二日後の今日の昼に、佐知から老中の稲葉丹後守《たんごのかみ》が、大富静馬に呼び出しの使いを出したと知らせて来たのである。佐知が稲葉老中の役宅に入れておいた嗅足《かぎあし》の女は、前夜老中が、外からたずねて来た身分のありそうな男と静馬のことで談合しているのを立ち聞きし、さらに今朝老中が使いを出すと、そのあとをつけて使いが久米《くめ》家に入るのを見とどけた。

佐知の使いはそう言い、稲葉は下城してから夜食をしたためながら一たん休息し、五ツ（午後八時）から役宅の中の執務部屋に入り、書類を見たり、来客に会ったりする習慣である。したがって静馬がそこを訪れるのは、少くとも五ツ以後であろうという佐知の見通しも伝えた。

佐知の伝言を持って来たのは、みわと名乗る少女だったが、言うことは大人のようにしっかりしていた。又八郎は、その少女に瀬尾にあてた手紙を渡して帰し、自分は林町の米屋に走って、細谷を呼び出した。八ツ半（午後三時）には、細谷と瀬尾、それに瀬尾が連れて来た谷村という若い武士が又八郎の家に集まった。四人はそのまま日が落ちるのを待ち、あたりがたそがれはじめたころ、まだ人通りがある町々を抜けて青山に来たのである。

だが、武家屋敷がつづく青山に来ると、人通りはばったりと途絶えた。うす闇《やみ》につつまれた町に、四人の足音だけがひびいた。

「おい、あれはまずくないのか」

不意に細谷が、又八郎の袖《そで》を引いた。細谷が指さした空に、又八郎は意外なものを見た。それまで気づかなかったが、丸い銀盆を貼《は》りつけたような、月がうかんでいる。月は低い空に、やや西に傾いて懸かっていた。

細谷は、公儀隠密《おんみつ》を襲撃するのに月明かりは邪魔ではないかと言っているのだった。

又八郎は、ちょっと足をとめて月を仰いだが、すぐに歩き出した。

「なに、かくれんぼはむこうが上手だろうから、こっちはかえって助かる。それより貴様、そのどたどたいう足音は何とかならんか」

だが、又八郎に言われるまでもなく、細い屋敷町に入ると、細谷も足音をひそめた。久米家の位置は、又八郎が青山の図面を書いて見せたので、ほかの者にもわかっている。四人はその場所に近づきつつあった。

一軒の武家屋敷の角を曲ったとき、黒板塀の一部がはがれたように、音もなく黒い人影が道に出て来た。黒衣に身をつつんだ佐知だった。

「心配いらん。これは仲間だ」

身構えた三人を制して、又八郎は佐知に近づいた。

「様子はいかがかの？」

「いまご案内しますが、屋敷の北側の路地に二人、南の塀ぎわに三人、林の中に一人。今夜は、いまのところそれだけです」

「それは助かった。では、手くばりいたそうか」

佐知を入れた五人は、路上で額をあつめて襲撃の手くばりを打ち合わせた。打ち合わせは簡単に終った。時刻はそろそろ六ツ半（午後七時）に近づいていると思われた。いつ静馬が屋敷を出て来るか知れない。五人は、久米家の屋敷に近づいた町角で、二手に別れた。佐知はその前に姿を消していたから、正しくは三組に別れたというべきかも知れない。

又八郎と、瀬尾が連れて来た谷村という若い武士は、佐知が三人いると指摘した久米家の南側の路地に近づいて行った。

久米家の隣の屋敷にくっついて、何かを祀《まつ》った小さい御堂がある。二人はその陰にひそんだ。間に屋敷ひとつをはさんだむこうは、気配を知るよしもなかったが、佐知の合図があり次第、又八郎と谷村はこちら側にいる三人に、瀬尾と細谷は、久米家の北側にひそんでいる二人に殺到する手筈《てはず》になっている。佐知は、屋敷の前面を見通す位置にある雑木林の中の敵を刺しに行ったのである。

不意に遠くで物音が起きた。方角は瀬尾と細谷がむかった場所である。

——細谷だ。

又八郎は舌打ちした。合図も待たず、細谷がはじめたらしい。又八郎は、うしろの谷村に来いとささやくと、御堂の陰から走り出した。隣家の門と長い塀の前を走り抜けたとき、いきなり路地の奥から出て来た黒い人影にぶつかった。そのとき、佐知が鳴らす口笛が聞こえた。林の中の敵を始末し、佐知はこちらにむかっているのだ。

黒い人影は、又八郎と谷村を見ると、一たん路地に身をひいたが、次には栗鼠《りす》のようなすばやさで、相ついで路《みち》に出て来た。先頭の男は、又八郎の一撃を塀にぴったり貼りついてかわすと、抜き上げるような下段からの一撃を返すゆとりを見せた。次の男は谷村の剣をかわしながら、軽がると頭上を跳び越えて林に駆けこんだ。三人目の男が、黒い風のようにその後を追った。

だが、すぐに押さえた叫び声があがったのは、谷村が斬《き》られたのか、林の奥から駆けつけた佐知が、出合い頭に一人を刺したかと思われたが、又八郎は強敵を迎えていて、振りむくゆとりがなかった。

軽捷《けいしょう》な動きを示す敵が、又八郎の前に立ちふさがっていた。又八郎の撃ちこみを、一髪の差で右に左に巧みにかわし、隙《すき》を見て思いがけない間合から、手もとに飛びこんで来る。その剣には、凡手でない鋭さが秘められていた。

そのとき塀の内側で、遠い人声がした。黒衣の男は、一瞬その声に気を奪われたようである。その隙に、又八郎の袈裟《けさ》斬りが走った。男は跳んでかわしたが、間をおかず踏みこんだ逆胴打ちにのけぞった。男の白い喉《のど》が見えた。男はたたらを踏んでうしろにさがったが、不意に刀を取り落とすと、身体《からだ》をねじるようにして倒れた。

すると、林の中から走り出て来た佐知が、男の首を抱くようにしてすばやくとどめを刺した。そこまで考えていなかった又八郎は、思わず息をのんだ。佐知が住む仮借ない世界を、ちらとのぞいた気がしたのである。

だが、そういう又八郎を佐知はちらと見上げただけだった。すぐに身体を起こして、男の死体の足をひっぱった。又八郎も手伝って、死体を林の中に引き入れた。

又八郎と佐知はさほど丈のない椿《つばき》の株のところに身をひそめた。すると奥の方から谷村が歩いて来て、横にうずくまった。谷村は足をひきずっていた。

「怪我《けが》したか?」

又八郎がささやくと、谷村ははあと言ったが、すぐに大したことはありませんと言い直した。

そのまま三人は黙って久米家の門を注視した。細谷が危惧《きぐ》したように、月は西に傾いたまま真昼のような光を地上に投げていた。雑木林の中も、欅《けやき》や小楢《こなら》の裸木が濃い影をかわし合い、光の影が入り乱れていた。うしろから見れば、そこにひそんでいる三人の姿は丸見えのはずだったが、背後には木の陰にひきこんだ死体があるだけだった。静馬が門を出て来るところを見張ればよい。

瀬尾と細谷も、公儀隠密を片づけたあとは、打ちあわせどおり林の中にひそんだらしく、ことりとも物音を立てなかった。

また久米家の門内で人声がした。今度は、いや、灯はいらんと言った声が、はっきりと聞こえた。

「出て来ます」

佐知がささやいた。又八郎は、谷村にここで待っておれとささやくと、身をかがめて道のすぐそばにある灌木《かんぼく》の陰まで走った。門からは少し遠くなるが、静馬が門を出て来たときは退路を断つ位置に立つことが出来る。佐知が、足音もなくうしろにつづいた。

久米という旗本は、五百石以上の家らしく、門構えは見上げるほど高い。ぎいと音がして、潜《くぐ》り戸が開いた。頭巾《ずきん》もかぶらず、蓬髪痩身《ほうはつそうしん》の大富静馬が出て来た。さすがに老中に会うというので身なりを改めたらしく、羽織、袴《はかま》だけはつけていた。

静馬は路に出ると、ゆっくり瀬尾と細谷がいる方角に歩き出した。又八郎と佐知も路に出た。そのとき、潜り戸の奥から、また二人、人が出て来た。小ぶとりの若い武士と、そのお供とみえる若党姿の男である。

二人は、又八郎と佐知を見ると、ぎょっとしたように立ちどまった。若い武士が叫んだ。

「大富、気をつけろ」

ひと声叫ぶと、若い武士は猛然と又八郎に走り寄って来た。走りながら刀を抜いた。又八郎も抜き合わせた。その横を、佐知が黒い風のように走り抜けて行った。

久米新三郎と思われる武士の撃ちこみをはねあげ、体を入れ替えながら、又八郎の眼は、佐知が刀を抜いた若党の手もとにとびこむと、すばやく当て身を入れ、機敏に潜り戸をしめたのを見た。

斬り込んで来た新三郎の剣をかわすと、又八郎はすれ違いざまに剣を返し、柄頭《つかがしら》で相手の鳩尾《みぞおち》を突いた。新三郎は、二、三歩走ったところで、不意に物につまずいたように転んだ。そのまま起き上がらなかった。

又八郎は静馬をふりむいた。羽織を脱ぎ捨てた静馬が、ゆっくりと瀬尾と細谷の前に近づいて行くところだった。道の正面に腕組みして立ちふさがっているのは、瀬尾だった。細谷はそこから四、五間離れた塀ぎわに立って、近づく静馬を眺めている。

「気をつけろ、瀬尾弥次兵衛。その男は居合いを遣うぞ」

又八郎は声をかけた。小石川の西岸寺そばにある静馬の隠れ家に踏みこんだとき、闇の中から襲って来た鋭い太刀を思い出していた。

だが声をかけただけで、又八郎はその場から動けなくなっている。すでに瀬尾は、静馬との対決に踏みこんでいた。瀬尾がゆっくり腕組みを解いた。それを見て、静馬の腰が少し沈んだ。しかし腰を沈めた姿のまま、静馬は休みなく少しずつ前に進んで行く。瀬尾に近づくにつれて、静馬の腰はさらに低く沈み、足どりは重く、ねばりつくように地を這《は》う、異様なものに変った。

瀬尾が、やっと身じろぎした。瀬尾は足を開いて、腰の刀を鞘《さや》ぐるみにぐいと抜き上げると、腰を落としてわずかに体をひねった。顔はひたと静馬にむけられている。右手はまだ遊んでいるが、瀬尾も居合いで迎え撃とうとしていることが明らかだった。両者の距離が二間半に近づいた。静馬がさらに近づき、瀬尾も動かず、距離は二間になった。二人はまだ抜かなかった。静馬のねばりつくような足が、まだ前に出る。

その動きがひたと止まったと見えた瞬間、銀蛇《ぎんだ》のような光が二人の腰をはなれ、宙でからみ合い、次に無言のまま二つの影が跳躍した。二人は一気に数間を走り、踏みとどまるとふりむいてまた走り寄った。

静馬の剣は高く八双《はっそう》に上がり、瀬尾は、尾を引くように剣先を左後方に流している。又八郎ははっとした。瀬尾の走りが鈍い。そう思ったとき、瀬尾ががくりと膝《ひざ》をついた。その上に、静馬の八双の剣が、月光をはじいて振りおろされた。膝まずいた姿勢のまま、瀬尾も同時に薙《な》ぎ上げる剣をふるったが、わずかに静馬にとどかなかったようである。静馬の長身が、鳥のように瀬尾の上を翔《か》けすぎた。

瀬尾の身体が、ゆっくりと傾いて地面に沈むのを見ながら、又八郎は前に出た。静馬は、だらりと剣を下げたまま、こちらを見ている。はげしく肩が上下しているのは、いまの勝負に精魂を傾けたのだ。

細谷が、手伝いが要るかと声をかけて来た。静馬の剣をみて瞠目《どうもく》したことが、細谷の緊張した声音に出ている。だが、又八郎は無言で首を振った。

およそ五間の距離まで近づいたとき、又八郎は足をとめて、静馬に声をかけた。

「少し待つか」

「いや」

静馬が、歯をむき出して笑った。顔半分が墨をかぶったように濡《ぬ》れているのは、血だった。瀬尾の最初の一撃が、頭か顔面を斬り裂いたのだ。悪鬼の相に見えた。

「かまわんさ。貴様とは、どうせ一度決着をつけねばならん」

静馬は足を踏みかため、剣をぐいと八双に構えた。又八郎も青眼《せいがん》に構えた。そのまま少しずつ間合いをつめて行った。

静馬の肩の喘《あえ》ぎは、もうおさまっている。にじり寄るように、静馬も間合いをつめて来た。痩身に精気が溢《あふ》れ、射るような眼を又八郎にそそいでいる。

その右眼が、不意にはげしくまばたくのを又八郎は見た。静馬は顔を振り、またはげしくまばたきを繰り返した。

――や。

血が眼に入ったのだ、と又八郎は思った。この勝負、終った。ちらとその思いが胸をかすめたようである。むろん詰めを誤らなければの話だった。

一瞬ざわめいた心気を鎮《しず》めると、又八郎は静かに剣を下段に移した。剣先は静馬の右足の爪先《つまさき》を指している。静馬の足がぴたりととまった。

又八郎は静馬の右に回りこんだ。その間にもわずかに間合いをつめている。足をとめたまま、静馬も右に身体を回している。静馬は剣を青眼に移した。動かない静馬を軸にして、独楽《こま》のように両者の位置が一回転したとき、静馬の剣がぐいと上段に上がった。

同時に又八郎も、撃ち合いの間合いに踏みこんだのを感じた。静馬の身体が跳躍した。うなりをあげて頭上から剣が落ちかかって来る。わずかに体を右にひねりながら、又八郎も踏みこんで胴を撃った。静馬はのけぞってかわしたが、鈍い手ごたえがあった。

踏みこんだ体勢のまま、又八郎は静馬の右脇腹《わきばら》に密着するように身体を寄せた。次の瞬間又八郎は、大きく跳び離れながら、一閃《いっせん》の剣で静馬の頸《くび》を撃った。そのとき静馬の剣が眼の前でひらめき、どこかを斬られた感触があったが、痛みはなかった。

構えを青眼にもどして、又八郎は静馬を見まもった。右手に剣をぶらさげたまま、静馬が近づいて来る。又八郎はうしろに跳んで、また相手を見まもった。静馬の足がよろめいている。二間の距離まで来て、静馬は剣を上げて青眼に構えたが、不意にその剣をぽろりと落とした。

まだ静馬は立っている。又八郎を見て、声を立てずに笑った。だがその身体は、急に酒に酔った人間のように、右に左に大きく揺れ、ついに地面に膝をついた。うずくまったまま、静馬の身体ははげしく痙攣《けいれん》している。

佐知が走り寄って来た。細谷も、片足をひきずった谷村も近寄って来た。みんなが見まもる中で、静馬は一度だけ顔を上げて、喉をかきむしるようなしぐさをしたが、そのまま前にのめって動かなくなった。

又八郎は刀をおさめると、腕を上げた。片袖《かたそで》が、すっぱりと切り取られていた。瀬尾の一撃がなかったら、おれもあぶなかったと又八郎は思った。

又八郎は膝まずいて静馬の死体を仰むけにすると、懐《ふところ》をさぐった。だが、鼻紙が出て来ただけだった。茫然《ぼうぜん》とした顔を上げると、佐知と眼が合った。

「あちらは？」

と佐知が言って、倒れている久米《くめ》新三郎の方を指さした。又八郎と佐知は、屋敷の門前まで走りもどった。

懐をさぐると、久米新三郎がうめき声を立てた。その腹に、もう一度当て身の拳《こぶし》を叩《たた》きこんでから、又八郎は懐をさぐった。

「あった」

又八郎は小声で言って、新三郎の懐からつかみ出した物を手に立ち上がった。佐知が身体を寄せて来た。

それは、ただ細長い紙を綴《と》じ合わせただけの物だった。だがひらいてみると、そこには黒ぐろと人名が書きつらねてあった。月は西空に落ちかかって、光はかすかだったが、又八郎は、筆頭に志摩守保方《しまのかみやすかた》という名と血判が捺《お》されているのを確かめた。志摩守は、寿庵《じゆあん》と名乗って隠棲《いんせい》している前藩主の異母兄が、若年のころ叙爵《じよしやく》したときの名である。

「見られよ」

又八郎が、その名を佐知に示すと、佐知は黙読したあと、黙って会釈《えしやく》した。

七

「なかなかけっこうなものでございました」

古道具屋のおやじは、揉《も》み手をしながらそう言った。赤ら顔にお世辞笑いがうかんでいる。

「で、いかほどに相成るな？」

「五両で頂戴《ちょうだい》いたしたいのですが、いかがなものでしょうか」

「五両？」

又八郎は意外だった。せいぜい一両ぐらいのものかと思ったのである。改めて小柄《こづか》を取り上げて竜の彫物を見た。悪いものではなさそうだが、青黒い錆《さ》びが浮いて、五両もの値打ち物には見えなかった。

又八郎の様子を見て、おやじは値に不満があると思ったようである。あわててつけ加えた。

「この前の二分は、あたくしの志で五両に積み上げることにいたしましょう。つまり五両二分。これでいかがでございますかな」

思いがけなく五両の金を懐《ふところ》にして、又八郎は古道具屋を出た。

——これで路銀がととのった。

そう思うと気持が晴れた。あたたかい日射《ひざ》しが町を照らしている。日いちにちと、季節は春にむかうらしかった。

町を行くひとを眺めながら、又八郎は相模屋《さがみや》に行くか、それとも佐知に会うのを先にするかと迷った。

連判状が手に入ったからには、明日にも江戸を発《た》って、国元にむかわなければならなかった。吉蔵が持ちかけて来た大黒屋の妾《めかけ》の用心棒話は、それでフイになったわけだが、又八郎は後釜《あとがま》に細谷を推すつもりでいた。

その話にも心を急《せ》かれるが、佐知が若松町の平田の家に来ているはずだった。佐知は昨夜別れるときに、国元に帰る前に一度会って別れを言いたいと言ったのである。佐知それは又八郎も同じ気持だった。時刻はその七ツ（午後四時）には藩屋敷を脱《ぬ》けて、平田の家に来ると言った。時刻はその七ツを回っている。

又八郎は決心して若松町の方に足をむけた。途中で、平田の家に手みやげにする餅《もち》菓子を買った。

この前来たときと同じように、出迎えたのは佐知だった。平田の家では、いつもどこかで人声がしているが、佐知にはかかわりなくしているように見えた。どういうつながりか、聞いたことはないが、又八郎はおぼろに主人の麟白《りんぱく》が嗅足《かぎあし》につながっているのではないかと推察していた。

「それで、いつ発たれますか？」

「旅支度が、明日の昼過ぎにはととのい申そう。そのあとすぐに発つつもりでござる」

「お名残り惜しゅうございます」

佐知は率直な口調で言った。地味な絣《かすり》に身を包み、目立たないほどに化粧をほどこした佐知は、若い人妻のように落ちついて見えた。黒衣に装《よそお》った昨夜の佐知とは、別人のようだった。

「お屋敷はいかがだったかの？　騒ぎになったか？」

「いえ、さしたる騒ぎもありませんでした。奥村さまが、ごく内密に始末されたようでございます」

昨夜、赤坂の表伝馬《てんま》町まで、又八郎が瀬尾の死体を背負い、そこから駕籠《かご》を雇って藩邸まで運んだのである。

「病人だと申したが、駕籠屋はいやな顔をしおったの」

「それは、すぐにわかりましたのでしょう。でも望みの品が手に入りまして、ようございました」

「そなたのおかげじゃ。そなたがおらなんだら、こうして帰国することもおぼつかなかったであろう」

「わたくしなど、ほんのわずか手をお貸ししただけ。でも……」

眼を伏せて、茶をいれながら佐知が言った。

「不思議なご縁でございましたなあ」

「まことに」

「お助けするのが、わたくしは楽しゅうございましたよ、青江さま」

不意に顔をあげて佐知が笑った。又八郎も微笑した。それだけで通いあうものがあった。はじめて言葉をかわしたころ、佐知はどちらかといえば陰鬱《いんうつ》な感じがする女だったが、一年ほど危難を共にする間に、佐知は時どき組のおきてを離れて、ただの女の表情を見せるようになっていた。楽しかったという佐知の言葉は信じられた。

又八郎の微笑に誘い出されたように、佐知は急に饒舌《じょうぜつ》になり、公儀隠密《おんみつ》との駆け引き、静馬探索の苦労などを話し出した。又八郎も引きこまれて相槌《あいづち》を打った。

一刻（二時間）ほどが、わけもなく過ぎたようである。ふと佐知は耳を澄ます顔になった。遠くで鐘の音がしている。六ツ（午後六時）を知らせる時の鐘だった。

「そろそろ、屋敷にもどらねばなりませぬ」

佐知はつぶやくように言って、又八郎の顔をじっと見た。

「国元はまだ雪でござりましょうか。でも、お帰りになる青江さまが、うらやましゅうございます」

「そなたは、国には帰られぬのか？」

「当分、そのような機会《おり》はござりますまい。それに……」

佐知は言いかけて沈黙したが、やっと言った。

「わたくし、また嫁に参るかも知れませぬ」

「嫁に？　どこへ？」

「相手は組の者でございます。気が染まぬお話ですが、上からの指図がありましたゆえ、いたし方ありません」

又八郎が沈黙すると、佐知は今日はお会い出来て楽しゅうございましたと言った。

「そのあたりまで、送って参ろう」

外に出ると、又八郎はそう言った。佐知は黙って頭をさげたが、歩き出してからは話しかけて来なかった。二人は黙って肩をならべたまま、神田の町々を抜け、江戸橋を渡った。

町は歩いて行く間に、少しずつたそがれはじめたが、町にはまだ人通りがあった。すれ違うとき、又八郎と頭巾《ずきん》に顔をつつんだ佐知を見くらべるようにする者もいた。

又八郎も帰ると言わず、佐知ももういいと言わないままに、二人は汐留橋《しおどめ》の近くまで来ていた。ようやく佐知が足をとめた。

「明日は、お見送り出来ませぬ」

ひとりつぶやくような声で、佐知が言った。又八郎は黙ってうなずくと、手を出して佐知の手を握った。

「ご厄介になった。忘れぬ」

又八郎が言ったが、佐知は放心したように又八郎を見つめただけだった。手を放して、又八郎は背をむけた。しばらく行って振りむくと、河岸《かし》のうす闇《やみ》の中に、まだ佐知が立っているのが見えた。

ほかに人影はなく、佐知ひとりだった。凝然と動かないその姿に、胸打つさびしさがあらわれている。又八郎は、立ちどまったまま、しばらくその姿を眺めたが、不意に足を返して佐知の方にもどった。

長い間せきとめられていたものが、一ぺんに胸に溢《あふ》れるのを感じていた。いそぎ足に近づいて手をさしのべると、吸い寄せられるように佐知も身体を寄せて来た。又八郎はためらいなく佐知の肩を抱いた。しっかりと抱き合ったあと、又八郎はそのまま包みこむように佐知の身体を抱え、無言でいま出て来た町の方にもどった。瀬尾弥次兵衛と会った小料理屋のことが頭にあった。

佐知は、すなおに又八郎に身体をあずけて歩いていた。一度だけ、すすり泣く声を洩《も》らし、両手で顔を覆《おお》った。

「おやじは、貴様がお妾に手を出したりせんかと、それを心配しておる」

と又八郎は細谷に言った。

「くれぐれも気をつけろ」

「何をいらざる心配」

細谷は、相模屋吉蔵の方にむき直った。

「おれがごく品行正しい男だということを知らんな。安心しろ、おやじ。おやじの顔に泥を塗るようなことはせん」

「そう願いますよ。そのお言葉を信用して、今日それでは大黒屋さんにおひき合わせいたしますから」

吉蔵はまだ不信の残る眼で細谷を眺めたが、その眼を又八郎に移してまた言った。

「それにしても急なご帰国でございますな。お名残り惜しい」

又八郎が帰国すると知って、吉蔵は律儀《りちぎ》に千住《せんじゅ》まで送って来たのである。

「ちょっと、ちょっと」

細谷が又八郎の袖《そで》をひいた。二、三歩道の横に又八郎を引っぱり出してから、細谷は言った。

「今朝の話、忘れんでくれよ」

「わかっておる」

「国へ帰ってご新造《しんぞ》に会ったら、けろりと忘れたでは困るぞ」

又八郎は今朝、たずねて来た細谷に、城門の番士でもいとわないという気持がある
なら、帰国して細谷の仕官を談じこんでみると言ったのである。

そのことは、米坂《よねさか》八内が帰国したころから、又八郎の胸にあったことだった。細谷
一人を残して帰国し、旧禄《きゆうろく》に復帰するのが忍びがたい気持になっていた。その話は、
細谷を狂喜させた。それでいまも念を押している。

「忘れはせん。ただし言ったように高禄《こうろく》は望めんぞ。貧乏藩だからの」

「わかっておる。城の門番けっこう。場合によってはどこかの中間《ちゆうげん》奉公もいとわん」

まかせろ、と言って又八郎は吉蔵の前にもどった。

「おやじ、世話になった」

「もうお別れですか。江戸においでの節は、ぜひまたあたくしのところへ」

「もう来なくともすむだろう。ひょっとすると、細谷も当方で引きとるかも知れん」

「おや？」

吉蔵は、疑わしそうに細谷のひげづらを見た。細谷はにたにた笑いながら言った。

「そういうこと」

そのぐらいのご褒美《ほうび》はあってもよかろう。二人と別れて歩き出しながら、又八郎はそう思った。禄を召し上げられ、暮らしの金もあたえられずに辛苦したが、連判状は懐の中にある。細谷一人の仕官ぐらいは、ほんのご褒美というものだ。

「……」

振りむいた又八郎の足がとまった。千住上宿のはずれ。細谷と吉蔵の姿は見えなかったが、そこに立ってこちらを見送っている女がいた。遠く小さい立ち姿だったが、佐知だった。

佐知は、又八郎が気づいたとみると、深ぶかと一礼し、すぐに背をむけると足早やに宿《しゆく》の中に引き返して行った。背をまるめ下うつむいたその姿は、やがてかすむような濁った光に包まれている宿の雑踏にまぎれて見えなくなった。

又八郎も背をむけて歩き出した。灯を消した小料理屋の部屋の中で、又八郎の手が、かつて又八郎が手当てしたことがある腿《もも》の傷痕《きずあと》にふれたとき、不意に魚がはねるようにしがみついて来た昨夜の佐知が思い出された。

それはどこか胸を苦しくする思い出だった。又八郎は顔をうつむけ、ゆっくり足を運んだ。

解説──藤沢周平の文体

向井　敏

時代小説には、それも剣客小説の場合はことに、目鼻立ちがくっきりして、きりりと引きしまった、切れのいい文体が似合う。

白刃の一閃《せん》する間に、生きることにまつわるもろもろの愛憎を、葛藤《かっとう》を、澱《よど》みを、鬱屈《うっくつ》を、小気味よく断ち切ってしまう存在。剣客を名のる以上はすべからくそうであってほしいという、しごく単純で幼稚で、いささか危険な願望がたぶん私のなかにもあって、その剣客を扱うからには、文体もそれにふさわしく切れ味のいいのが望ましいと思いたがっているのかも知れない。

数ある剣客小説作家のなかでも、そうした切れ味のよさをとりわけ堪能《たんのう》させてくれるのがほかならぬ藤沢周平である。

藤沢周平が『暗殺の年輪』（初出「オール讀物」昭和四十八年三月号）で直木賞に選ばれたのは昭和四十八年、作者四十三歳のときだが、当時すでに技量熟し、自分の文体を完成させていた。その簡潔で整った筆致の一斑《いっぱん》を、『暗殺の年輪』につづいて発表された『ただ一撃』（初出「オール讀物」昭和四十八年六月号）にうかがってみよう。

『ただ一撃』は、家督を息子に譲って隠居し、もう耳も遠くなった老武芸者刈谷範兵衛と剛剣を使う剣士清家猪十郎との凄惨《せいさん》な試合を縦軸に、範兵衛と息子の嫁の三緒との心の触れ合いを横軸として編まれた短篇だが、その試合の前日、範兵衛は三緒を呼んで、思いがけないことを口にする。


「辰枝《たつえ》が死んでから、女子の肌に触れたことがない」

範兵衛の声は静かだったが、三緒の耳には雷鳴を聞いたように鳴り響いた。

「男のものも、もはや役に立たんようになったかも知れん」

「もうご無理でございましょう」

三緒は囁《ささや》くように言った。

（中略）

「無理かどうか、試したい」

三緒は顔を挙げた。範兵衛の眼は粘りつくように三緒に注がれ、範兵衛の中に、依然として荒々しいものが動いていることを示している。

「明日の試合はどうなりましょうか」

「まず儂《わし》の勝ちかと思うが、まだわからぬ」

閉め切った障子に、かさと音を立てたのは風に運ばれた落葉である。おりきは使いに出て、暮れるまで戻らない。

三緒の顔は血の色を失って、粉をふいたように白くなっている。乾いた唇を開いて三緒は言った。

「それがお役に立つなら、お試しなさいませ」

よくバネがきいて、しかも端正。練達の剣客が鞘《さや》を払って青眼に構える、その呼吸を思わせる文章である。生死を定めぬ試合を前にして、耄碌《もうろく》した「刈谷家の隠居」から「ひとりの老いた兵法者」に変貌《へんぼう》した範兵衛と、その変貌をさとった聡明《そうめい》な三緒とのあいだの、表面はあくまで物静かだが内に激しい動きを蔵《かく》した情景を描くのにいかにもふさわしい。

青眼の構えを思わせると書いたが、それはこのくだりだけでなく、総じてデビュー当初のころの藤沢周平の作品に最も特徴的な文体といっていい。作品のテーマとも、それは深くかかわっていよう。父子二代にわたる暗殺者の嘆きを描いた『暗殺の年